华夏60年文学精品丛书②

葡萄园情歌（上）

总主编◎祝谦　　本卷主编◎郑兴富

新疆美术摄影出版社

新疆电子音像出版社

图书在版编目(CIP)数据

葡萄园情歌：60年诗歌选：新疆卷：全 2 册 / 郑兴富主编. —— 乌鲁木齐：新疆美术摄影出版社：新疆电子音像出版社，2013.11

（华夏 60 年文学精品丛书）

ISBN 978-7-5469-4436-4

Ⅰ.①葡… Ⅱ.①郑… Ⅲ.①诗集 – 中国 – 当代 Ⅳ.①I227

中国版本图书馆 CIP 数据核字(2013)第 247907 号

责任编辑：轩辕文慧

书籍设计：党　红

排版制作：李瑞芳

华夏 60 年文学精品丛书

葡萄园情歌（上册）

总 主 编	祝　谦
本卷主编	郑兴富
出版发行	新疆美术摄影出版社
	新疆电子音像出版社
	（乌鲁木齐市经济技术开发区科技园路 5 号　830026）
总 经 销	新华书店
印　　刷	三河市燕春印务有限公司
开　　本	787mm × 1092mm　1/16
印　　张	50
字　　数	800 千字
版　　次	2014 年 1 月第 1 版
印　　次	2014 年 1 月第 1 次印刷
书　　号	ISBN 978-7-5469-4436-4
定　　价	198.00 元（上下册）

目 录

无尽的思念

尼米希依提①（维吾尔族）

井　亚　朴夫　译

想念呵想念，无尽的想念，
我这贮满你的慈爱的心窝，
荡漾着感情的波澜，
美丽的祖国，我把你想念！

就是死，我也要在你的怀抱里安眠，
作你最纯洁的儿子是我终生的心愿，
渴望着早日回到你的身旁，
我的归心像射出的箭。

我脐带的血滴落在你的土地上，
抚育我成人你经受了多少苦难，
咽头还留有你赐予的五谷的余香，
沉浸在幸福里的我，强烈地把你想念。

从来也没有离开过你一步，
我一直依偎在你的身边，
暂别中我觉得你比什么都珍贵，
让我亲吻你的土地吧，我的母亲。

---

① 尼米希依提是中国伊斯兰教协会委员，1956年7月，作者随"中国伊斯兰教朝觐团"前往麦加朝觐，这
首诗写于归国途中。

早有心去麦加朝拜圣人①，

那时，我只能望着空空的钱袋悲叹，

共产党成全了我的心愿，

我高飞在云层，心却留在你身边。

一行人有五个民族，

六月底来到天安门前，

三十七个人都有一颗赤诚的心，

亲爱的祖国呵，个个都把你留恋。

一天，我们来到仰光，

在那儿作了四天的客人，

缅甸兄弟献出了深厚的友情，

生活在异国，我却感到你仍在眼前。

告别缅甸我们又飞翔在高空，

横跨过一片片茂密的椰林，

黄昏时来到加尔各答，

我想起了北京的傍晚，你安详慈爱的笑脸。

五天后我们离开了印度，

又在空中飞行了八个小时，

在巴林岛沐浴的时候，

祖国呵，我想起你的温暖情意绵绵。

过了一个小时飞机又起飞了，

我在空中默诵"兰白克"②，

下午来到了吉达，

看见广阔的戈壁，我想起你无边的麦田。

停了一天我们又向天房出发，

① 麦加在沙特阿拉伯，是穆罕默德逝世的地方。

② 兰白克：是伊斯兰教的一种经文。

在天房作了一夜的功课，
我们奔走在萨法①与麦尔卧②之间，
当我纯洁地出来时，我为你祝祷平安。

在阿拉法台③领朝引我们去拜见国王，
国王为我们摆设了盛宴，
当他向毛主席问候的时候，
我的祖国，你可曾听见？

我坐在辉煌的宫殿里，
心里默默地想，
这光荣属于谁的？
我明白了，这时更把你想念。

凡人是没有机会亲吻圣面的，
因为我们是中华人民共和国的儿子，
才实现了蓄存多年的心愿，
亲爱的祖国，我怎能不把你想念！

国王在天堂里主持仪式，
我们的包尔汉也参加了大礼，
异国人本来无权享受这荣誉，
受到这样的尊重，我又想起你的恩典。

所有的人都知道了中华人民共和国，
朋友们高兴，万恶的敌人伤心，
什么也遮掩不了日月的光辉，
看见你的光辉，我的心飞上了天。

归途中我们来到西奈半岛，
在这里停留了三天，

①②③ 地名。

走进了西奈检疫所里时，

自由的祖国呵，我又把你想念。

从这儿我们要到开罗，

激动的诗句跳出心窝，

快把你的孩子叫回去吧，

百花盛开的祖国，我要立即回到你身边。

尼米希依提问候你，

这时除了想念再没有别的，

我就像一只百灵鸟，

祖国，美丽的花园，我把你想念。

你读读这封信

尼米希依提（维吾尔族）

我悄悄地来到你的窗前，
姑娘的身影被我看见。
你的一双眼睛像宝石，
你的面容像白玉。

我的心一瞬间被你带走，
只好呆呆地站在那里。
你扭过头把我看了一眼，
那眼神更使我沉醉。

世上的花朵怎能和你比美，
你的容貌有如太阳一样的光辉。
你的眼眉像柳叶，又那样的乌黑，
你的长发像浮在水上的藓苔。

我又踏上一步走向她面前，
"你好吧？"我这样问她。
别的话再说不出来了，
我像一碗酸奶子凝结在一起。

你的嘴唇像蜜汁甜，
你的心房像冬天的太阳光温暖。

你的眼光多么的敏锐，
使我怎能不沉醉。

你那爱情的火苗烧着了我，
我的心房像馕坑一样炽热。
爱情的烈火熬煎着我，
我的心像烤肉一样焦脆。

爱情无形的锁链铐住了我，
芬香给我带来了醉意。
我像一只灯蛾绕着蜡烛飞旋，
只有蜡烛才能给我光辉。

爱情的箭射伤了我的心房，
只有你酿成的甜酒啊，
让我喝上一杯，
才能啊，才能痊愈。

你那嘴唇像红宝石一般，
我想将宝石贴在胸前。
我为你生存在世上，
让我死去的也是你这位少女。

你那面容多像一朵红色的玫瑰，
让我做只百灵栖栖在花枝前。
你把内心的话语给我讲吧！
把我急得真像在油锅上煎。

你是莱丽我是麦吉侬①，
你的美姿已占去了我的心。
我愿在你身边当一名奴隶，

---

① 莱丽、麦吉侬：民间相传他们都是为爱情被折磨而死的情人。

任何时候都不会后悔。

我俩像塔依尔与佐合拉①，
瓦木克与乌祖拉②，
倘若爱情的烈火将我烧死，
那我也心甘情愿。

姑娘啊，你读读这封信吧！
尼米希依提的苦水都写在这里。
我的语言不知能否打动你的心？
然而，我永远在等待着你。

___

①② 塔依尔与佐合拉、瓦木克与乌祖拉：民间相传他们都是为爱情被折磨而死的情人。

月 夜

艾勒坎木·艾合坦木（维吾尔族）
王一之 译

洁白，浑如乳液悬浮，
　　今夜这溶溶的月色，
我纵目眺望，
　　迤逦远去的山冈，
起而振衣信步，
　　顿觉步履轻盈，神清气爽。
晚风悠悠拂来，
　　轻吻我的面庞。

在这清幽宁静、
　　万籁俱寂的月夜，
舒展自在地安躺着
　　辽阔而自由的原野。
高天的明月，
　　让你的清辉
充满温柔的爱抚，
　　尽情地向它倾泻。

我用目光巡视着
　　这广袤的田园沃野，
徜徉在这如水的月光下，

滚滚的思潮有如堤决。
连绵起伏的冈峦
　　浴着迷离恍惚的月色。
皎洁的清辉浸透了心灵，
　　我的目光也变得更加清澈。

月下的山峦，
　　显得异常端庄凝重；
披上了轻纱迷雾的树丛，
　　此刻绿得更深、更浓。
漫山遍野的花草，
　　都像在晶莹的水波中浮动。
葱茏的诗情画意，
　　孕育在大自然胸中。

一条潺湲的小溪，
　　泛着银色的涟漪。
碎浪舐着河岸，
　　带着欢声流去……
呵，山冈、原野、杂花、丛树，
　　月色、水声、丘陵、小溪……
无不蕴含着脉脉的柔情蜜意，
　　这就是我永远看不够的祖国土地。

回　答

艾勒坎木·艾合坦木（维吾尔族）

张宏超　译

春天大自然打扮得像个姑娘，
花枝招展，活泼爱笑，神采放光。
垂柳宛如情人摆动纤细的腰肢，
梳理着的秀发袅袅纷披在肩上。
园中苹果树杏树美目流盼，
艳丽的宝钿在鬓边灼灼闪光。
甜蜜的心儿全都醉了，
明媚的春天心中也充满欢畅。
眺望千里平畴青翠欲滴，
田埂垄头的花儿仰望着我，
也在我的胸中盛开怒放。
在这春天生命万物都生机勃勃，
喜庆的农民拨动都塔尔琴弦，
手鼓敲得震天响。
在沸腾的劳动的田间，
姑娘们你追我赶互不相让。
此刻我的激情汹涌澎湃，
欢乐的烈火越烧越旺。
来吧，让我们满怀喜悦痛饮一杯，
祝愿伟大祖国繁荣昌盛日益富强。
这时正好心儿提醒叮咛我说：
"要百倍警惕窥视我们花园的豺狼。"
我回答，时刻准备着为祖国献身，
哨兵的眼睛总瞄着千里边防线上。

祖国,我生命的土壤

铁依甫江·艾里耶夫(维吾尔族)

王一之　译

祖国——我生命的土壤,你是生我育我的母亲,
你的儿子眷恋着你,犹如灯蛾之迷恋光明。

我把党视若灯塔,奉为舵手,是她指引着我生命的航程,
纵马投入她所指挥的战斗,就像参加婚礼一样鼓舞欢欣。

多么自豪呵,我有幸成为时代的一名乐师和歌手,
这红色的岁月,充满了新世纪的光荣和骄矜。

离开这个爱、这种自豪、这座灯塔度过的一刹那,
即便悠游于天堂,又何异于在地狱中存身。

祖国有璀璨的历史,她的大地是一部浩如烟海的百科全书,
从它的每一页中,都能让我汲取到千帙万卷的深刻学问。

在我的一生中,倘若不能继承她那伟大的历史秉赋,
奴颜婢膝地苟活,还不如结束掉那卑微的生命。

祖国的每一粒砂土,对于我都是无比珍贵的图蒂亚,①

---

① 图蒂亚:维吾尔族民间传说中一种具有神奇疗效、可使盲者复明的圣土。

跋涉在她的戈壁滩上，我也会感到处处有花丛和绿阴。

祖国的每一滴水都胜似甘露、醍醐，能使我沉醉。
我毫不企羡麦加的圣水，哪怕它真的能延年祛病。

无论我走到哪里，都在母亲温暖的怀抱之中，
不管是和田、唐山，还是太行山麓、渤海之滨……

到异国即使王袍加身，我也觉得通体不适，局促拘谨，
在祖国纵然衣衫褴褛，我也感到熨帖自在，欢畅舒心。

祖国之爱就是我的爱，祖国之恨就是我的恨，
她的任何烦恼忧愁，都会牵动我的每根神经。

谁对她友好，我就对谁报之以充满友谊的款待，
谁要伤害她，我立即变成戳进其胸口的一柄利刃。

即使处于艰难踬仆之中，我依然感到舒畅，充满乐趣，
牢骚满腹、无病呻吟，只能使我深感违背自己的良心。

既然是敢于向魁依卡甫挑战的英雄的后裔，①
肆虐的狂飙又怎能使我踟蹰动摇而不敢前进？

祖国的今天在嫣然微笑，明天的幸福将使她笑得更加妩媚，
她给了我一双明亮的眼睛，我怎能看不见她光明的前程？

我有权利像拥抱情人一样热烈拥抱那更美好的明天，
因为，我也曾用自己的胸膛抵御过袭击她的寒冷。

对于无耻背叛她的负心之徒只要一旦被我撞见，
我将唾其面、斥其谤，看他如何回答我的质问。

---

① 魁依卡甫：维吾尔族民间传说中的一个魔洞。据说一切狂风都从此洞刮出，洞中有一座盛满珍宝珠玑的宝库，只有本领高强的英雄才有可能接近洞口。

这是何等巨大的幸福,当母亲亲昵地称我为"心爱的儿子",
世界上还有什么比得上这深沉的母亲更为温存!

倘若我抛洒热汗的一生能使她感到慰藉和满意,
那就比活了一百次、一千次还使我感到幸运和欢欣。

你们别说我死了,纵使有一天我已双目紧闭咽了气,
躺在祖国土地上的坟里,我仍能感到母亲怀抱的温馨。

母亲啊,快把重担驮在我的背上吧,我是专供您役使的骏马,
我甘愿为您负载驰驱,即使是驮上一座层峦叠嶂的山岭。

祖国,有了你才有我,没有你哪儿会有我的生命,
因为,我同你,伟大的祖国,共有一条命,共有一颗心!

"基本"的控诉①

铁依甫江·艾里耶夫（维吾尔族）

我代代相传，称得上饱经世故，
含义虽然未变，译名倒有了无数。
由于不受民族和阶级的束缚，
人人都有权让我为他们服务。

我有过数不清的遭遇和经历，
不同的人赋予我不同的名义。
我的职责本是体现程度和比例，
作为衡量事物的一种尺度。

我有时被捧得很高，有时被踩在脚下，
有时斥之为"甚糟"，有时赞之曰"颇佳"。
在诚实人手里，我是准确的砝码，
为骗子手驱使，就成为谎言的渊薮。

在骗子们手中，我受到莫大的糟践，
为了卑鄙的目的，他们任意把我差遣。
真理也因此而蒙受了不白之冤，
我成了障人眼目的迷雾。

有些滑头自命为真理的代表，

---

① 原作采用"穆莱拜"的格式，其脚韵为 a、a、a、a；b、b、b、a；c、c、c、a……译文亦试取这种形式。

招摇撞骗到处把赝品推销。
给这伙投机商披上赫哲的圣袍，①
我成了蛊惑乌力玛的妖物。②

刽子手披上了慈善家的外衣，
吸血鬼打扮成救命的神医，
天真的人稀里糊涂地咽了气，
也是我把凶手标榜为洛克曼的缘故。③

明明是老鼠，我偏说成是紫貂，
哄住夏尼雅孜安心去睡觉，④
万一它醒来，我也让鼠群从地道跑掉，
我庇护了多少可恶的老鼠。

尽管有许多往事使我深感痛心，
我也庆幸自己获得过公正的处境。
马克思主义者作为真理的化身，
使我第一次获得了完整准确的表述。

在马克思主义者手中我深受鼓舞，
是与非通过我区分得清清楚楚；
在马克思主义取得胜利的国度，
我再也不愿当城堡去屏障谬误。

马克思主义在中国占据了上风，
在贯穿着毛泽东思想的语言之中，
总结优点成绩时也常出现我的行踪，
然而我总能保持十分的郑重和严肃。

---

① 赫哲即赫哲尔：穆斯林传说中的一位扶危济弱、给人带来幸福的永生的圣哲。
② 乌力玛：维吾尔语旧时对学者、书生的称谓。
③ 洛克曼：维吾尔族民间传说中扁鹊、华佗式的人物，据说有妙手回春、起死回生的医术。
④ 夏尼雅孜：维吾尔族人对猫的昵称，传说从前有个著名的猎手，名叫夏尼雅孜，狩猎的本领超群出众，而猫善扑鼠，故人们戏以此名称之。

对于生活我得以作出公正的评判，
我深感自豪，不再为撒谎而羞惭，
我又怎能不为这光荣而喜笑颜开，
为了维护这一荣誉，我宁愿粉身碎骨。

虽则如此，但在某些阴暗的角落，
我有时还被荒唐地请入上座；
这种滥用的恶习如不予以打破，
我又怎能说已经完全摆脱了桎梏。

真理和正义虽然在这儿赢得了宝座，
谎言尽管也被人们公认为罪恶，
但是毕竟有一些时候、一些场合，
我还是不幸地沦为骗子的遮羞布。

我被纳入某些虚假的汇报，
作为成绩的修饰语向上报告，
上边往往也就轻信了这一套，
老实说我根本不是成绩，而是谬误。

有些会议开得倒真叫轰轰烈烈，
许多关键问题好像都得到了解决。
甚至盖上了我的图章去强调"事实"的确切，
其实完全是空话连篇，与事实大有出入。

谎言大师的谎言永远没个完，
为拉我去作保证要尽了手腕，
你要一了解：成绩找不出一星半点，
我成了夸海口荣立战功的英雄人物。

有时麦收还没有扬场，
一提到庄稼收成的情况，

我又被拉去谎报小麦的实际产量，
到头来我不是小麦而是麦秸的斤数。

当工厂混进了这类骗子，
明明是糟蹋了多少矿石，
我是渣不是钢本是事实，
硬让我去冒充钢产量，鱼目混珠。

当骗子一旦插手商业和贸易，
又在利润栏中用我谎报成绩，
我也厚着脸皮跑去中央报喜。
我哪是利润？一核实是亏损了国库。

当骗子混迹于科学之宫，
研究试验连一半还未完工，
他们就吹嘘说攀越了高峰。
其实我这高峰正等待着攀登者的脚步。

有些人办事根本不考虑实际效益，
哪怕事实上水还压根儿没喝上一滴，
就大嚷起河已牵来，掌握在我们手里，
让我玩命地用碓舂水空劳碌。

说起来这几个例子当然不够，
许多事都有骗子们从中插手，
不少次他们也碰得头破血流，
我可又被他们用来作精神支柱。

多少骗子专门靠拍卖我吃饭，
这种人原是胆小鬼，又是诈骗犯，
官僚主义者成了庇护他们的靠山，
我的名声也随之而受到了玷污。

这种情况带来的损失实在难以估计，
视而不见的眼睛怎能算得公正和锐利？
因此我现在还要提出控诉和抗议，
希望迅速地给我以正当的立足之处。

凡是骗子们足迹所到的地带，
造成了多少可以避免的灾害；
如果没有毛主席的谆谆告诫，
我还不知被糟蹋到何等地步！

感谢毛主席，他真是英明果断，
煞了骗子的威风，使之有所收敛，
从此他们不敢轻易地登台露面，
我也不再被骗子手随心所欲地摆布。

过去的事情，请你们仔细查查看，
我为谎言打掩护有过多少遍，
把那些欺侮我的美美地抽上几鞭，
根除它，我将要雀跃欢呼。

这是篇不折不扣、公正如实的账目，
历历罪行将会使骗子手心里发怵，
如果说我过去替他们当过帷幕，
今天我要作衡量他们罪恶的尺度。

过去和未来

铁依甫江·艾里耶夫（维吾尔族）

属相已过四轮，不觉年近五旬，
繁霜悄然无声，缀满我的双鬓。
每增一岁，即是翻过生命史册的一页，
自己用手记载下历史——人生的足印。
从少年时代起，我就翘首盼望着红旗，
对这一抉择，我从未感到丝毫悔恨。
与人民一道舒心地欢笑，我感到幸福，
心情稍觉宽慰的是，我的热泪为祖国而揾。
那些头脑发热的冲动，已经成为人们的笑柄。
不辨真伪，愚忠曾经蒙蔽过我的眼睛，
误认奸佞为战友，这个苦头我已尝尽。
发狂的左撇子画匠随心所欲地给我画像，
怎能设想我会是他们涂抹的那幅情景。
为人民高歌被视为罪恶，棍子何其蛮横。
曲折坎坷的道路给我增添了智慧，
眼睛亮了，一切都看得更加分明。
不能容忍的是在人民面前飞扬跋扈，
但遇上无赖，我决不再丝绦般柔顺听命。
人民今天已经开始了新的长征，
我力争与时代合拍，但决不出卖良心。
诚实和勇敢是纯正的诗歌必备的属性，
我愿为这一品格而冶炼自己的灵魂。

只要能少想自己,就不难道破真理,
我本是跣足的牧童,又何惧溪水没胫!
对于阴暗,我将投之以诅咒的冰雹,
让未来的生命涓滴无遗地奉献给革命!

唱不完的歌

铁依甫江·艾里耶夫（维吾尔族）

每个夜晚，我都徘徊于这条小巷，
唱着同一支歌，在这儿踯躅徜徉。
我朝着一座山峰不断地跋涉攀登，
但至今依旧盘旋在崎岖的山径上。

今晚我又用这支歌，
去轻轻叩击那扇窗棂。
不知哪儿"吱呀"一声门响，
传出一个老头儿呵斥的声音：

"你天天如此，嚷得人不得安宁，
莫不是得了治不好的精神病。
你自己不睡，也不让别人休息，
什么唱不完的歌？老是唱个不停！"

"别见怪呵，老大爷，想想往日的情景，
您不也曾经是个难以入眠的年轻人，
这就是那支您当年也唱不完的歌呵，
如今，您怎么就不理解这种心情！"

甘　露①

铁依甫江·艾里耶夫（维吾尔族）

我们饱览了青格勒大草原的风光，
干渴时跨进一顶雪白的毡房，
"好客的主人，你们的'甘露'呢？"
哈族少妇应声将新鲜的马奶酒斟上。

这马奶如此的清凉醇厚、香甜味美，
把它称之为"甘露"，的确当之无愧。
一位同伴讪笑我："瞧你，把脸喝得绯红。"
我说："这么美的甘露怎不令人沉醉！"

不料这句话引起满毡房一片哄笑，
少妇满面通红，羞涩地把头低垂，
谁知道她的名字原来就叫"甘露"呢，
不过知道了，又何必将这话收回。

---

① 意为甘露、圣水。哈萨克妇女中有以此命名者。

芍药丛里的蝎子草

铁依甫江·艾里耶夫（维吾尔族）

我向芍药伸出了手，
却被蝎子草咬了一口。
我问它：你这是干吗？
它说：我把芍药护佑。

芍药花呀，多美的花！
它为春天增添了光华。
蝎子草说话不知羞耻，
你有什么资格保护它！

正当我茫然不解之时，
身边走来了一位哲士。
他说：毒草也有美色，
外貌和鲜花毫无二致；
它也和鲜花一模一样，
从大自然把营养摄取；
它还有一个特殊脾性，
专门爱长在鲜花丛里，
凭借鲜花而维持生命，
反以鲜花的护佑自居，
鲜花爱好者一不留神，
它将把你的指头咬噬。

听了哲士的一席教诲，
深感自己的昏黯愚昧，
我把这一件辛辣教训，
写在自己受伤的心扉。

我把你的嘴唇比作葡萄

铁依甫江·艾里耶夫（维吾尔族）

我把你那圆润饱满的嘴唇，
比作这醇酒、玛瑙般的葡萄。
这话里可没有包藏着别的意思，
姑娘，你千万别为此而气恼。

你该还记得，去年的夏季，
当我们钻进这枝繁叶茂的架底，
玉润珠圆的葡萄是那样的令人惊喜，
我一边吃个没够，一边赞叹不已。

那时，看着我的馋相你嫣然一笑：
"来年再看吧，一定更甜更好！"
从你嘴唇中冒出的这个心愿，
意味着再一次把我相邀。

今天，我们又跨进这片园林，
笼罩我们的已是无边的绿阴。
葡萄架成了碧莹莹的天幕，
葡萄串犹如亮晶晶的繁星。

吮吸着这饱含蜜汁的葡萄，
我不禁兴味盎然地凝视着你。
这马奶子葡萄如此的神奇美妙，

使我不由得拿它和你的嘴唇相比。

你倾注了全部的心思和情愫，
为了对郑重的许诺信守不渝。
人间有了像你这样美好的姑娘，
才产生"甜蜜的声音"这样的词句。

是你的拳拳深情酿出了诱人的果汁，
而它又是首先从你唇边溢出。
姑娘，我的联想不是毫无来由吧？
这下你该明白了，我这比喻的意思。

春的赞歌

克里木·霍加（维吾尔族）

王一之　译

一

今年的春天来得格外早呵，
步步都留下闪光的足迹。
她伸开青烟碧雾般的垂天之翼，
给山山水水披上了丝绒的舞衣。
为垂柳的绺绺长辫插上了金钗珠钿，
把园林妆点得艾特莱斯①般绚丽。
轻盈的紫燕在蓝天高高飞翔，
黄鹂和蓓蕾在绿阴娓娓低语，
给人间带来了无限温馨的活力，
把凛冽的严冬驱赶得渺无踪迹。
鱼儿和溪水亲昵地唼喋嬉戏，
戈壁大漠也呈现出一派葱茏的生机，
珍宝岛上的蒹葭已被春风染绿，
鸟语花香的云南更是春光旖旎。
从昆仑之巅到福建海滨，
从西沙礁盘到中原大地，
日夜响彻着建设的喧声，

---

① 艾特莱斯：维吾尔族妇女所喜爱的做裙衫用的一种彩色花绸。

到处洋溢着战斗的气息。……
中国，将永远成为春天的家园，
一年四季都有百花争奇斗妍。
此刻呵，我怎能不放开嘹亮的歌喉，
尽情地把春天歌颂咏赞。

二

谁若是没有见识过"地狱"的黑牢，
不曾遭受过炼狱烈焰的煎熬，
他就难以懂得天堂仙境的美好，
更领略不到玉液琼浆的奇妙。
夜莺最懂得珍惜满园新绽的蓓蕾，
鲜花也最喜爱枝头嘤鸣的夜莺。
乌鸦只会糟蹋园林的美景，
蝙蝠畏惧的恰恰正是光明。
带头羊最熟谙峰峰坳坳的盘肠小径，
首饰匠一眼就能分辨出铜和金。
没有经受过冰锋雪刃的伤害，
对春日花朝的温馨就体会不深。

严峻冷酷的一九七六年呵，
历史上还有哪年像你有这么多的不幸？
剜心的哀乐不容人有丝毫的喘息，
悲恸的泪水浸透了祖国的大地。
嫉恨已久的妖魔乘机窜出了洞穴，
张牙舞爪要把人们拖入阴森的地狱。
镣铐蛮横地紧锁起科学和真理的喉咙，
皮鞭残暴地抽打着理想和正义的背脊。……
我忧心忡忡地注视着中南海的红墙，
向着那雄伟的驻春山①深情凝望：

① 驻春山：维吾尔族民间传说中四季常春、具有神奇力量的宝山。

028

井冈山的潺潺流水是否会从此枯竭？
此呼彼应的号角是否会顿时停歇？
红军战士草地篝火旁的热烈憧憬，
是否会像夭折的花蕾，成为泡影？
毛主席为之神往的"高峡出平湖"的壮丽景色，
是否将永远停留于浪漫主义的吟咏？
周总理呕心沥血绘制的宏伟蓝图，
连同他毕生护卫的猎猎红旗，
是否会从此消逝于天际？
天山呼啸狂卷的北风，
吹不掉我心中郁结的疑团；
零下四十度的冰雪严寒，
冻不灭我满腔愤怒的火焰。
悲愤不可遏，我昂首问苍天：
为什么几个摇唇鼓舌的小丑，
居然能搅得八亿人寝食不安？
为什么一小撮野心家、权欲狂，
竟然能劫取到生杀予夺的大权？
为什么出生入死的革命先辈，
一个个横遭诬陷、惨受摧残？
为什么那一套愚弄理性的妖术符咒，
像瘟疫流行、猖獗地祸害人间？……
呵，我亲爱的祖国——生身的母亲，
你的荣辱和命运、你的兴衰和浮沉，
怎能不叫你的儿女忧心如焚！

三

深邃的江水看上去缓缓悠悠，
平静的江面下潜伏着汹涌的激流；
火山的沉默只不过由于时辰未到，
美丽的词藻又怎能把暴行掩盖长久？
水流不断注入，湖水终将溢出；

锋棱扎进骨髓,谁还忍受得住?

万千战马,振鬣掀蹄,等待战机,

昂首怒嘶,鬃毛耸立,急于出击。

地平线上雷鸣电闪召唤着暴风骤雨,

纪念碑前爱与恨的烈火映红了天际。

涓涓滴滴汇聚而为掀天的巨澜;

悲泣呜咽顷刻化作万钧的霹雳。

巨碑参天犹如中华民族钢铸的脊梁;

花环似海预示了春已临近的讯息。

面对着血腥的棍棒和狞笑,

人民再一次把骄傲的头颅高高昂起。

是与非经历了多少次对垒;

人与妖经历了多少次搏斗;

光明与黑暗经历了多少次厮杀;

春光与严冬经历了多少次较量。

新春终于在深秋降临了大地,

十月六日——这新春的节日呵,

历史将挥动如椽巨笔,

用金色的大字将你永远铭记。

从此谁封斋①谁享受开斋节的欢乐,

正如行星的运行都按照正常的轨迹。

善歌的夜莺飞出了狭窄的囚笼,

灵感的鹰隼翱翔于无垠的太空。

我以睫毛写下自己的诗句,

喜悦的泪水真比墨汁还浓。

仰望阳光辉映的雄伟天山,

俯看百花竞开的辽阔草原,

此刻呵,我怎能不放开嘹亮的歌喉,

尽情地把春天歌颂咏赞。

---

① 封斋:伊斯兰教习俗,每年伊斯兰教历太阴年9月为斋月。斋月中教徒每天净身斋戒,白天不饮不食,是
谓封斋,满1月即到开斋节,是时若汉族之于春节,互相祝贺,极为隆重热闹。

四

今年的春天来得格外早呵,
步步都留下了闪光的足迹。
她踏着凯歌的节拍欢欣雀跃而来。
对受创的心灵是滋养的蜂蜜;
对母亲的夙愿是莫大的慰藉;
对病人的疾苦是洛克曼①式的神医。
她抚摸着母亲抑郁低垂的头颅,
把她满面悲戚的泪痕轻轻拭去。
用金梳为她梳理纷乱的长发,
纠结的乱麻挽成了乌亮的发髻。
干瘪的血管流进了青春的血液;
垂危的生命注入了蓬勃的生机;
昏暗的眼神恢复了敏锐的视力;
羸瘦的躯体焕发了旺盛的精力。
苍白的面颊泛起榴花般的红晕,
春天创造了返老还童的奇迹。

新翻的沃土散发青春的气息,
沸腾的钢水辐射出春的热力,
琅琅的书声激荡着春潮活跃的喧哗,
飞奔的长龙凭借着春风鼓起了双翼。
文苑里姹紫嫣红,春花如彩练当空,
舞台上蓝天万里,春云正舒卷如意。
战士们锃亮的枪刺上,
凝聚着保卫春天的钢铁意志;
科学家在彻夜的灯光下,
探索着发展春光的无穷奥秘。
秋收起义到“四五”运动的殷殷热血,

---

① 洛克曼:维吾尔族民间传说中华佗、扁鹊式的人物,据说有起死回生的医术。

化作了神州充塞天地的盎然春意。

在这歌颂锦绣春光的欢乐时刻，
人们呵，千万不可将历史的教训忘记。
再也不能让千金难赎的大好年华，
无所作为地像泥水一样白白流去。
更不能容许任何人垄断真理，
用迷信培植鹰犬，用愚昧制造奴隶。
让民主和科学取代中世纪的专横和蒙昧，
让真理的光辉廓清巫祝荒诞的梦呓。
让一切都在实践的电子显微镜下经过严格的科学检验，
是珍珠我们倍加珍惜，
是鱼目我们坚决摒弃！
只有从血液中滤掉奴性的水分，
才能解放思想，夺取新长征的伟大胜利。
再也不能作茧自缚、为渊驱鱼，
甘居落后还自鸣得意，
因为我们以及我们的子孙，
决不愿敌人的坦克碾上我们的土地。
为了建设和保卫祖国的春天，
我们就得加大油门、开足马力；
我们既要社会主义的民主和自由，
更要无产阶级的钢铁纪律。
一切为了四个现代化的早日实现，
一切为了祖国的春天变得更加绚丽。

五

今年的春天来得格外早呵，
步步都留下了闪光的足迹。
三九隆冬的积雪在她脚下迅速消融，
漫山遍野的草木蓊郁勃舒、苍翠欲滴，
清新的空气送来了馥郁的花香，

粼粼的湖水泛起了金色的涟漪。
如果说我们醉心于春光的妩媚娇憨，
春天更是爱慕中国人民的勤劳勇敢。
她像一个活泼聪颖、温柔美丽的少女，
深深地、深深地爱上了今日中国——
　　　这个锐意上进、英姿勃勃的青年。
春天已和我们的祖国结下了不解之缘，
严冬再也休想把这忠贞的爱情拆散。
经受过风雪冰霜折磨蹂躏的心灵，
又怎能不对她爱得格外的真挚缠绵！
倾注于春光的爱奔泻为我的诗篇，
投掷于严冬的恨淬砺着我的宝剑。
此刻呵，我怎能不放开嘹亮的歌喉，
尽情地把春天歌颂咏赞。

与 心 谈 心

克里木·霍加（维吾尔族）

心，前来，咱俩好好聊聊，
你别学水上的浮沫随波逐流；
祖国如此伟大，道路如此神圣，
征途中切不可彷徨停留。

年轮已刻下四十五个春秋，
但见鬓角霜凝，华发日稠；
尽管未能增添多少智慧，
但也别再在愚昧的泥淖中沉浮。

从每一步足迹中去探求教益，
哪几步走得端正，哪几步斜迤？
回头审视审视走过的历程，
免得像公鸡拍翅，盲目地沾沾自喜。

不要奢望不已，要心术端正，
人民喂你以蜂蜜，不能报之以毒鸩；
负心之徒终不会有好的"报应"，
千万别学那身败名裂的蠢人。

倘使你担任了一官半职，
待人处事更应恪守公平正直；
不能说真话就宁肯装哑巴，
也别放空炮作欺人的骗子。

善心毕竟不能说成是恶意，
作恶者到头来决不会万事如意；
千万不可指良为莠，指鹿为马，
损害别人而为自己谋求名利。

好男儿要为人民的忧乐操心，
为真理何吝献出宝贵的生命。
要在诚实中度过自己的一生，
决不做往白酒中掺水的商人。

伪善者的秘密迟早总会暴露，
英雄的心血终究不会白付；
人民爱戴敬仰者自然流芳千古，
为人们所诅咒者只不过是行尸走肉。

无须为怕死而四处逃避，
人嘛终有一死，你怕也无益；
但宁死也得光明磊落，不说假话，
决不可为了苟活而随风飘曳。

心术不正者切忌引以为伴，
他会给你招来无穷的后患。
正直的男儿决不会背弃友谊，
只有孬种才把好人出卖给坏蛋。

愿真主保佑，杜绝那荒唐的诬陷，
愿世上再别有莫须有的"罪愆"。
愿这种无中生有的人离我们十万光年，
千万别为炙烤无辜者而添薪加炭。

皮肉上的苦楚，人们可以忘记，
恶语伤人，天呐，比刀子还要锋利！
毒蛇咬人想来也不过如此，
你可记住，别向那见人就咬的疯狗学习。

狗每每狂吠,一见人衣衫残破,
这种秉性也使它往往难逃拳脚,
结果还是夹起尾巴落荒而逃,
所以切不可狗眼看人,恃强凌弱。

大河有水渠里也不干,
齐心协力可收麦菽于石山。
人民犹如河水,你则是鱼,
千万别以为离开了河水会活得更欢。

别认为世上之事我都通晓,
涓涓一滴在大海面前异常渺小;
试看杯水几曾载起舟楫?
切莫自命不凡而自寻烦恼!

来吧,心,让咱们一块儿探求正道,
别在那蹊径小巷中徘徊旋绕。
既然为人之道要讲究忠厚、耿直,
那就坚持下去,莫因风风雨雨而动摇。

我向你提出如许忠告,决非虚妄,
这都是实在的真理,尽管它质朴无华。
恪守它兴许会招来弥天的横祸,
但也无须喊冤叫屈,而应泰然豁达。

喂,霍加,你大可不必悒郁悲怆,
美好的愿望最后终将如愿以偿。
总有一天北京会有明谕颁降,
你切不可在蒙昧中虚度时光。

作者附记:这首诗1971年作于乌拉泊"五七"干校。当时只能默记在心,不敢写到纸上,只在个别知心好友中朗诵过。直到今天,它才有机会和读者见面。

柔巴依①（十首）

克里木·霍加（维吾尔族）

一

有人问：夜莺啊，你为何彻夜不睡，
你的歌声为何那样地令人陶醉？
夜莺说：因为我已经飞出了牢笼，
这瑰丽的花园打开了我的心扉。

二

有人问：花儿啊，你为何如此娇艳，
你的清香使我的心魂那样地舒展？
花儿说：我的一切都来自这块土地，
失去它，我只能是一株枯萎的草秆。

三

有人问：太阳的航道在什么地方？
我说：难道你未曾到长安街游逛？
太阳啊，白天黑夜都从这儿经过，
要不，我的祖国为何是光的海洋？

---

① 柔巴依：维吾尔族诗歌的一种格律，每首四行，独立成章。

四

没有美丽的花园,小鸟怎会婉转啼叫,
没有广阔的草场,马驹怎会自由奔跑;
没有纯净的香油,灯捻怎会荧荧闪耀,
祖国啊,没有你,我怎么会诗情如潮!

五

云雾有时能把山峦笼罩,
简直要把山峦一口吞掉。
一阵大风把它刮得无影无踪,
山峦却依然那样地巍峨峻峭。

六

花园的繁茂是因为百花竞秀,
个人只是万仞山上的一块石头。
岩石的嵯峨正由于它附丽于高山,
离开大山,一块石头成得了什么气候!

七

一丛沙枣,在塔里木河畔安了家,
铁打的干,银造的叶,金铸的花。
惊雷、冰雹、风沙、盐碱全不怕,
一心给大地披上瑰丽的霓虹彩霞。

八

夏天,枝头的核桃浑圆青嫩,

秋天,风霜给它硬壳雕满皱纹;
这不正意味着它头脑的成熟?
不信,请看看哪颗不充满果仁!

九

火柴烨然一亮,迅即结束了一生,
然而,在人间留下了光明的一瞬。
生命的价值和情趣不就在于此么?
懂了这点,何须计较短寿或长命!

十

蒲公英鄙夷地揶揄无花果树:
"你糊涂了,居然觍颜侧身于花木!"
无花果树答道:"秋天再看吧,
究竟是你有眼无珠,还是我滥竽充数。"

故乡的黎明

克里木·霍加（维吾尔族）

郝关中　译

像那牧放在草原上的羊群，
白云飘荡在无际的高空。
晨风是赶着羊群的牧人，
不知它把白云吹向何方？

一轮又圆又亮的红色球体，
从山顶向我滚来。
哦！原来是初升的太阳，
和大自然在拥抱相爱。

昨晚充当了鸟巢的枝头，
你瞧，花儿绽放笑颜。
海鸥在金色瀚海展开了翅膀，
将汹涌的浪头拨到了两岸。

我也卷进了温柔的海浪里，
海涛为我溅起了美丽的珍珠。
我的村庄啊，仿佛是海里的小岛，
笑眯眯地向我伸出了双手……

苹 果 树 下

闻 捷

苹果树下那个小伙子，
你不要、不要再唱歌；
姑娘沿着水渠走来了，
年轻的心在胸中跳着。
她的心为什么跳呵？
为什么跳得失去节拍？……

春天，姑娘在果园劳作，
歌声轻轻从她耳边飘过，
枝头的花苞还没有开放，
小伙子就盼望它早结果。
奇怪的念头姑娘不懂得，
她说：别用歌声打扰我。

小伙子夏天在果园度过，
一边劳动一边把姑娘盯着，
果子才结得葡萄那么大，
小伙子就唱着赶快去采摘。
满腔的心思姑娘猜不着，
她说：别像影子一样缠着我。

淡红的果子压弯绿枝，

秋天是一个成熟季节，
姑娘整夜整夜地睡不着，
是不是挂念那树好苹果？
这些事小伙子应该明白，
她说：有句话你怎么不说？

……苹果树下那个小伙子，
你不要、不要再唱歌；
姑娘踏着草坪过来了，
她的笑容里藏着什么？……
说出那句真心的话吧！
种下的爱情已该收获。

夜莺飞去了

闻　捷

夜莺飞去了，
带走迷人的歌声；
年轻人走了，
眼睛传出留恋的心情。

夜莺飞向天边，
天边有秀丽的白桦林；
年轻人翻过天山，
那里是金色的石油城。

夜莺飞向天空，
回头张望另一只夜莺；
年轻人爬上油塔，
从彩霞中瞭望心上的人。

夜莺怀念吐鲁番，
这里的葡萄甜、泉水清；
年轻人热爱故乡，
故乡的姑娘美丽又多情。

夜莺还会飞来的，
那时候春天第二次降临；
年轻人也要回来的，
当他成为一个真正矿工。

葡萄成熟了

闻　捷

马奶子葡萄成熟了，
坠在碧绿的枝叶间，
小伙子们从田里回来了，
姑娘们还劳作在葡萄园。

小伙子们并排站在路边，
三弦琴挑逗姑娘心弦，
嘴唇都唱得发干了，
连颗葡萄子也没尝到。

小伙子们伤心又生气，
扭转身又舍不得离去；
"悭吝的姑娘啊！
你们的葡萄准是酸的。"

姑娘们会心地笑了，
摘下几串没有熟的葡萄，
放在那排伸长的手掌里，
看看小伙子们怎么挑剔……

小伙子们咬着酸葡萄，
心眼里头笑眯眯：
"多情的葡萄！
她比什么糖果都甜蜜。"

晚　霞

闻　捷

夕阳在蔚蓝的天空，
抹下了五光十色；
微风与牧人们耳语：
你看它变幻无穷。

那、那一溜金黄的——
该不是负重的骆驼队，
摇着悦耳的铜铃，
在起伏的沙梁上缓行；

那、那一团火红的——
该不是奋鬃长鸣的骏马，
忽地腾空跃起，
想跃过那积雪的山峰；

那、那一片雪白的——
该不是驯良的羊群，
相互挨挤着又追逐着，
嬉游在牧草肥美的湖滨；

那、那一块绛紫的——
该不是肥胖的乳牛，

吊着两大袋奶子，
摇头摆尾地走进新圈棚。

草原上的牧人哟！
爱恋这七月的黄昏；
你听！是谁弹起三弦琴，
歌唱晚霞洞悉牧人的心……

舞会结束以后

闻　捷

深夜，舞会结束以后，
忙坏年轻的琴师和鼓手，
他们伴送吐尔地汗回家，
一个在左，一个在右……

琴师踩得落叶沙沙响，
他说："葡萄吊在藤架上，
我这颗忠诚的心呵，
吊在哪位姑娘辫子上？"

鼓手碰得树枝哗哗响，
他说："多少聪明的姑娘！
她们一生的幸福呵，
就决定在古尔邦节①晚上。"

姑娘心里想着什么？
她为什么一声不响？
琴师和鼓手闪在姑娘背后，
嘀咕了一阵又慌忙追上——

"你心里千万不必为难，

---

① 古尔邦节:少数民族节日。

三弦琴和手鼓由你挑选……"
"你爱听我敲一敲手鼓？"
"还是爱听我拨动琴弦？"

"你的鼓敲得真好，
年轻人听见就想尽情地跳；
你的琴弹得真好，
连夜莺都羞得不敢高声叫。"

琴师和鼓手困惑地笑了，
姑娘的心难以捉摸到：
"你到底爱琴还是爱鼓？
你难道没有做过比较？"

"去年的今天我就做了比较，
我的幸福也在那天决定了，
阿西尔已把我的心带走，
带到乌鲁木齐发电厂去了。"

烧　荒

艾　青

小小的一根火柴，
划开了一个新境界——

好大的火啊，
荒原成了火海！

火花飞舞着、旋转着，
火柱直冲到九霄云外！

火焰像金色的鹿，
奔跑得比风还快！

腾起的烟在阳光里，
像层层绚丽的云彩！

火焰狂笑着、奔跑着，
披荆斩棘，多么痛快！

火的队伍大进军，
豺狼狐兔齐闪开！

野草不烧尽，

禾苗起不来！

快磨亮我们的犁刀，
犁开一个新的时代！

垦荒者之歌

艾 青

我的家在钱塘江上，
那儿是鱼米之乡；
同志，请你告诉我：
哪儿是你的家乡？

说什么家乡不家乡，
灶王爷贴在腿肚子上——
祖国的河山到处都可爱，
人在哪儿哪儿就是家乡；

说什么"西出阳关无故人"，
老战友都在国营农场——
有的来自南泥湾，
有的来自北大荒；

我们走过天涯海角，
我们到过穷乡僻壤——
从海南岛到黑龙江，
从黑龙江到新疆；

我们都是军垦战士，
荒原就是我们的战场——

改造自然是我们的理想，
我们为祖国开辟粮仓。

伊犁的苹果香又甜，
鄯善的瓜儿甜又香，
我们要把祖国大地，
处处变成鱼米之乡；

田野呵多么辽阔，
天空呵多么晴朗，
骑着马儿轻轻地唱：
"我们可爱的家乡……"

帐　篷

艾　青

哪儿需要我们，
就在哪儿住下，
一个个帐篷，
是我们流动的家；

荒原最早的住户，
野地最早的人家，
我们到了那儿，
就激起了喧哗；

探索大地的秘密，
要把宝藏开发，
架大桥、修铁路、
盖起高楼大厦；

任凭风吹雨打，
我们爱自己的家，
它是这样锐敏，
反映祖国的变化；

换一个工地，
就搬一次家，
带走的是荒凉，
留下的是繁华。

年 轻 的 城

艾 青

我到过许多地方
数这个城市最年轻
它是这样漂亮
令人一见倾心

不是瀚海蜃楼
不是蓬莱仙境
它的一草一木
都由血汗凝成

你说它是城市
却有田园风光
你说它是乡村
却有许多工厂

苍郁的树林里面
是一排排的厂房
百鸟的鼓噪声中
传来马达的声响

空气是这样清新
闻到田野的芳香

微风轻轻吹拂
掀起绿色的波浪

它像一个拓荒者
全身都浴着阳光
面对着千里戈壁
两眼闪耀着希望

更像一个战士
革命的热情汹涌
只要一声号令
就向前猛打猛冲

到处都是建设工地
劳动的声音在沸腾
我的心随着手推车
在碎石公路上飞滚

艳阳天,风雪天
在黎明,在黄昏
一年三百六十天
看它三万六千遍

因为它永远在前进
时时刻刻改变模样
因为我透过这个城市
看见了新中国的成长

黄　花

刘肖无

黄花，又叫金针，是你餐桌上常见的菜肴，虽然并非珍品

但，我一就座，耳边就响起"焉得萱草，言树之背"诗的声音

这声音是最早的声音，最美的声音，是人类婴儿第一次听到的声音

这诗啊，告诉我们，萱草就是母亲

谁能测出诗人想象的魅力有多广多深，千代万代，十亿人民，谁
　　　没有祖国，谁没有母亲

而这金针，不正是萱草的蓓蕾，最亲最爱的母亲身心的一部分

每当含在我的口中，很久很久，我不咀嚼，我在吸吮

是母亲诱人食欲的乳汁啊！富于营养的乳汁，生长的力，智慧的神

是无微不至的母爱，是难分难舍的慈心

萱草花开，够多么芬芳，多么秀媚，多么端庄清俊

可含苞未放，就被采撷，被晾晒，被烹饪

母亲的美丽青春，哪儿去了？孩子长大成人，娇娆的面颊，偷偷地
　　　爬上了皱纹，过早的严霜，侵入双鬓

世界上还有谁能比得上母亲，最伟大，最无私，最富有自我牺牲的
　　　精神

此时此际，我吸吮着，我心中暗暗地呼唤着，默默地亲吻着母亲

还有什么能够是属于我呢？属于我自己，我个人

一切的一切，都来自母亲；一切的一切，不也都应该为了母亲

母亲，请您接受吧，世界上最纯真，最无邪的赤子之心

祖国母亲　我深深地爱着您

郭基南(锡伯族)

当我第一声啼哭,来到这
人世间的时候,祖国母亲
就紧紧地抱住了我这赤子
用家乡金泉的水,洗涤了
我幼体上的胎脂,拿九州的
布帛做褓褓,将我放入
天山杉木的摇床上,落户在
伊犁河谷的一个农村里

于是,我的脊背上便烙下
中国儿子的印记,我的命运
就跟祖国的命运在一起
奔波、涉世,涉世、奔波……
经历了多少风霜雨雪
可是啊! 我在祖国的怀抱里
吸吮母亲的甘美乳汁,领略
五湖四海的炽情,深蒙古今
灿烂文化的熏陶,逐渐成长
铸就了中华民族的灵魂。也
就是在祖国的怀抱里,我接受
革命的洗礼,获得新的生命
走上了光辉的历程

今天，坚定的信念像座大山
磅礴于世，无比壮丽
美好的理想又好比是放飞的
雄鹰，在蓝天、山川、海上翱翔
祖国大地遍开瑰丽的鲜花
吐芳溢彩！每一朵鲜花呀
都是一首美妙的诗，令人
心爱、钟情、赞叹……

我站在花丛之中，品味这
盛世的气息，感到无比
欢欣、无比幸福！啊，在我
心目中，祖国母亲的恩情
确实比山高比海深！我时时
刻刻都在深深地爱着，爱着
您这慈祥的、美丽的、正义的
豪迈的伟大母亲中国

吐峪沟散记

郭基南〔锡伯族〕

我不是来这里朝觐拱北玛扎圣地
即使是闻听过七人一犬坐化的故事①
我是特来观赏吐峪沟人的杰作——
这火焰山南麓晶莹璀璨的绿珠

瞧！一泓清水从峡谷潺湲流溢
滋润着两岸生机盎然的土地
新时期的农民们用生命的经纬
编制着古丝道上的村落新姿

夏收过的麦田上复又种出谷粟
绿油油、齐崭崭，哪肯落伍
亭亭玉立的棉株早已挂满桃铃
将要吐出银海一片，白云万朵

采蜜的蜂群引我走入瓜地
又黄又大的哈密瓜到处皆是
浓郁的芳香呛得人连连发咳
尝一口甜得将舌头几乎裂道口子

---

① 火焰山的一个山洞里，有七人一犬形状的岩壁。传说是在古代，反抗奴隶主的奴隶，为逃避追捕，进此洞坐化而成。

悠扬的都塔声弹奏出新生活的气息
循声觅见一排排崭新的农舍村居
不管你走进哪一户人家里
都会有丰盛的美餐和挚情接待你

坡上的藤叶层层蔓延叠翠涌绿
簇拥着白紫透亮的葡萄如糖似蜜
未品上嘴里就先甜在心上
怪不得古埃及人曾销魂于此①

从前这里是个有名的"百里风区"
飞沙走石不知湮没了多少村宅田地
代克亚努斯②嗜血的皮鞭和魔爪
不知夺去了多少人生存的权利

共产党今天使人民成为自己命运的主宰者
代克亚努斯的皮鞭再也不能欺压乡里
党还使人民学会了固沙拒风的妙术
降伏风魔沙妖,创造人间奇迹

轻盈的燕子在绿洲上空飞来飞去
好像把丰收的喜讯传递南北东西
七女峰③也回眸流盼这故土新貌
啊! 美丽的吐峪沟在晨光中沐浴

---

① 据说古时候,有个叫艾合买提的埃及人,同其弟弟来到拱北玛扎,寿终于此地。
② 代克亚努斯:是指旧时残暴的统治者。
③ 七女峰:是火焰山的一座山峰,传说是由七位仙女化成。

母 亲 笑 了

库尔班阿里·乌斯曼诺夫（哈萨克族）

成 勋　朱 曼　译

已是更深夜静时分，
草滩上静卧着畜群，
草原深处还亮着一盏灯，
毡房里躺着将要分娩的母亲。
母亲躺在床上，奄奄一息，
死神已逼近她身边……

死神步步逼近，
母亲在床上奄奄一息，
就像摇曳的残灯将要熄灭。
奶奶心如火焚，祈祷上苍：
愿儿媳平安、孙儿早早降生！

呵苍天，愿骏马插上双翅，
快快迎来
搭救母子性命的恩人。
一分一秒时间多么难捱
危难的产妇等待着白衣战士来临……

此时产妇已经昏迷不醒，
奶奶手足失措、惊恐万分；

她只能用老办法喷几口凉水，
可这怎能拯救产妇的生命?!

突然马蹄声由远而近，
奶奶的心快要跳出嗓门。
房门推开了——一股暖流涌进，
希望的星火倏地照亮了帐篷。

时间过了一秒又一秒钟，
一场生与死的搏斗仍在进行，
紧张中不知过了多久，
一条小生命终于平安降生。

母亲这时慢慢苏醒，露出了笑容，
她的生命注入了活力和欢欣。
奶奶更是万分喜悦，
她庆幸那恐怖的风
已调头远去,刮得无影无踪……

医生这才透出一口长气，
帽子上的红星闪烁光芒。
这血和汗凝聚成的情谊，
使周围的每一个人都异常激动。

草滩上漫布着畜群，
太阳已经绽开笑脸东升，
军民拥抱相别,依依不舍，
报春的鸟儿已将友谊的花巢，
筑在了他们的心中。

阿吾勒之歌（二首）

库尔班阿里·乌斯曼诺夫（哈萨克族）

亲 人 的 吻

我骑着善于奔腾的栗色骏马，
——两耳似芦苇挺立，
　　鬃毛如柔软的细纱。
我们向阿肯们聚集的盛会奔去，
我的旅伴都是些活泼的少年，风趣潇洒。

乘马匀称的碎步轻轻卷起风沙，
歌声随我们穿过一道道山岬，
心灵的鹰闪电般划过苍穹，
又舒展双翼飞向海角天涯。

歌声从人们的心底迸发，
随着心跳的节拍飞越山峦云崖；
青水滩卷起了银白色的水帘，
卡木河也伸开双臂热情地迎迓。

层峦叠嶂向客人含笑致意，
雪峰的银辉闪烁着耀眼的光华，
唐加里克在这里献出他的诗篇，
阿西木正满怀激情弹着冬不拉。

坐骑早被牵到马桩旁休息，
到处是亲人的笑语和喧哗；
年老的祖母吻着我们的额顶，
小孙儿笑眯眯地拉着我们进家。

少女们待人热情又显出敬意，
鲜艳的装束像孔雀的翎羽；
虽然我们的心被胸廓相隔，
心跳的节拍却永远连在一起。

心跳的节拍永远连在一起，
生命在随着鲜血更新和延续；
这正是我们的希望，
　　也许恰恰是这些——
驱使我们来到沸腾的诗的园地。

我骑着善于奔腾的栗色骏马，
——两耳似芦苇挺立，
　　鬃毛如柔软的细纱。
故乡哟，我坦率地表达了自己的希望，
把雄鹰坚硬的翅膀赐给我吧！

让我在您的高空里自由地翱翔，
我要让您的草原和山村开遍鲜花！

我 的 敬 意

啊，巩乃斯，黄金般珍贵的草原，
　　请接受我的敬意！
我知道，创业者正在你的沃土上创造奇迹。
你那柳条编制的摇床，还有母亲的乳香和亲吻，
能不引起我孩提时的甜蜜回忆！

啊,故乡!

　　我又回到了你的身边,

　　满怀乡思扑到你火热的怀里。

我像一匹疲惫的马,

　　在我熟识的草地上翻滚,

　　　　浑身增添着活力;

我更像一条游鱼,

　　在你的激流里游动,

　　　　和浪花追逐嬉戏。

我呼吸着你飘香的清新的空气,

它涤净了粘连在我胸腔的尘迹;

当我吻过一捧又一捧日夜怀念的乡土,

它的芳香更使我心旷神怡。

我清醒地,但怀着眷恋的心绪,

欣赏着你开满鲜花的辽阔的草地,

你的恩泽,你那温煦如阳春的情谊,

偷偷地拭去了我脸上岁月的纹记。

我两鬓的霜斑突然消失,

那苦难岁月的痕迹也被抹去,

噢,忽然出现了奇迹,

　　我好像重新回到了,

自己的童年时期。

是的,我重新获得了自己的童年,

　　——生命的宝贵的春天;

我从来不曾感到,

　　永远也不会感到,

还有什么更比故乡温暖,

　　——她使我如此眷恋!

啊,故乡!
　　让我重新回到你的襁褓里,
像怀中的婴儿任性地撒欢嬉戏。
让我把自己的心囊当做酒杯,
一饮而尽,那浸透母爱的琼浆玉液。

啊,巩乃斯,黄金般珍贵的草原,
　　请接受我的敬意!
我知道,创业者正在你的沃土上创造奇迹!
那些白发苍苍的老人都是历史的见证,
他们本人都有光辉的令人敬仰的经历。

青年是蓓蕾,是天才,
是燎原的熊熊火炬,
他们会把生活建设得更加美丽。
我要把自己的一切都献给青年,
愿他们从中采撷有用的东西。

我爱你那些天真的孩子,
让我一次又一次地
　　亲吻他们红润的面颊,
但愿在他们的脸上,
　　留下永不消逝的,
　　　　父爱亲昵的印记!
唷!瞧我同龄的朋友,
　　他们早已伸出双臂,
来吧,让我们热情地拥抱,
　　让心和心紧贴在一起!
噢,噢,还有你们的爱人呢,
　　也别让她们腼腆地在一旁伫立!

花开时节

阿不列孜·纳孜尔(维吾尔族)

不是么,仅仅还在昨天,
枝条刚萌出茸茸的嫩芽,
今朝倏地已是另一番景色,
园林浑然一片绚丽的彩霞。

翘首盼望的节令终于来临,
花开时节,扶疏的枝叶缀满奇葩;
严寒霜冻逃遁得不知去向,
再也不能将群芳肆意凌辱欺压。

瞧,这令人眼花缭乱的色彩,
花瓣上还滚动着珍珠般的露水,
朝阳露出少妇般娇羞的笑靥,
专向这儿倾注她全部的婀娜妩媚。

花气芬芳沁人心脾,随风飘浮,
它能使你心旷神怡,百病祛除;
鸣禽的啼啭汇成了神奇的音律,
娴熟的乐师也赞叹不已,自愧弗如。

这还不过是个新春,是个早春呵,
东风才轻盈地开始抚拂广袤的大地,
心儿已欢快地怦怦跳动不已,
前面,更浓郁的春意将光彩四溢……

白　雪

阿不列孜·纳孜尔（维吾尔族）

像白莱丽的花瓣一样，
雪花在漫天飞舞，纷纷扬扬。
怎能不赞叹这造化的神奇呢？
喜悦之情在我心坎上春潮般陡涨。

凝望着这晶莹的玉树琼花，
我独自沉入了诗境的遐想。
顷刻之间——就那么一会儿哟，
辽阔的大地已换上素裹银装。

山峦、丘陵、村舍和丛莽，
更加妩媚淡雅，更加清丽明朗。
田野里那稚嫩的麦苗身上，
已轻轻覆盖上鸭绒被一床。

小苗进入了冬眠的梦乡，小苗进入了冬眠的梦乡，
它睡得那样恬静安详。
春天一到紧跟着就是盛夏，
那时它将把丰收的歌儿吟唱。

我和小孙孙

阿不列孜·纳孜尔（维吾尔族）

当举手扯下这张日历，
倏忽又过去了一年。
你的能耐不也就如此吗？
无非在我髭须上再增添白霜几点。

可我的小孙孙已经会走路了，
再也不满足牵着在屋子里转圈。
他不停地活蹦乱跳跑着玩耍，
活脱脱是匹调皮的小马驹到处撒欢。

你别以为让我老了一岁，
就觉得法力无边而神气活现。
我可以苍老，但人类绝不会衰老，
青春将永远是人民的忠实同伴。

即使我须眉如雪，白首皤然，
但孙孙又将长成英姿勃勃的有为少年。
他会给岁月的脖颈上围上珍奇的项链，
那时我纵然老态龙钟又有何憾！

我们唱着往前走

杨　树

一

好啊！我们又站起来了！
昂起高贵的头颅，竖直不屈的脊梁，
闪闪发光的大路吸引我们走向想去的地方。
　　走哟！唱哟！唱着往前走哟！

　　颠扑和创伤教育了我们，
从此我们的双足更有力，头脑也更清醒，
我们不再叹息和迷惘，从此铁了一颗心。
　　走哟！唱啊！唱着往前走哟！

　　强忍住失去所爱的痛苦——
失去的同志激励我们，失去的亲人恳求我们，
失去的春天谴责我们，失去的秋天期待我们。
　　走哟！唱啊！唱着往前走哟！

　　听啊！多么贴心的语言——
白发苍苍的祖国说，每个儿女的前途和她的命
　　运相连，永远分不开！
青春焕发的祖国说，我要把你们更好地爱；你
　　们要做勤奋多思的好崽！
　　走哟！唱啊！唱着往前走哟！

看啊！何等动人的情景——
太阳重新照耀祖国的河山，春风又吹拂我们的
　　头发和短裙。
新出现的火炬在前面燃烧，正是夜以继日赶路
　　的吉日良辰。
　　　　走哟！唱啊！唱着往前走哟！

来呀！我们每一个人——
值得尊敬的浩劫的幸存者，你们虽年老但心还
　　年轻；
必须另眼看待的受难的一代，你们懊丧但确实
　　坚定。
　　　　走哟！唱啊！唱着往前走哟！

啊啊！我衷心请求——
请求老一辈，把你们多次默念过的遗嘱作为医
　　治满目疮痍的药方吧！
要求这一代，把你们无数次的内心独白作为描
　　绘美好未来的颜色吧！
　　　　走哟！唱啊！唱着往前走哟！

走了一个早晨。
已经饿了渴了么？吃顿粗茶淡饭吧，
然后读一篇回忆录，我们再把路赶。
　　　　走哟！唱啊！唱着往前走哟！

二

（呵，我们走着的这条路哟，
它原先并不存在，只是一条路的魂！
因为无数先驱者顽强地探索，
和成千成万人踏下的沉重的脚步，
它才艰难地印上我们古老的国土！

(这条路哟,我们已走完前面的一段;
但因为一个又一个绊脚石,
我们走走停停,耽搁了不少时间,
还跌了许多跟斗,付出无数买路钱。

(呵,一路上充满奇异的现象:
庄严肃穆的又庸俗低级的现象,
高尚的又卑鄙的,诚实的又虚伪的现象,
光明磊落的又肮脏龌龊的现象,
自由活泼的又心情并不舒畅的现象,
英勇的又怯懦的,纯洁的又污秽的现象,
团结友爱的又妒忌迫害的现象,
实事求是的又装神弄鬼的现象,
充满希望的又徘徊颓丧的现象,
可歌可泣的又可耻可恨的现象,
伟大的又渺小的,前进的又倒退的现象……

(然而,我们总归是走着,又总归是往前走着,
同志们的鲜血把沿路的泥土和碎石粘连起来,
这段路面于是结实了,闪着彩色的光亮;
许多人牺牲了,活着的人把他们掩埋在路边,
白骨作为垫石,这段路面永存于祖国大地上!

(宽阔的,闪光的道路在延伸,
呵,把美好的形象刻在里程碑正面,
把丑恶的形象刻在里程碑背面,
让时代的过客去作严肃的检验吧!)

三

　　我们接过接力棒,
接过历史任务,誓必走完这一段光明的路,
我们不考虑任何旁观者的指点,鬼和神的态度。

走哟！唱啊！唱着往前走哟！

我们跟集体在一起，

在太阳和星星照耀下，衣、食、住、行，劳动和歌唱，

我们补养集体并把自己补养，精神愉快，身体健康。

走哟！唱啊！唱着往前走哟！

我们有崇高的信仰，

我们是坚定的信仰者，我们信仰原则、规律、

未来，和美的境界，

但拒绝任何对于原则、规律、未来和美的境界

的随心所欲的曲解。

走哟！唱啊！唱着往前走哟！

我们真诚地希望——

稻田里到处响着不断的蛙鼓，玉蜀黍叶上的露

珠自然滚落，

树枝上的鸟儿不要被突然惊起，路旁的花儿不

至于不幸萎枯。

走哟！唱啊！唱着往前走哟！

我们迫切地需要——

一个母白鸽平安孵出小白鸽的季节，

有劳动节奏的白昼和有小夜曲的黑夜。

走哟！唱啊！唱着往前走哟！

啊，我们的口号是"要！"——

要沙漠退却到地平线之外，要森林蔓延成绿色

的海洋，

要人民的生活不止于温饱，而且文明、和睦、

幸福、安康。

走哟！唱啊！唱着往前走哟！

啊，我们的职责是"赋予！"——

赋予港口广度和深度，赋予机场宽度和速度，
赋予农村生动的风貌，赋予城市崭新的蓝图。

　　走哟！唱啊！唱着往前走哟！

　　走哟！唱啊！唱着往前走哟！
太阳高高照射，我们汗气蒸腾，红光满面；
凉风阵阵吹来，敞开襟怀，我们心地坦然。

　　走哟！唱啊！唱着往前走哟！

　　走哟！唱啊！唱着往前走哟！
我们庄重的脚步擂敲着大地：建设四化！
我们嘹亮的歌声拍击着蓝天：振兴中华！

　　走哟！唱啊！唱着往前走哟！

　　走哟！唱啊！唱着往前走哟！
　　走哟！唱啊！唱着往前走哟！

博斯腾湖水荡漾

杨　树

博斯腾湖水荡漾，
洗涤着烦恼忧伤；
虽然我只注视过一次，
至今胸臆间坦白非常。

湖中嵌着一颗绿宝石，
叫做"快快乐儿草原"；
这是当地牧民取的名字，
胜过一百首浪漫诗篇。

去吧！快乐的人们，
它会给你翱翔的羽翎；
去吧！忧伤的人们，
它会给你连串的笑声。

那儿的人民聪明勇敢，
到那儿牧羊无比逍遥——
每天有姑娘和你对歌，
还有小伙子跟你摔跤。

但是，自私自利者不要去，
明净的湖水不允许污染；

他们努力劳动为了集体，
为了更加快快乐儿的明天。

芦苇边的天鹅蛋也不能拣，
他们要保护繁育珍禽；
眼看小天鹅出壳,觅食,起飞，
原是他们百传不厌的新闻。

飞 翔 的 梦

杨 树

只有度过这么愉快的白天，
才能获得如此宁静的夜晚。
在一个宁静的深夜里，
我做了一个这样的梦，
扑闪着两个不疲倦的翅膀，
按照节奏时快时慢地飞翔，
根据需要忽高忽低地飞翔，
为了争取时间，努力地飞翔。

和蜜蜂围绕着花丛采蜜，
和蝴蝶寻觅绿草地跳舞，
和啄木鸟从这棵树干
转移到那棵树干掏虫子，
和大雁排着"人"字
飞过高山，平原与峡谷。

和鸳鸯交颈亲昵一会儿，
又和猫头鹰去捉田鼠，
和云雀直上九霄云外
衔来一颗璀璨的星星，
又和鱼狗沉入海底
叼出一株晶莹的珊瑚。

套上青竹做的小圈子，
和鸬鹚去给渔民捕鱼，
揭开羊皮缝的眼罩，
和猎鹰帮助猎人打猎，
和布谷鸟催唤农民播种，
和斑鸠森林里清除松毛虫。

记住茫茫的云中邮路，
和鸽子传送友好的书信，
保持始终不渝的爱情，
和纺织鸟营造幸福的窝巢，
和燕子屋梁上呢喃，
和白鹭稻田里漫步。

和苍鹰碧空俯瞰大地，
和麻雀藩篱啁啾自乐，
和雪鸡不畏惧严寒，
和鸵鸟安居于荒漠，
和百灵鸟双双地飞，
和孔雀款款地开屏。

和蜻蜓荷叶上面吮饮露水，
和萤火虫偏僻小路闪耀微光，
和蚕蛾交尾继续吐丝的事业，
和白天鹅降落昆明湖供人欣赏，
和夜莺同去绿化了的城市，
和喜鹊长住安定的农村。

和所有原来有翅能飞，
但现在退化了的
重作自由飞翔的梦，
和虽然本来没有翅膀，
但是希望飞翔的

生出两个翅膀飞翔。

和所有有翅膀的飞翔，
和所有飞翔过的飞翔，
和今天飞翔，栖落挺直的枝桠，
和明天飞翔，向往最高的山峰，
和诚实的现实飞翔，
和美好的理想飞翔……

呵，因为有如此宁静的夜晚，
我才在梦里也想着飞翔！

母亲和儿子絮语

杨　树

在一个舒适悠闲的日子里，
伟大的祖国母亲和她可爱的儿
子——军垦战士促膝絮语。

儿子：

"亲爱的母亲！你身体健康，容光焕发；这使得远离你膝
前的儿女们多么的高兴啊！"

母亲：

"人人都说，你们是绿洲的上帝；
我才十分的开心呢。"

儿子：

"我们听从母亲的吩咐，
在遥远的祖国边疆做了些应该做的事，
没有值得自负和骄傲的。
人们赋予的美称，
只是鼓舞我们
继续前进的一杯烈酒。"

母亲：

"谦虚谨慎和不断向前探索的精神，
原是我们民族的美德；
然而，你们也够辛苦的啊！"

儿子：

"母亲这么说；再苦些，我们都觉得沁甜的呢。"

母亲：

"我可把你们的辛劳记在心底里。

你们在二十世纪过过穴居的生活；

在严寒里冻伤了手指和足趾；

在烈日与热风中昏迷；

渴饮盐碱水，

饥餐囫囵包谷；

节约搞建设，

穿没有衣领和口袋的古代式衣服。

你们这种艰苦创业的精神使我欣慰，

而那超出人体负荷与思想假设的种种事迹，

又使我惊讶，

使我心痛得难以禁受。"

儿子：

"然而那样的时光都悄悄地过去了。"

母亲：

"艰苦的播种换来香甜的收获。

当我繁忙的时候，

你们那种把戈壁沙滩变良田的气息，

像凉风透过绿阴栖落我的脸庞，

使我倍感清爽愉悦而不觉得困倦。

当我休息的时候，

你们那麦海棉湖似的和连绵千里的防风林带的图像，

是我最喜爱欣赏的；

你们那豪迈、乐观、朴实而优美的歌声，

也是我最愿意静听的。

当我每每审视我们辽阔广大的国土版图时，

你们近半个世纪新建起来的表示县市和村镇的标志，

我总是久久地凝注和感叹不已。"

儿子：

"感谢母亲过分地宠爱。你还有什么要吩咐的吗？"

母亲：

"战争这个魔鬼总是在觊觎和平之神的轻信和忽视的罅隙；

你们那已经收藏起来的武器，还不曾生锈吧？

儿子：

"没有。我们有时还擦拭的。"

复活了的掷铁饼者

伊　萍

死寂、凝固，茫茫荒原……

风，吹着号角，拉开捕捞死亡的网，等待着。

野兽，圆睁着惊恐的眼，胆怯地逃走了。

复活了的掷铁饼者，突然跃起，踏碎一个古老的梦。

他大步走来。

热血，在暴起的筋管里突奔。

隆起的弹性肌肉，迸发着生命的力。

带着野马的狂纵，海啸的怒涛，肆无禁忌地踏进了上帝脚下

那幅亘古不变的静止的画。

硝烟未退的脸，黧黑中浸着紫红。

撕开面前漫天风沙张开的网，带着雷声的脚步，

震得大地微微颤抖，沙砾无力地呻吟。

他面前，隐现着飘动的篝火。

背后，刻下一行强者的脚印。

丛莽的路障，被踏倒了。

划破的衣裳，被血染红，被染红的还有骆驼刺上残存的小花。

点点殷红的珠子，随着前进的脚印，撒落在沙海上。

他艰难地向前跋涉……

飘动的篝火，在眼前闪动。

那不是探照灯强烈的光束。
喷火的烈阳，贪婪无情地吸尽他体内所有的水分，
通红的烙铁，在他嘴唇烫起无数燎泡。
死神送给他温存的一瞥。
坟墓，前进旅程上的驿站，
为远道而来的客人，储存着永恒的安逸。

他走着，疲惫而艰难。
踩着太阳、月亮、星星织成的图案。
他越过了山川、河流、大漠……
无数重叠的脚印，筑成开发者之路，化成壮丽的诗，
亢奋的歌，流向大漠深处的河。

耳边隐隐传来母亲的叮咛。
手扶满枝桃花的树，那少女就在他身后站立，
深情地凝视着瀚海中踽踽行进的他，
等待着他抱起那被历史丢失的弃婴，
被冷落了的地球的一角。

他跋涉着，向着瀚海的彼岸。
追着那团飘动的篝火，
去寻找那个即将在地平线上出现的葱茏世界。
掷铁饼者抛出的，绝不只是一道转瞬即逝的空中弧线；
抛出的铁饼，将击碎大漠中永恒的静止、僵死和寂寞……

老　梅

伊　萍

黎明用彩丝在天边织一张淡红色的网，
催落暗淡的星辰撒下一片清光，
被焦雷劈折的老梅树匍匐在潮湿的地上，
嶙峋的铁枝是指向蓝天的投枪。
晨风中微摇着枝桠
发出无限的感叹，
昨夜的噩梦还在噩梦初醒的眼前徜徉，
噬骨尖齿、滴血利爪、荧荧绿光的鬼眼，
黑色斗篷展翅在腐尸白骨上寻觅翱翔。
孤儿的哭声，寡妇的眼泪能把魔鬼养胖，
少女的眼睛、玲珑的心窍，王冠上红绿宝石闪光，
时代的皮鞭常常将善良的心无情地抽打，
而历史的绞索最终将套在杀人犯的颈上。

　　遍体鳞伤的老梅从碧血中得到精神滋养，
　　伤痕上迸发出新枝，花朵发出浓郁的幽香。

冬　青

——给 S·Y

伊　萍

彩蝶喧闹正逢百花竞艳的时光，
谁不爱春天？春天是诗的季节充满诗的幻想，
正像眷恋俏丽的少女，少女是人类的花蕾，
而蝙蝠喜爱黄昏，魔鬼却嫉恨耀眼的太阳。
春天呵，毕竟是暂短的，像匆匆的过客，
严冬是残酷的，却比漫漫的黑夜更长，
当粉黛妮紫被时光的流水冲掉之后，
留下的枯瓣败叶令人伤心地委身于道旁。
唯有你没有炫目花朵的痴情爱侣呵，
在欢宴盛会之后才从白雪覆盖的大地上登场，
任凭狂风肆虐，暴雪凌辱，依旧傲然自持，
用青铜盾牌、鲛皮柔甲抵挡着飞镝冷枪……
　　在冰封的大地上我曾经被霹雷闪电击倒，
　　是你在春天之前使我看到了绿色的希望。

新生古莲子

伊　萍

犹如阴森地狱,但却是囚禁活人的坟,
幽冷的漆壁上闪烁着惨淡的萤灯,
萤灯闪闪像长夜天幕上不落的星辰,
寒光照耀着不屈的幽灵的胼胝的路程。
古坟里不辨岁月、不舍昼夜的古莲子呵,
你没有死,悄悄地萌芽于沉睡之中,
些微的潮气、湿土维系着你不死的生命——
内含着肉眼看不到的复苏的力的运动。
终究会来的,那雷鸣电闪的一瞬,
波涛翻滚的洪流会将大地冲刷一新。
我终于看到了,看到风和日暖的丽日,
看到了那怒放的古莲亭亭玉立,
　　但又怎能不想起在漆壁萤灯下苦斗的你,
　　今天的异彩正是长夜积累下的心血结晶。

吐鲁番抒情（三首）

吾铁库尔（维吾尔族）

张宏超　王一之　译

布 依 鲁 克①

一见你亲切可爱的面容，
我就被深深地吸引。
灵感的泉水在沸腾翻滚，
思想之鸟能不翱翔云空?!

一座古老的土山秃了顶，
腰上花儿四射色彩鲜明。
山坡上滴下的滴滴泉水，
颗颗都像珍珠透明晶莹。

缕缕阳光在湖面闪烁不停，
宛如条条金鱼跃起飞腾。
我想天堂究竟是何模样，
大不过像你一样令人动情。

激情地观赏你花儿的艳容，
我愿衷心做你花园里的夜莺。

---

① 布依鲁克:吐鲁番县的一个地名。

这里月季倾吐着幽情，
那边牡丹火一样鲜红。

像蝴蝶恋着花儿那样钟情，
若有翅膀我乐于翩翩舞动。
美丽的布依鲁克，你是天堂，
见了你，谁不愿许给你爱情！

我该怎么赞美你绿茵茵的心胸，
用什么语言能描绘出你的美景？
望着葡萄架上水灵灵的珍珠，
我忘记了移动睁大的眼睛。

石榴熟了，玫瑰一样的鲜红，
宛如吐鲁番姑娘的面容。
无花果、鲜桃流出了蜜汁，
吃了能给人注入新的生命。

见了后大家异口同声称颂：
美丽的布依鲁克花园哟，
你心头的激情像潮水汹涌，
愿幸福永远对你诉说衷情。

依 德 库 提 [1]

依德库提是著名的古城，
整个宇宙都传送着它的盛名，
二十个世纪的时间实在不短，
一个世纪就和百年时间相等。

多少次沙丘迁移，刮起狂风，

---

① 依德库提：维吾尔族古城，它的废墟现在吐鲁番县境内。

多少次王冠落地，荒草没皇宫，
但都没有留下任何踪迹，
唯独留下了这一座古城。

这古老的城垣坚固绝顶，
修筑起它的是哪些英雄？
砌下的每块砖大如碌碡，
制造它的难道是妖魔不成？

这儿是阁楼遗迹，那儿是塔，
一排排台阶没入黄沙之中。
是谁修筑起这座古老的城？
整个宇宙都回响着它的盛名。

多少次沙丘迁移，刮起狂风，
先辈们挽弓飞箭，纵马驰骋，
这里的土地是留给我们的传家宝，
让我们卷起袖子重建一座新城。

只要这块地方平安昌盛，
就能建起一座座雄伟之城。
依德库提如今是一堆废墟，
让我们迎接它的新生！

葡 萄 沟

我早就翘盼着一睹你的风采，
果然，使我一见钟情，惊喜交迸。
顿时凿开了我的灵感之泉，
活跃的情思像飞剪蓝天的鹅鸽。

连绵的红土山丘，从上看是童山濯濯，
山脚下奇迹兀现，灼灼然五彩缤纷。

从秃山上涓涓流泻的一股清泉，
点点滴滴都珍珠般晶莹、圆润、透明。

汇集成一泓池水，燃烧着晚霞的光焰，
金鱼、红鲤在萍藻间游弋、浮悬。
我不知传说中的天堂究竟有多么美妙，
充其量也不过葡萄沟般惹人流连。

千姿百态的花卉攫住了我的心灵，
我多愿化作一只栖息在你怀中的夜莺。
这儿是火红的牡丹、鹅黄的芙蓉，
那边是淡雅的水仙、香馥的素馨……

我恨不得长出双翅绕你翩飞，
像蝴蝶一样与你长相亲近。
葡萄沟，你梦幻般的人间仙境，
谁见了能不如痴如醉，魂牵梦萦。

枝蔓间累累耀眼的是钻石，还是玛瑙？
是水晶、绿松石，还是精美的和田玉雕？
一排排碧茵茵的长廊下悬垂着
淡青、浅绿、紫红的无核白、马奶子葡萄……

石榴花蕾般一串串垂到你的嘴边，
红润得像吐鲁番少女的笑脸，
吮一吮比水蜜桃、无花果还要香甜，
浓郁的果香将长留于你的齿唇之间。

甜在这儿酿造，美在这儿荟萃，
愿幸福和欢笑永远和你相随，
葡萄沟的人们真不愧为春天的使者，
诗意和甜蜜的培育者，你们万岁！

骆　驼

乌曼尔阿孜·艾坦（哈萨克族）

叶尔克西　译

日头挂上中天的时候

热浪正膨胀得

没有尽头

一只沉静的骆驼

此时却安卧绿冈上

反刍得怡然自得

我走近它跟前

感动得不能自己

它孤独却是那么满足

驼峰几乎顶着整个宇宙

弯曲的脖颈上

像有一首库姆孜歌曲

流泻着岁月的沧桑世故

且看它

一板一眼细嚼慢咽

对生活百般投入

那双乌黑的眸子

散发着宝石般的晶莹

折射出了

天堂的光泽

旷　野

乌曼尔阿孜·艾坦(哈萨克族)

旷野的正午就像

一簇飞蓬

一位远嫁的新娘

或是一只疲惫的飞鸟

从低空里掠过

一阵无名的风

吹倒了牧人迁徙的旗帜

吹散了战死疆场的

军马的汗渍

静谧的沟壑里

时光就像砍柴人遗忘在

深山里的一把斧子

它最后的黄昏

映红了遍地的杨柳

旷野是山脉的母亲

在小小沙丘上

曾割下了它们的脐带

她的年龄

比乌孙王的陵墓更久远

她脸颊上刻满了
普恰克人马蹄的痕印
驼铃遥远
古道漫长
这黑色的岁月之路
是一首无字的长诗
没有开始也没有尽头

遍地的白骨
像乌龟在热浪里
张大着嘴巴
当年的一支支箭镞
留下了一座座
无名的坟丘
这就是旷野的本色
人类破碎的记忆

明亮的眼睛

乌曼尔阿孜·艾坦（哈萨克族）

深邃的夜空里
有两颗明亮的星
年轻的哈萨克
伴随大自然沉入梦境

残月只剩下一撇暗影
两颗明亮的星
依旧嵌在夜空
年轻的哈萨克心里
也闪耀着两颗神奇的星
——婴儿明亮的眼睛

年轻的母亲
望着婴儿凝神
她仿佛看到了
满天星斗中
那两颗闪光的星

年轻的哈萨克守着哨卡
紧握手中的枪柄
他也看到了
漆黑的夜里

那对含笑的眼睛

天上有两颗星
像襁褓中明亮的眼睛
一对明亮的眼睛
望着深邃的夜空

星　光

孙　涛

晚星沉落到礼拜寺后去了，
葡萄园在回忆往昔的梦。
我沿着小路来到她家门前，
那掩映的窗口射出的灯光，
被白杨和沙枣交织的枝条撕成了碎银。
她那镶着红宝石的耳环，
还闪烁在我的心中；
她那明亮的眼睛，
瞅我总是含着深情。
那双微笑的迷人的眼睛啊！
像今夜明亮的星星。
我呆呆地站在星光下面，
望着那窗口映着的身影。

魂销风雅颂（组诗）

洋　雨

郑风:有女同车

一个人出门上路

好运厄运都是旅伴

并肩坐在身旁的她

不是妻子不是情人

不是《郑风》中的孟姜

（孟姜颜如舜华

走路的姿势将翱将翔）

她说自己愿与诗私奔

若不幸被拐卖了

宁肯落发去当女和尚

她说前世修行十年

才有今日同车的缘分

情网黏性很强

我的灵魂已跪在原罪面前

所剩二十三根肋骨

都长出了蘑菇状的孽障

若是我会写女书

就写一个只有她认识的字

在她伸给我的手心上

豳风:东山

喜蛛原本是一个诗眼
化名隐居《东山》
结网于二月十四日早晨
不管今天有谁来敲门
我都不会从猫眼后边窥视
来的必定是贵客喜客稀客
是与我前世有缘的人

喜蛛悬挂我家窗棂
用儿女情长的细丝
缝合我的心病
用我能翻译的身体语言
吟道:我徂东山　妇叹于室
喜蛛穿过情窦
三百零五篇《风雅颂》
都感到二千五百年前的
心疼

小雅:绵蛮

牛毛细雨时
不要撑伞不要穿雨衣
把功名利禄晾在阳台上
让诗酒美人躲在屋檐下
把修身齐家治国平天下
和满腹心事放在干处
信步在雨中走走
有一种感觉的绵蛮黄鸟
先在你须发眉睫间飞鸣
然后把你空空的心当巢

好人抑或凡人
不要惊动它
待下雪的时候
再到纷纷扬扬中信步
就会有成群的雎鸠
飞出来止于丘阿
只要把它们环志且誊清
便是一部情诗
——你的处女集

秦风:黄鸟

悟性领航
感觉的天空布满翅膀

有一些小小的虫豸
在树干深处潜藏
像狐狸精一样诱惑你
像佛一样超度你
使你叛离留鸟群
在云彩下漂泊
在雾中流浪

交交黄鸟没有家园
只有情侣在身旁
没有归期
与生俱来的是彷徨
只要不落入文明的网罗
就不必在别人屋檐下
卖唱

王风:采葛

一群狼与我不期而遇

它们依次嗅嗅我

好像我是一块毒饵

谁也不肯下嘴

虽然离去时都有点留恋不舍

（恰似留恋采葛的情人

一日不见如三月兮）

其中一只年轻的母狼

恣意在我腿上蹭了蹭

它留下自己的体味

作为识别记号

暗示了一种约定

(犹如约定采蒿的情人

一日不见如三秋兮)

不知道什么缘故

后来它并没有来找我

我以自己的血肉作牺牲

等待着生命的献祭

一如等待戈多

（就像等待采艾的情人

一日不见如三岁兮）

召南:草虫

尺蠖以软体的阴柔

丈量生命

丈量日子

就像丈量一节草梗

一庹不过半寸

也足以量到天尽头

量到长出翅膀

量到桑葚大红大紫

在北方步曲

曲高和寡　忧心忡忡

去南方造桥

独木难支　忧心忧忧

以屈求伸富有哲理

难为你站直了歇息

俨然一截桑枝

让黄雀之眼比雌兔更迷离

常言尺有所短寸有所长

谁比你心里有数

一旦化蛾绕树三匝

有人美叹

这蝴蝶也乖巧稀奇

卫风:有狐

眼一亮

雪野上有狐绥绥

隐进那片次生林地

而雪上没有留下一点足迹

也没留下一丝腋汗气息

只有诡秘

它知道我不是猎人

也不是巫师

我只是被它勾了魂儿

我必须很凡俗地追寻它去

它若是修炼成了狐仙狐精

我愿把它养在深闺

轻声唤它:人未识

它若是未经修炼的狐媚子

我愿把它藏娇金屋

用心昵称：颜如玉

有狐绥绥从一棵树后闪出来
尾巴藏在形而下
给我妖冶姣好佻巧放荡
给我聪慧蛊惑狡猾鬼黠
让我想入非非地美丽

小雅：渐渐之石

人类的祖先们
狩猎石头放牧石头
燃起石头的篝火
在石头上狂歌劲舞
从石头里啜饮原始的爱

石头和石头在月下交媾
娩出石斧和砚台
娩出碑林
娩出石佛和镇墓兽
人类把自己投入石头
让灵魂倚石而立
渐渐之石维其高矣

我真想拥有一块石头啊
我用诗亲吻石头
我用心感知石头
我用前额扣石头的门环
被我感动的石头们
展翅飞向漆黑的夜空
天上缀满了星宿
石头们用光年等待情侣
石头们崇拜生命

石头握着一把钥匙
能打开芝麻不愿开的门

小雅:鹿鸣
——阿尔泰岩画之一

那只中箭的鹿
曾以笙簧的一声呻唤
就这么石破天惊地
痛楚了三千年

猎人还在身后
等着死亡
等着收获流血的梦魇
而一条腰肢细瘦的犬
悄无声息地守望
似乎它对三千年的沉浮
早有预感

呦呦鹿鸣销匿了
鹿角边有珊瑚化石
证明曾有过海枯
也翘盼着石栏
即使猎户座的星宿陨落了
带箭的鹿的疼痛
仍然像地衣和苔藓
在地球的岩石圈上
繁衍蔓延

伊犁河的涟漪（组诗）

雷　霆

冰　湖

我在伊犁
　　生活了二十个春秋
唯有冰湖
　　深知我心

朔风染黄湖上芦苇
　　一夜间变成白发老人
他脱落的白发
　　随风飘向天空
把希冀的根，在湖底
　　扎得很深，很深
往严寒凝结的水晶宫
　　掷进一个绿色的梦

寒潮把湖水铸成坚冰
　　苇湖表情滞呆，冰冷
在他透明胸臆里
　　一腔热血沸腾
唯有银须垂胸的捕鱼人
　　深知冰湖心
大地凝冻的岁月

冰湖是我倩影
我是冰湖知音
大地回春的季节
冰湖迎春风消融
我沐春雨重生

渡　口

风雪弥漫的黄昏
大卡车行至巩乃斯河渡口
在古老的渡船上
我们三代人共济同舟

饱经沧桑的岳母神态自若
小女儿睁着惊诧的圆眸
我和妻遥望朦胧的彼岸
听凭老渡船任意摆布

河水滔滔,冰块沉浮
夜色苍茫中何处是归宿
雾罩着群山
雪盖着田畴
奔腾着的波涛
醒着的渡口

小　屋

我的那座小土屋
坐落在遥远的峡谷
它是我心上的一棵相思树
深深扎根在记忆的沃土

我的那座小土屋

从墙脚常伸出野草藤蔓
从床下常传出蛙鼓虫鸣
暴风雪曾堵塞门扉
山洪曾破窗而入

我有过多少难眠的长夜
听屋外风雪怒吼
我有过多少早醒的黎明
看窗棂现出微弱的光束
生活虽然过得清苦
屋中常亮一盏明烛
在失却阳光的小屋里
从未失却对光明的追求

三千个风霜雨雪的日夜
去做工去采矿去伐木
把沉重的脚印
留在小屋前那条弯曲的小路
卡山奇的那座小土屋呵
是我心上的一棵相思树
深深地扎根在记忆的沃土

送　殡

黄昏时,一列送殡的队伍
踽行在农场的白杨林中
一位饱经沧桑的老人
走尽了人生漫长的路程

儿时被饥馑从中原驱往关东
做过穿马蹄袖军服的清兵
当过张少帅恭顺的侍从
参加过热血沸腾的义勇军

曾是苏联红色政权的中国卫队

也当过中国反动军队的士兵

晚年才找到温暖的归宿

在军垦农场做一名育林人

他一生没有结过婚

　　　　没有留下子孙

他一生没有照过相

　　　　没有留下遗容

他带去了一生的酸甜苦辣

他带去了一世的风霜雨雪

留给人世间的唯有

　　　　一条翠绿的白杨林

　　　　一个辉煌壮丽的黄昏

翻　　越

晶莹,使我神往

神奇,使我渴盼

高悬于蓝天雪山间的伟岸

使我倾慕已久

冰达坂

一生中只有一次翻越

便稀释了怯懦

淬砺了信念

平坦,却陡峭

光洁,却峻嶒

冰冷面孔冰冷情感

是我人生严峻的考卷

一次翻越

须这多力这多汗

须驼之韧马之骁鹿之矫健

纵有牧人冻僵的足迹

猎人凝冰的汗渍

难得一代诗人的喟叹
高居天山峰巅
兀鹰凌空飞翔
山风耳旁呐喊
鸟瞰如茵草地
俯视逶迤群山
我终于翻越过冰达坂

我们来唱歌吧

郭维东

我们来唱歌吧
这大漠正像一个大厅
　　浑圆而又宽广
　　肃穆而又沉静
虽然不会有人来欣赏
但听众也不会少
　　路旁的红柳骆驼刺
　　天上的雄鹰和百灵
还有刚插下的三角测旗
以及旗下倒空了的水壶
它们一定会听得兴起
　　旋舞的旋舞
　　沉思的沉思

我们来唱歌吧
这大漠正像一个大厅
高空的流云会来摄影
大地的暴风会来录音
　　展览给未来的绿洲
　　播放给明天的新城
它将载入历史的档案
或许编进一部小说的序言

被誉为最高尚的音乐会
因为这是创业者最初的心曲
怎能不和后来者共鸣

我们来唱歌吧
这大漠正像一个大厅

我点燃了篝火

郭维东

我点燃了,点燃了
大漠上的一堆篝火
忽闪闪
点亮了一块冻土,一块远去的风
一块疾走的云团,一块寂寞的岩石
一块孤独的远天

冰冷的漠野融解了
荒凉的漠海颤动了
一股热烘烘的地气扑来
一股热烘烘的漠风吹来
胸中的血开始沸腾

火苗跳动着
传递着多少无声的话语
变幻着多少奇妙的画面
火苗也在我心里描出一幅蓝图
正向漠野的深处铺展……
模糊的远方该有一条长长的地平线
那是我们绿洲的边沿
黑魆魆的峰峦也该有一条急湍的飞瀑
那是我们新河的发源

我对着这哔剥的火苗

向着无垠的远方呼唤

我蘸着这炽热的火苗

在沙地上写下开拓者的心愿……

瀚　海

郭 维 东

你有无水的波浪，
你有无涛的喧响。
——那气流的浪层，
——那暴风的歌唱。

你有无船舶的帆影，
你有无码头的海港。
——那隆起的驼峰，
——那褐色的沙梁。

你有无记载的神话，
你有无边沿的梦想。
——那地心卷起的黑色情歌，
——那天涯涌来的绿色奇光。

你有失望的悲怆，
你有信念的疆场。
——退缩者被埋进沙海，
——追求者正奋橹远航！

葡萄园情歌

郭维东

一

一串葡萄放在你的手心
猜猜,我向你表露什么
葡萄是无核的——没有隔阂
咳,你何必总是那样多心

二

到处都能找到你的身影
仿佛每片叶隙都闪动你的明眸
开墩时,你已把心袒露出来
采撷时,能不同时收获爱情

三

请你莫说出那两个字
没见葡萄还没结粒
你要精心养护这些枝条
到时候你才会尝到甜蜜

四

我俩在葡萄园里谈情
严厉的阿爸听不懂话里的奥妙
我只说:葡萄快熟了
你也只答:那就该摘了

五

都夸你是栽培葡萄的好手
如今我已承包了这片园林
我多么希望你帮我侍弄
我要你也承包我这一颗心

六

你说的情话比葡萄粒还多
我总感到甜蜜里还有苦涩
真正的爱情无须过多地表白
只需把你的心放进我的心窝

七

挑葡萄你挑花了眼
摘下一串串你都说不甜
最漂亮的姑娘你也不中意
姑娘都出嫁了,你还是单身汉

八

葡萄熟了,我们醉心地摘着

我顺手把情话也装进了筐
你笑着说：冒出筐沿了
我轻声答：才垫个底，多多地装

九

我们第一次单独在一起
我想靠近你又不敢靠近你
只有用葡萄叶遮住我羞红的脸
可是我对你的爱却是无法遮蔽

十

我不愿站在高枝上和你看齐
也不愿匍伏在地依附于你
爱，是相互尊重和平等
像两棵树并肩地站立

格 则 勒①（三首）

艾拜都拉·伊布拉音（维吾尔族）

铁来克　译

喀什噶尔的傍晚

不是吹牛，傍晚的喀什噶尔是漫游的仙境，
她美丽的姿色，胜过东方霞光异彩的早晨。

巴旦木花帽，奇曼花帽②，满街是花帽的世界，
人人欢天喜地，满面荡漾着祥和的笑容。

喀什噶尔的小伙四处拥挤，个个都是乐师，
热瓦普③琴声悠扬，百灵翩跹，引喉争鸣。

欢庆劳动的荣誉，共赞可歌可泣的事迹，
傍晚的天空任爱情的鸽子飞翔其中。

追求知识者把在创新辉当作自己的心上人，
傍晚时分奥妙的智慧之光洒满心中之书本。

见到他们路边宴欢，莫说他们无家可归，

① 格则勒：维吾尔诗歌的一种形式，相当于汉文的格律诗。
② 奇曼花帽：维吾尔人喜欢戴的各式花帽。
③ 热瓦普：维吾尔人喜欢的一种拨弦乐器。

傍晚的圣泉茶水胜过国王的珍肴盛情。
倘若你是痴情的诗人，不妨你漫游一趟，
这是奇迹，傍晚的巴扎是天下迷人的风景。

喀什噶尔公园

瞧那郁金香，红玫瑰，犹如花的世界，
繁花斗妍，芳香扑鼻，使天堂也逊色。

碧清的湖水犹如园丁向客人敬赠的美酒，
浓香醉人，荫幽雅丽，令人陶醉取乐。

沿渠垂柳郁郁葱葱，水上倒影成双，
你若悠然漫步，这里便是最美妙的仙境。

甜蜜的周末万众跳撒玛①，处处琴声悠扬，
莫说是琴声，而是荡人心魄的百灵的一绝。

品尝着浓香的绿茶，叙说柔情密语，
这里是倾听木卡姆②曲和沙塔尔③琴的圣地。

绿茸茸的草坛上，客人无需客气、拘束，
谁都是这里的主人，无拘无束尽情欢乐。

朋友啊，你若有闲情逸致就来这里漫步，
这里是吸饮幸福之泉的春色满园的田野。

献给喀什噶尔匠人

手艺高超的匠人啊，喀什噶尔的能工巧匠，

---

① 跳撒玛：维吾尔人，尤其是喀什人喜欢跳的一种传统的集体舞。
② 木卡姆：维吾尔十二木卡姆套曲。
③ 沙塔尔：一种拨弦乐器。

你的声誉闻名天下，手工技艺精湛绝伦。

你的手工技艺与喀什噶尔美名齐传，
为国为民你辛勤的心血和汗水在流淌。

因为你技艺的绝妙，柏拉图也惊愕万分，
只因你双手使黑铁废铜即刻变金发光。

你用灵巧的手使木棍变成美妙无比的乐器，
莫说是乐器，闻其之声谁都说是百灵在唱。

奇曼花帽是天国最美的花圃的样式，
莫说是样式，它比天国最美的花园还漂亮。

金珠、耳环使少女芳脸犹如七星闪烁，
而这些金珠、耳环是从你花园取样。

你为锻打精美的小刀，浸透了智慧和心血，
莫说是小刀，它给男子汉增添了刚毅的力量。

岁月流逝，但你的功绩是艺术殿堂的见证，
莫说是艺术的见证，它是历史的辉煌。

楼 兰 胡 杨

穆罕默德江·沙迪克（维吾尔族）
王一之　译

一

啊,胡杨历经的沧桑

犹如一千零一夜中的故事

能令你抚掌欢笑

能令你拭泪悲伤

岁月捧给你两只雕花银盏

一杯盛着毒液

一杯斟满琼浆

在遥远的年代

这儿曾经有过夜莺的歌声

对着红扑扑的面庞

怀着绿莹莹的希望

葱茏的胡杨

曾发出笑声朗朗

秀发拂肩的楼兰少女

在你身旁

为爱情而徘徊徜徉

英武剽悍的回鹘小伙子

在你身旁

像夜莺对着玫瑰
以觱篥吹奏情歌
倾诉衷肠

二

伴随着死神悄悄降临
流沙掩埋了城堡和乡村
绿色的原野里
就剩下这幸存的胡杨
孤独地在瑟瑟秋风中籁籁作响
神色忧郁地与星星对话
诉说着对生命的渴望
再不见长途跋涉的驼队
在你的浓阴下歇晌
你悲怆地忍受着
大漠戈壁的寂寞荒凉
到哪儿去了
那鸽群的鸣叫和飞翔
漫长的驿道
早已沉没在流沙黄浪
你这绿色世界的唯一遗迹
四顾茫然而焦灼彷徨

天啊，我难以想象
你还能忍受多久窒息的酷热
并把沙漠的风暴抵挡

三

你们知道
即使大漠戈壁烁金流火
它也能挺得过来

大地——伟大的母亲

热合木·哈斯木（维吾尔族）

张宏超　译

一

我们降生在这神圣的大地，
她紧紧连结着我们的肚脐。
呱呱坠地时的第一声啼哭，
宣告我们来到了大千世界里。

我们曾用四肢爬行在大地，
最终两条腿顽强地直立站起。
就凭借这直立站起的双腿，
走进生活啊，多么复杂神奇。

幼稚的童年生活在大地，
背上书包上学多么惬意。
踩着没膝的厚雪追逐野兔，
逗得村里的家犬狂吠不息。

青春时期我们生活在大地，
麦西来甫中欢舞眉来眼去。
老人们笑语："沙枣飘香了。"
我们乐道："不会误了婚期。"

生活在大地上我们谋取生计，
万千事儿总能够理出个头绪。
夏天和恋人歇息在葡萄架下，
来年春天喜得贵子或娇女。

手扶拐杖我们生活在大地，
皓首白发已是年逾古稀。
步履艰难显出一副龙钟老态，
大地频频对我们招手致意。

这一生是千秋抑或是短暂，
从来永远难弄清这个秘密。
但是我们毕竟都生活在大地，
这是千真万确的公开真理。

机灵的眸子曾格外讨人欢喜，
到头来我们的双目总得紧闭。
等到木头似的直挺挺躺在地上，
感情知觉统统都将悄然逝去。

即使这样我们的七尺之躯，
仍然紧紧地贴在大地的怀里。
活着在地上，如今迁往地下，
区别也就仅仅如此而已。

大地保护我们可怜的身躯，
免遭乌鸦虫类的吞噬啄碎；
不受严冬酷寒和秋风瑟瑟，
以及夏日冰雹的无情袭击。

一个又一个世纪悄然逝去，
我们的尸骨与大地融为一体。
年年岁岁每当春天降临，

那里盛开的鲜花总芳香馥郁……
所以对大地这幸福的芳名，
我有权赋予她这样的含义：
大地是祖国与历史、今天和明天，
在母亲中大地是伟大的母亲！

二

春天我们把一粒种子撒进大地，
到了秋天她就会献出粮食千万粒。
这粮食中的九百九十九粒，
可供我们全年吃喝富富裕裕。

留下的一粒用作来年的种子，
这一粒种子又会收获千粒。
年年岁岁啊，反复无穷，
大地的这种奥妙最为神奇……

凛冽的北风呼啸寒气逼人，
大地馈赠我们晶莹的乌金。
黝黑闪亮的煤块添进炉中，
玫瑰色火苗暖得人心儿醉。

常言道："冬天的花儿是火花"，
这火花来自大地的心底。
暖融融的火旁安享着清福，
谁对大地的力量不叹服称奇?!

人忍受几天饥饿还算容易，
证明它今天已有不少事例。
然而戈壁滩上焦渴的折磨，
即使忍受一天也颇费力气。

或从冰山之上，或自清泉眼里，
大地给我们送来圣洁的清水。
一切生命都吮吸她的乳汁生长，
多么博大的胸怀和盛情厚意。

大地赠送给我们雪白的棉花，
衣着打扮才那样光彩华丽。
倘若一个个都是赤身裸体，
太阳看到我们都感到羞愧。

大地赏赐给了我们丰富的矿石，
才制造出长矛直到火箭升起。
有了它我们勇往直前战无不胜，
让一切敌人都惊惧得发抖颤栗。

青山绿水环绕鲜花盛开的大地，
我们多么愉快开朗心旷神怡。
城市、乡村、森林和草原牧场，
充满生机的片片青苗无边无际。

大地赐予我们的面庞娇美秀丽，
祖母绿各种钻石样样珍贵无比；
戴上镶着宝石的耳环和金戒指，
瞧，姑娘们显得有多神气。

我们的一切的一切是大地献给，
离开她谋取生计又谈何容易。
很简单，我写诗用的这纸张，
造它就靠大地上的草木和芦苇。

所以对大地这幸福的芳名，
我有权赋予她这样的含义：
大地是生命、幸福、完美，

在母亲中大地是伟大的母亲！

三

茫茫无际的宇宙中一切星球，
其价值都无法与大地匹敌。
她的高风亮节令人肃然起敬，
是我们的楷模和公正的准则。

她坚忍不拔又刚毅无比，
经受住了深重灾难的袭击。
酷暑赤日炎炎毫不介意，
严冬千里冰封从不畏惧。

纵使炽热的岩浆让高山翻转，
即令久旱不雨林木全都枯萎，
纵然洪水滔滔城市淹没其中，
她总英勇无畏时时威武不屈。

悠悠历史中这英雄的大地，
经历的灾荒祸害无以数计。
战争曾经制造了世界末日，
白骨成堆高过了九天云翳。

然而大地依然坚定独立不移，
执著地勇猛前进奋斗不息。
用心血哺育儿女健康成长，
让他们年年幸福岁岁欢喜。

所以对大地这幸福的芳名，
我有权赋予她这样的含义：
大地坚强、谦虚又极富人性，
在母亲中大地是伟大的母亲！

从盆地走上高原（三首）

刘　渊

感受台特玛湖

泱泱生命之水　　一路风尘
经七百里长途跋涉
抵达邈远的台特玛湖区
天远地远　　水鸟寻踪而来
撩起水花翩翩而飞

塔里木河尾闾
命运参差　　三十年断流之后
又响起悠远的驼铃声声
野鹿携儿带女还乡
漂泊的云也不再流浪
塔里木长廊　　沉沉的梦
被清风清水轻轻地拍醒

夜宿湖区　　水声贯耳
维吾尔老伯捧出所有的真诚
一张油馕　　几串烤鱼
还有一壶老白干
连同沧桑岁月　　被我一饮而尽
醉了的　　还有一弯新月

飞 渡 苍 茫

五月响亮的天空　几只水鸟
若一支支翎羽　横空掠过
铺展着台特玛湖春色
摇醒湖岸青青芦苇
蒲草和水中亦静亦动的云影

水鸟　拍动的双翅挟带风声
挟带春的童话与对西海的眷恋
远远地飞来三五成群
荡开茫茫阔水
我看见塔里木走廊复苏的希望
正在水鸟的翅膀上飞升

风吹水响　摇醒岸边搁浅的卡盆
与泊满风霜的桨片
谁的都它尔　动情地诉说
复活的海与海的复活
罗布人　重温古老的渔歌
去粼粼碧波之上捕捉畅想

水鸟　台特玛湖上的音符
在天之涯在水一方
飞渡苍茫舞蹈在属于自己的
大漠水乡

高 原 柳

在山鹰的高度之上
迢遥的塔什库尔干
离绿洲很远　离天空很近
年年来得很迟的春天
踩着青青嫩嫩的柳枝

接纳一些阳光的鸟儿
呼吸一点稀薄的空气
高原柳　一生一世
依恋帕米尔的这风这雪

经历了一座石头城所有的经历
一条条多情的柳丝儿
摇曳得天蓝水碧

高原的石头城十万棵柳树
在山鹰的故乡年年绿着
即使不为人所知
那照耀雪域高原的光芒
已抵达我们的心灵

河 边 黄 昏

陈　青

维吾尔农村
　　最美是黄昏……

汗涔涔的落日跳进河心
舒腕抖臂
　　漂洗彩色的衣裙
炊烟袅袅爬上树顶
　　遥呼归途的牛羊
　　和那觅食一天的鸡群

三五阿恰
　　提壶肩桶
一溜歌声泻出绿幽幽的小径
顿时,金色河滩
　　飘落朵朵彩云
银手镯桶边深情细诉
长颈壶吸不完良辰美景

锁不住的春光
　　似那一河绿水盈盈
一舀笑,录进河面波纹
青青河边草竖起绿耳朵

悄悄地偷听
　　一句一曲彩韵
七嘴八舌
句句不离自家男人

一尾小鱼听得入迷忘神
　　飘飘然　衔一段柔情钻进湖心
笑声溅起
　　桶边撞倒一地激情

小路弯弯
　　扁担伏在肩上笑吟吟
脚步儿轻
　　挑回一桶晚霞一桶彩云
河面上　几只野鸭
　　正寻找遗落的诗痕
树丛里　悄悄织起
　　一张暗蓝色的梦

美呵
　　维吾尔农村的黄昏……

我是哈萨克

夏侃·沃阿勒拜(哈萨克族)

哈　拜　译

我是普通的哈萨克，
曾向往过美好的生活；
我也曾举着时代的火炬，
照亮故乡远近的村舍。

假如你有幸到草原做客，
你会被一阵阵笑语湮没；
我们的幽默中含有敬意，
这是哈萨克人特殊的性格。

我是哈萨克,自幼酷爱诗歌,
喜欢诗句的朴素和和谐,
连绵不断的起伏的山冈,
就像我心头流不尽的情歌。

我是哈萨克,珍爱洁白的奶色,
梦中常遇到流着奶汁的河；
我们的心地和情怀,
也像鲜奶一样的白洁。

我们毫不惧怕自身的困厄,

却愿为朋友们呕心沥血，
假如狼群进犯邻舍的羊圈，
我们会奋不顾身地拦截。

我是哈萨克，喜爱蓝天的寥廓，
也爱大地上芳草的绿波；
在我心灵宽阔的园囿里，
也有永不减退的绿色。

我们一代代人都襟怀磊落，
像山泉的流水一样纯洁，
无论是路人还是宾客，
我们都要让他们到上座。

我爱高山的峻峭与巍峨，
还有峰顶上积年的风雪；
我常用山的稳固，冰的坚实，
比喻哈萨克人刚强的性格。

我爱骑马驰骋在绿野，
嗜好马背上剧烈的颠簸，
假如你想知道骏马的风采，
我能够讲出许多有趣的传说。

雄鹰凭双翼从高山飞越，
哈萨克骑马在草原上奔波，
马仿佛是哈萨克人的翅膀，
虐待乘马是不可宽恕的罪恶。

我喜欢架着苍鹰去捕猎，
保持着哈萨克猎人的本色，
不怕任何艰难与险阻，
无论是严寒还是风雪。

在追击野兽的奋进时刻，
常常腾越山岭与沟壑；
假如你仔细观察我的行程，
也许会感到神奇和惊愕。

我是哈萨克，我感到自豪，
我生活中充满欢乐，虽然也有烦恼！
我从不听信命运的摆布，
永不偏离我选定的目标。

我不睥睨而有古老的风俗，
美好的传统我会继承和保护，
但旧时部落里的陋俗恶习，
我却要坚定地加以清除。

无论我贫困还是富足，
绝不像守财奴一样的庸俗；
所有心地善良的人们，
我都会当做同胞手足。

我血管里是哈萨克纯净的血，
笑容如春雪一样的光洁；
我只需要理解你的心意，
无须过问你的祖籍和族别。

我不需要任何廉价的彩色，
既然眼神中反射出思想的光泽；
我但愿能攀登智慧的峰顶，
向新的知识领域追求探索。

我的理想是不断地探索，
绝不在生命的中途停歇；
我尊重前辈有益的教诲，

轻视庸人恶意的盘诘。

我是一个普通的哈萨克,
生长在阿吾勒的农舍;
我始终不渝地热爱着你啊!
——我伟大而神圣的祖国。

语言不能使人们隔阂,
我的心地人们终会理解,
我但愿能把毕生的才华,
献给你光辉的事业!

白发人自诫

夏侃·沃阿勒拜（哈萨克族）

张孝华　译

你在炫耀满头的白发，
还是炫耀多皱的双颊？
啊！千万可别——
它们不能标志你学识渊博，
只能说明岁月流逝，
你青春的面容染上了霜花！

你在为受到的尊敬得意，
还是为坐到上席而自夸？
啊！千万可别——
它们不能标志你德高望重，
只能说明哈萨克的礼仪，
格外地敬重老人！

"黑头发不如白头发"——
这已是被人渐忘的陈话，
看今天时代
年轻的白杨做栋梁，
马驹群里选出剽悍的骏马。

苍老的秃鹫只能眼巴巴，

望着蓝天兴叹，
年幼的画眉却能以歌喉，
打动千家，
有人齿脱发落却碌碌无为，
有人青春年少已志满天涯。
时光可以增加人的年寿，
年龄却难以衡量人的高下。

闪光的珍宝靠劳动去攫取，
人生价值只有用付出做抵押，
如果你终生患得患失，
即使捧银须到市场叫卖，
也得不到世人公正评价。

哦，白发人不觉已年逾花甲，
回首平生，生命可迸火花？
如果说此生为人民
已尽义务，那也是
党使你生命绽出春华；
把余年也托付给时代吧，
让它们焕发出壮丽朝霞！

双 段 诗

夏侃·沃阿勒拜(哈萨克族)

在这些诗段中，
有玩笑也有真情。
为了告诫人们，
有隐喻也有批评。
你可看到:我没有索取，
也不想向谁馈赠。
只想在众人之中，
撷取几片心音。

一

每个人的脾气秉性各不相同，
有狭窄的肚肠有坦荡的心胸。
还有互不相容的丑陋与洁净，
会难以置信的同在一颗心中。

也有不少恶狼般争斗的人们，
张开大嘴想把对方一口侵吞。
也许,靠力量取胜较为容易，
自己战胜自己才算真正的英雄。

二

我懂得："友人的批评会使人哭泣"，
阻挡你忧愁时又会给你慰藉。
如果你只想自己背叛了友谊，
危难途中也许会使你坠入崖底。

如果你置身于生活的激流里，
那里朋友和敌人混杂在一起。
想要辨清真实面孔并非易事，
但面孔丑恶的人也有善良质地。

三

如果你骑的马好，
无需鞭挞便能飞跑；
如果你不住地挥鞭，
再好的马也会中途累倒。

如果你的朋友十分慷慨，
你也不可过分地索要；
正像美味佳肴过多，
最后也尝不出味道。

四

谁能自诩为神灵毫无错处？
神灵也会打骂相加丧失节度。
正像不慎拨转了马头，
平坦的路上也可能迷途。

蓝天里群星熠熠生辉，

你绝非天上唯一的星宿。
百战不殆的将领一旦自傲，
也会被弱小的对手折服。

五

好像搬迁路上的一峰老骆驼，
他不想第一个攀上高高的山岭；
在生活逶迤曲折的路上，
难道你只满足于走走停停？

你总认为自己价值极大，
却正好表露了你的迷蒙。
生活的路上你时常滑倒，
关键是你鞋底棱角已然磨平。

六

一次我们走在一道，
你向我开了个严酷的玩笑：
——你的头发所剩无几，
是不是一夜间全被拔掉？

我回答：
——谁能靠头发
夺得竞赛的锦标？
只怕将头发绑在别人的鞍鞯，
跟在人后糊里糊涂地飞跑！

七

当这一浪涌来时，

你大骂那一股潮。
而这一浪逝去时，
你又为那股潮叫好。

浪来了，你为他的胜利欢呼，
潮回了，你为他的失利哀号。
若能为你颁发变色龙的勋章，
才不失你的本来面貌！

八

为向旁人显示你的热情友好，
谈话时你的脸上总挂着微笑。
无论旁人谈到什么话题，
你总能应付自如全然知晓。

固然，待人应注意文明礼貌，
但不可仅满足于热情的外表。
不仅嘴上笑，心里更要笑——
这比起徒有虚表更为重要。

九

阿肯！不要因阿肯的称谓自我吹捧，
你的眼睛应学会观察周围一切事情。
不能像挤奶的牛那样，朋友，
总是垂着头埋进深深的草丛。

对玩笑和讥讽都应该有耐性，
要能准确地认识自己和别人。
不能像双胎的孩子依附别人，
追随别人干自己不懂的事情。

十

众人面前,你善用良机,
翕动双唇不住地吹嘘。
众人之中我默不作声,
为时光流逝深感叹息。

然而,我没有将你打断,
听下去使我明白一个道理,
有的大脑竟能生产毫无价值的东西,
这消耗生命的本领确令人惊异。

十一

像英雄一样披挂起甲胄,
不为艰难险阻而忧愁。
跨上骏马跑上崎岖之路,
我向希望的高峰伸出双手。

为见到的一切而吟唱,
不作棚圈前狺狺狂吠的狗。
是人民大众养育了我,
我不能辜负祖国乡亲和朋友。

154

眼　睛

陈皋鸣

走进葱葱茏茏的白桦林，
林中怎么那么多
　　凝固的
　　痴痴的
眼睛！

面对眼睛，
真有些恍惚。
那些昏花的
　　滞涩的
是在企盼黄金雨吗？
那些娇羞的
　　稚贞的
是在幻想如梦春神？
那些愤怒的
　　燃烧的
是为金洞坍塌
　　发泄一腔怨恨？
岁月在这里郁结。
悠思在这里郁结。
而桦林，随着
　　雪飘水流，

随着斑驳绿阴，
不用语言的目光，
化作一双双
　　灼热的
　　深恋的
眼睛！

一双双眼睛
　　　东望白云。
远方白云看不清，
白云下的田原看不清，
田原上的小路看不清。
太遥远了！太遥远了！
在忆念的长桥上，
看不清妈妈银发，
看不清爱人柔情……
于是，我也将
　　　明亮眼睛，
留给白桦林，
好在山峦中
　　　跷脚定影。
白桦林，白桦林，
我才知道，
你为何有那么多
　　那么多的
眼睛……

天 鹅 湖

陈皋鸣

山岚晶莹，
草原青青。
几点野花灿烂，
几弯河水流幽，
几片蓝湖闪银——
是雪亮天鹅？
是悠悠白云？

湖面有甜甜鸣声。
对对天鹅扑翅，
欲飞？
似沉？
水中有红的太阳，
天鹅红的眼睛。

松风不染一丝纤尘。
从平湖轻起，
聚四方之爽气，
汇山川之明洁，
吹皱一汪绿阴。

天鹅湖盛一湖梦境。

梦幻中的真实；
半湖娴静和高稚，
半湖吉祥和甜醇。

秀美的
　　秀美的天鹅湖哟，
这天光水影，
这湖洁风清，
我捞回大自然
　　神圣的纯净，
使我也有一个
　　透明的人生……

英吉沙小刀

陈皋鸣

主人拔刀出鞘，
顿时一股昆仑霜寒，
晃花了我的双眼；
呵！一万个不落的太阳，
铸在刀锋上边！

我真不敢相信，
是那羊皮风箱鼓的风，
是那榆树疙瘩的手打锻？
是那个皮条砂轮抛的光，
是那身热汗涔涔的土炉炼？

把小刀贴耳，
用手轻弹——
有雪山松涛铮铮，
有天池流水潺潺。
有明亮秋风试刃，
竟抽出
　　一道霍霍紫电……

就是这低矮的
　　直不起腰来的作坊，

丁当,丁当,

砸着三百年时光

　　　和辛劳,

才有刚毅

　　　坚韧,

锻冶成历史的威严!

就是这倾斜的

　　　昏烟四散的风箱,

满是裂血的

　　　煤灰的双手,

雕刻着

　　　黄铜,

　　　白银,

　　　翠玉,

连同民族的智慧,

在刀柄镶嵌!

我把小刀入鞘,

仍有熠熠光环,

亮在我的腰间。

从遥远的古歌中出发吧,

从激越的征尘中出发吧,

刀哟,

有血,有胆,

沉甸甸

　　　一丝圣辉,

陪我去走荒漠险滩……

顶陶罐的姑娘

博格达·阿不都拉(维吾尔族)

白俊华　译

暑气氤氲的戈壁，
哧哧热浪扑卷如火。

蒸腾的沙漠腹地，
顶陶罐的姑娘，太阳般耀眼。

戈壁上哪里有鲜花啊，
走向远方的姑娘散发一路芳香。

陶罐中盛满甘甜泉水，
顶陶罐的姑娘是幸福欢乐的化身。

骆　　驼

博格达·阿不都拉(维吾尔族)

张　洋　译

在卡拉奇的大街上
有一峰骆驼踽踽独行
她项下挂着一串蓝色的珠子
却没有丁冬作响的驼队

哦,朋友
请不要报以惊讶的注视
请不要以为驼铃才是驼队的象征
当她闪动浓密的睫毛
我们就仿佛看到诺亚方舟的光明
即使你扔给它一川戈壁
一莽荒凉
她也会负重而行,毫无怨恨
直到,她走向生命的暮年
直到,她闭上美丽的眼睛
哦,她项下那是一串蓝色的海
伴着她道路的艰辛

古城拉合尔

博格达·阿不都拉(维吾尔族)
张　洋　译

哦,古城拉合尔①
我愿做一块砖投入你的火窑
像锻烧伟人的雕像那样锻烧我
让我在古花园的"夏里马②"墙内安身

千百年后我的子孙会来寻找我的声音
会发现我的尸骨已杳无踪影
但我的灵魂正与依克巴尔③相伴
谈词论诗,并肩而行

而后我作为诗魂返回故里
再探望天山——我的母亲

---

① 拉合尔:巴基斯坦的古代城市。
② 夏里马:巴基斯坦古代的公园。
③ 依克巴尔:巴基斯坦近代著名哲学家、诗人。

奇怪的木乃伊

石　河

不知又过了多少多少个世纪，
考古队员们挖开了一间办公室。
只见那高度舒适的沙发宝座上，
端端正正坐着一尊木乃伊。
啊哈，这是什么木乃伊？
好生奇怪的木乃伊！
你瞧他：
喉中仿佛还没断气，
生命又分明已停止：
听觉——已经消失……
视觉——已经消失……
四肢——已经僵化……
心脏——已经休息……
扯着他的耳朵大喊三声！
此公居然不动纹丝。

于是考古界又有了热门课题：
这宝贝到底是怎么来的？
直到阿凡提教授发表了权威论文，
才解开了这个谜中之谜——
原来这位长官姓麻名木，
对于"坐功"他有着特殊的造诣：

每天他就在他的宝座上练功，

练呀！练呀！练呀！

终于创造了这伟大的奇迹……

啊，是谁无意中

碰了一下他的帽翅儿？

（那是他的乌纱帽啊）

突然，他一跃而起!!

关于李白之死

石　河

传说李太白捞月而死，
这死法实在是太有诗意；
只可惜有人将信将疑，
经考据原来全是假的——

考　据　家　甲

谁说李白是捞月而死？
那月亮有什么实用价值？
我看诗人没那么傻冒儿，
他要捞的是另一种东西——
原来那晚上大醉之后，
大诗人有点儿恍兮惚兮，
恍惚中把那水中的月亮，
当成了一枚诱人的金币。
于是悲剧就在瞬间发生——
扑通一声跳进了水里……

考　据　家　乙

诗仙怎么会为财而死？
这说法实在是荒诞无稽！

这是对诗人的污蔑诽谤，
我对此提出严正抗议！
要问诗人去世的原因，
我敢断言他是为爱而死——
他迷上的哪是水中的月亮？
分明是后羿那位爱妻！
只见美人儿就在前面招手，
他追逐不舍终于沉入水底……

关于大诗人真正的死因，
看样儿还只能继续存疑。
反正这世界是这般复杂，
有多少难解的谜中之谜。
每个人都有他自己的答案，
这答案往往就是他自己……

八 戒 偷 瓜

石 河

闭上眼儿……不行不行！
依然看见它。
捂住鼻儿……不成不成！
依然闻到它。
念起经儿……不灵不灵！
依然想到它。
背对瓜田迈步儿走，呀！
瓜蔓儿就直往后"拉"……
唉，瓜呀瓜！
你这小冤家！
都是你缠住不肯放，
对俺八戒施魔法——
可别怪俺老猪动手啦！

动手？"贼娃"?！
——嗨，没啥没啥！
天下是一家嘛，
分什么你我他？
摘个瓜蛋儿尝尝鲜，
种瓜人的情意咱领啦！
这哪是"偷"？
这该叫——"拿"！
七戒八戒瓜不"戒"呀，

168

佛爷也不会说咱犯法！
要是被请去做检查，
不过是"私心作怪"——行啦！

"私心作怪"？！
——哈，笑话笑话！
你瞧这火焰山，
烈日头上挂，
猴子喊口渴，
和尚叫腿乏，
剩几口瓜皮儿带回去，
师傅和兄弟们托福啦！
这哪是为自己呀？
这完全是为大家！！
有谁还故意来"找岔"，
不过"手续不全"？！——有啥！

"手续不全"？！
——哼，啰嗦个啥！
瓜儿熟了总要摘，
是俺老猪代劳啦！
种瓜的大哥，
省了你再费神儿卖瓜；
馋瓜的大嫂，
省了你再破财儿买瓜。
该向俺老猪来致谢——
俺可是个助人为乐的
　　　大菩萨！

买 伞 谣

石 河

伞价儿随着那
　天色儿变，
哪一位要买伞
　请先望天——
蓝天上标的是：
　十四元五；
乌云上写的是：
　十五元三；
小雨点奏的是：
　十七元八！
大雨滴唱的是：
　二十元！……
要是您买伞
　"晴转雨"，
伞还没到手
　怎么办？
不用急，
进商店，
就借那房盖儿
　当把"伞"，
陪着那售货员
　把柜台站——

单等那

雨点儿停，

云丝儿散，

一轮赤日挂中天，

$\underline{6\ 5}$　$\underline{6\ \dot{1}\ \dot{1}}$　$|\ \dot{2}\ —\ |$

依呀　　得儿　喂，

$\dot{1}$　$\underline{\dot{1}\ \dot{1}}$　$|\ \dot{2}$　$\underline{5\ 5}\ |$

买　一把"便　宜货"

6　$\underline{\overset{\frown}{7\ 6}}$　$|\ {}^{\varepsilon}5\ —\ \|$

回　家　　　转……

虎 "打" 武 松

石　河

景阳岗一炮打响，
武二郎威震八方；
众大虫前来朝拜，
各带上美酒一箱：

"真佩服二爷武艺，
我们算五体投地。
特献上美酒几碗，
再添您盖天之力！"

武二郎哨棒一摔，
兴冲冲接过酒来，
一碗一碗复一碗，
连呼曰快哉快哉！

众大虫轮番敬酒，
武二郎哪肯罢手：
"请看二爷的海量，
东海不够我一口！……"

渐渐地两眼冒花，
渐渐地天旋地转；
好一位打虎英雄，

"睡"到了老虎面前。

至于后面的故事，
用不着再来唠叨；
众大虫唱罢"赞歌"，
美滋滋品起佳肴……

"栽"花小唱

石　河

上方来电话，
卫生大检查。
咿啦啦，
同志们快来呀！

张三挥扫把，
李四把水洒……
咿啦啦，
有个粪坑难搬家！

难搬怎么办？
拍拍脑袋瓜。
咿啦啦，
上面盖板再放盆花。

领导花前过，
交口把咱夸。
咿啦啦，
"花园单位"拿定啦！

奖旗发下来，
就往这边挂。
咿啦啦，
粪蛋儿笑成一朵花……

傻八哥

石 河

"送礼的又来了！"
"送礼的又来了！"
你那边一阵欢呼，
我这边吓了一跳——

你知道来的是谁？
那是纪委的"老包"！
他哪是前来送礼？
是要搞我的材料！

怎么能内外不分，
傻兮兮胡喊乱叫？
这不是成心要给我
送上一副手铐！

关你三天禁闭，
好好作个检讨。
再管不住你那张嘴巴，
傻八哥，把你舌头剪掉！

怎样才不委屈肚子，
警长自然有办法——
于是那仓库里的鱼肉，
便常常神秘地搬家……

正当它捧腹而乐，
没料到东窗事发——
上峰接到举报，
责令它停职检查。

正在这节骨眼上，
有人赶来保驾。
保驾的便是耗儿，
小眼儿滚着泪花：

"都怪我该死该死！
没管住自己的嘴巴。
怎能冤枉咱警长？
它可是白玉无瑕！"

猫警长于是乎"脱险"，
保住了头上的乌纱。
耗儿惹了点麻烦，
小麻烦自然也没啥……

瞧警长说得多好：
"能认错便精神可嘉。
何况还是自动投案——
我看，就写个检查……"

最近警察局招人，
指标刚刚才下达，
警长便知恩报恩，

做伯乐的自然是它：

"谁有咱耗儿诚实？
近来进步又特大。
我看也是个人才，
应该破格儿提拔！"

于是耗儿便穿起警服，
接着它们又结成亲家。
据说它们还办起了"合营"，
那"公司"自然兴旺发达……

我骄傲，我有辽远的地平线

——写给我的第二故乡准噶尔

杨　牧

我常想，多难的人生应当有张巨伞，
这张巨伞应该是一片辽阔的蓝天；
我常想，郑重的生命应当有只托盘，
这只托盘应该是一片坚实的地面；
我常想，灵魂的宫殿应当有个窗口，
这个窗口应该是一双明哲的锐眼；
我常想，生命的航船应当有条长纤，
这条长纤，应该是辽远的地平线……

我得到了。从我亲爱的准噶尔，
从我的向往，从我的思念。
从那一条闪烁迷离的虚线之中，
从这一片沧桑变幻的天地之间。
云朵和牧歌，总是我不肯抛弃的坐骑，
车辙与大道，总是我不肯折曲的翎箭；
即使天边浅露的雪峰，也像白帆，
让我想到茫茫大海最远的边缘！

我博大广袤的准噶尔啊，
你给了我多少恢弘的画展。
黄沙，黄尘，黄风，黄雾……
曾经是这个风沙王国肆虐的"皇冠"！

180

当第一顶帐篷搭进这历史废墟的时候，
我见到过。并为发黄的白骨心寒。
那时的天地像只猛兽大张的巨口
——地平线，千百年来的死亡线……

黑沙，黑尘，黑风，黑雾……
也曾在这片处女地上肆无忌惮。
我见到过。见到过那个疯狂的年月，
见到过恐怖，见到过劫难。
当罪恶与冤孽蒲公英似的乘风撒播，
我也曾为大漠的晨昏感到迷乱。
我记得那时天地间像座血腥的牢狱，
——地平线，冷得发青的一条锁链……

但这一切都没有扼死准噶尔。
真的，没有。你看那炊烟。
你看那条田，看那条田娇嫩的葱翠；
你看那湖水，看那湖水深沉的湛蓝。
自然的风暴不曾堵塞金秋的通道，
人为的风暴也没有战胜绿色的必然。
而地平线啊，复又闪动少女的青睐，
——深情眷恋着时代的变迁！

这里变了。真的，变了。
你看那苗圃。你看那果园。
你看那林带，从那浓淡交融的纵深；
你看那长渠，向那美学透视的焦点。
也许正是经历了历史狭窄的胡同，
人们才走向直率和平坦；
人们才发现天地豁开了一扇门扉，
——地平线，好一道诱人拥抱的光环！……

荒野的路啊，曾经夺走我太多的年华，
我庆幸：也夺走了我的闭塞和浅见；

181

大漠的风啊,曾经吞噬我太多的美好,
我自慰:也吞噬了我的怯懦和哀怨。
于是我爱上了开放和坦荡,
于是我爱上了通达和深远;
于是我更爱准噶尔人的发达的胸肌,
——每一团肌肉都是一座隆起的峰峦!

准噶尔人啊,失去的恐怕比别人更多,
因为他偏僻;但也失去了华贵的缱绻。
准噶尔人啊,得到的恐怕比别人更少,
因为他边远;但却得到了难得的辽远。
于是我赞美粗犷和爽快,
于是我敬重豪放与乐观;
于是我不信看不到辽远能"看透"一切,
——因为我愿将阻隔明天的一切看穿!

说什么"明天太虚"呢?看不到的未必虚幻。
道什么"人生如梦"呢?梦想也常是理想的先遣。
地球上固然有太多的坎坷,(真的,太多!)
从太空望下——还不是个旋转的椭圆?
而地球对人们是公道的,
每一个生命都给予一条地平线;
只要你走着,向前走着,
未来的天地——不是:无缘;而是:无限!

啊,不出茅舍,不知世界的辽阔!
啊,不到边塞,不觉天地之悠远!
准噶尔啊,感谢你哺育了我的视力——
即使今后走遍天南地北的幽谷,
我也能看到暮云的尸布、朝晖的霞冠;
——日落和日出都在迷人的地平线上,
——死亡与新生,都是信念。

我骄傲,我有辽远的地平线!

我 是 青 年

杨 牧

人们还叫我青年……
哈……我是青年！

我年轻啊，我的上帝！
感谢你给了我一个不出钢的熔炉，
把我的青春密封、冶炼；
感谢你给了我一个冰箱，
把我的灵魂冷藏、保管；
感谢你给了我烧山的灰烬，
把我的胚芽埋在深涧；
感谢你给了我理不清的蚕丝，
让我在岁月的河边作茧。
所以我年轻——当我的诗句
　　出现在人们面前的时候，
竟像哈萨克牧民的羊皮口袋里
　　发酵的酸奶子一样新鲜！
……哈，我是青年！

我年轻啊，我的胡大！
就像我无数年轻的同伴——
青春曾在沙漠里丢失，
只有丁冬的驼铃为我催眠；
青春曾在烈日下曝晒，

只留下一个难以辨清滋味的杏干。
荒芜的秃额，也许是早被弃置的土丘，
弧形的皱纹，也许是随手画出的抛物线。
所以我年轻——当我们回到
　　　　春天的时候，
你看看我，我看看你，
哈……我们都有了一代人的特点！

我以青年的身份
参加过无数青年的会议，
老实说，我不怀疑我青年的条件。
三十六岁，减去"十"，
正好……不，团龄才超过仅仅一年！
《呐喊》的作者
　　　　那时还比我们大呢；
比起那些终身不衰老的
　　　　年轻的战士，
我们还不过是"儿童团"！？

……哈，我是青年！
嘲讽吗？那就嘲讽自己吧，
苦味儿的辛辣——带着咸。
祖国哟！
是您应该为您这样的儿女痛楚，
还是您的这样的儿女
　　　　应该为您感到辛酸？

我，常常望着天真的儿童，
素不相识，我也抚抚红润的小脸。
他们陌生地瞅着我，歪着头，
像一群小鸟打量着一只恐龙蛋。
他们走了，走远了，
　　　　也许正走向青春吧，
我却只有心灵的脚步微微发颤……

……不！我得去转告我的祖国：
世上最为珍贵的东西，
莫过于青春的自主权！

我爱，我想，但不嫉妒。
我哭，我笑，但不抱怨。
我羞，我愧，但不自弃。
我怒，我恨，但不悲叹。
既然这个特殊的时代
　　酿成了青年特殊的概念，
我就要对着蓝天说：我是——青年！

我是青年——
我的血管永远不会被泥沙堵塞；
我是青年——
我的瞳仁永远不会拉上雾幔。
我的秃额，正是一片初春的原野，
我的皱纹，正是一条大江的开端。
我不是醉汉，我不愿在白日说梦；
我不是老妇，絮絮叨叨地叹息华年；
我不是猢狲，我不会再被敲锣者戏耍；
我不是海龟，昏昏沉睡而益寿延年。
我是鹰——云中有志！
我是马——背上有鞍！
我有骨——骨中有钙！
我有汗——汗中有盐！
祖国啊！
既然您因残缺太多
　　把我们划入了青年的梯队，
我们就有青年和中年——双重的肩！

汗 血 马

杨 牧

从古边塞诗的第一页

蹄声踏踏

一直驰进两千年后的草原之夜

你这汉天子梦求的良驹

你这波斯王艳美的神骥

你这马，你这汗中透血的马

依旧虎豹一样的毛色

依旧虎豹一样的毛色

如天山石峰

风雪漂洗而不见淡褪

马毛蒸汗，马血腾烟

熏染了令人吟啸的激越

从青铜边驰过

从编钟前驰过

青铜铸进了你的啸音

编钟却敲不出今日的鼓乐

但你的蹄声敲得出。敲得出绿洲

不带一丝古韵的交响

敲得出草原

虽带古风，犹有新韵的日日夜夜

你是生命,你在演进
你不是模铸的古编钟
你的延续,是汗,是血

剽悍,强壮,洒脱,倜傥
因了血的灼沸而潮涨
炽情,厉志,遐思,豪想
和着汗的流淌而奔泻
而那汗和血的交汇
一半洁亮,一半殷红
一半旭日出海曙
一半雪映天山月

于是有了草原上的姑娘追
爱情,也交给竞逐去优选
于是有了天山下的骑兵团
仇恨,也在狂奔中发射
而豪饮了马奶酒的民族
饮了汗,也肯流汗
饮了血,也肯流血
一切苍白无力的慵惰
都被马尾扫作残叶

你这汉天子梦求的马哟
你这波斯王艳美的马哟
你这豪杰,你这精英
石窟中:你凸现而飞
史诗里:你永无定格

维吾尔人的黧色幽默

杨　牧

眼珠,呈狡黠的黧色
鬈发是机智而曲折的歌
分不清哪个是阿凡提①
上翘的胡髭
挑着一千个小幽默

世界对他们全是笑料
平淡的水,加几滴盐
还有就地采摘的薄荷
便成了一杯
多味儿的生活

所有的语言都安着滑轮
所有的谈吐都抽着陀螺
全都爱笑,而且
笑时,所有的目光
都有一个几乎无法追踪的
漩涡
他们爱星星
爱星星智慧的优越感
他们爱土地

---

① 阿凡提:维吾尔传说中的幽默大师。

爱土地自己制造的传说
他们用幽默缝合离苦
他们用幽默拒绝邪恶
拒绝雪山馈赠的寒冷
拒绝大漠供奉的饥饿
甚至死亡
甚至血泊

戈壁哟，这么多的沟沟壑壑
哭丧的脸，正是埋葬哭丧的坟墓
艰难的车儿驶到这里
哪怕是串小小的滚珠儿
一嘟，一笑，一溜，一转
也能驰过一道坎坷

他们，健壮地生活着

海　妖

杨　牧

那些从沙底蹿出的红柳
都是些海妖

在掀翻海盗的风暴里
她们大笑
她们甩着放浪的长发
勾住太阳神的胳膊
扭动鳗鱼似的腰肢
把一串热得透蓝的吻
响亮地印飞到你的脸上

她们是从海底来的
原本是些小人鱼
因为酷爱最有男人气味的王子
才滴着血,脱去鳞片
在大海沉没的日子里
一步一步走向地面
每走一步,脚尖都刀剜似的疼痛

上帝保佑!
她们没有化做泡沫

受千年死海的威逼重压

出落得精劲而落落大方
盐渍和碱蚀只剥落掉一层单一的鳃
从一栖到两栖
危厄和险峻是奇迹的育床

她们就这样调笑着
日日夜夜都难得平静
她们就像莱茵河上的罗累莱
每天都在黄昏里唱歌
唱些饥渴,而又使
知音者迷醉的歌
无数少年从遥远的地方
心怀壮志地向她扑来
有的还把她偷偷地夹进日记里

但她们并不是罗累莱
并不是那个美丽的魔女
用金色的梳子把流水梳成
撩人的魔镜
在你入迷痴望的时候
让你触礁而跌进灾难
她们的歌声都是点亮航标的灯捻
让你的轻率和狂热早日成熟
并且还教你剥落掉那层单一的鳃
从一栖到两栖
两栖到三栖
甚至在大气层外呼吸

余　烬

杨　牧

在我们行进的途中
谁给我们安排了这样一堆余烬

辉煌的葬礼
想远在我们到来之前
就于荒原哔剥地燃烧
不知是哪队远足的
旅人，梦，干粮袋
在这儿翻来覆去地炙烤
对过往进行庄严的火葬

欲望始终在不可企及的前头
途中每一步都很真实
狼啸是竖耳可触的
寒冷是伸手可见的
夜色围过来如一口枯井
有时惟火光最能解渴

几乎每个人说起今天都很激动
那些过往者当初也这样
要与之交谈却是永远地不可能了
他们的背影叫做历史

随风扬起
有时消逝得干干净净

留下一堆植物的灰烬
荆棘的灰烬
也许并不是最冷的风景
悲壮和缠绵成为文字
最简单的经验
每个人都须重复一次
　　　才能读懂

无法说清火光到底到哪里去了
那些旅人到哪里去了
茫茫天地无处寻觅
只有灰烬是一个事实
那些人走了是一个事实
我们来了,并且
也要燃一堆火
也是个事实

一根火柴热了又冷
一枝香烟,冷了又热

母马领了匹公马回来：笑了
儿子骑公马摔断了左腿：哭了
因为残废，儿子
不再被拉做壮丁：他又笑了

在冰冷的宇宙的无限空间
并没有谁规定人的祸福命运
为生存而并不只得到生存
不仅为生存又得到悲辛
我回来了，沿着太阳回归的路
向白羊宫进发，揣着
没有签字的路条

维吉尔！感谢你领我到这个地方
让我进了"圣彼得之门"

四

并没有一匹赛比猡怪兽看守狱界
这里是一片自由的死海
我也研究起那些被逐下海岸的人来
那些亚当的罪恶的子孙
一个个向我招着手，微笑着
或者沉思。我每走一步
都踢飞尘土触到心跳

他们都早我而来
我是第一千一百零一个
他们围着这坩埚歌唱
我也当赞美这神圣的燔火
蓬头垢面，脚趾甲被沙砾
烫熟，缫而为丝

阳光这样酷厉而煦和

维吉尔！请你为我历数这些英雄的名字

五

从我，是进入永恒的道路

进入凸天，或明或暗
进入凹地，或寒或暑
把一切希望都捐弃吧，捐弃了吧
我看到这座大门之上
镌刻的字句都很模糊

只有草地上坐满了人
如孤岛上一群鲁滨孙
绿色的珐琅因此没有
一点锈蚀。他们很从容
捕捉旱獭，或者放鹰
灿烂地生育，无眠地午休
鞋底便是他们的归宿

维吉尔！我该是属于哪个星座
我是北冕下的牧夫？

六

流浪的路
比所有的路都显得长

正午的太阳最接近真实
无法顾盼自己的影子
潜入生命顺数第一页

199

再潜下去

便是子夜

废墟的名称是一种偏见

沙砾的屈辱有声有色

闪着光,金子诞生

传说比真实更动人

俯身拾起千年之前一块远行者的颅骨

问他是否走到如今

问我是否走到如今

维吉尔!没有浪,流也是死亡

七

我不是俾德丽采的请求①

我没有爱。没有什么人值得爱

恺撒的女儿最终没有嫁给庞彼

衣袋中有一张委托书

也并不带紫罗兰的馥郁

足迹是自我过继的凭证

没有学会尼古丁

就开始无边地服毒和燃烧

烟气弥漫

长长地吞噬我的黑夜,如白昼

如白昼断裂,如深更

如深更洞穿,如野火

如野火流磷

---

① 维吉尔是受了但丁情人俾德丽采的请求、委托才作为他的向导的。

200

维吉尔！你还问我
"不到时候就来了的你是谁？"

八

疲惫的夜，半睡半醒
荒店太冷，蜷着腿

臭虫的血迹在墙上
被旅人蹭成暗射地图
冥冥入梦。脚头何以温暖如春
一伸腿，他坐了起来
抱歉的陌生使我吃惊

世界，原来这么小
仅在昨天有过路遇
他就钻进了我的被窝
也是没有宿费的吗？朋友
你说你叫威武尔
也有两千年的历史
不过你此刻是去探亲

维吉尔！暗射地图同属于我们

九

爱，不许任何人受到爱的不爱

都不是出差，不是
做最轻松的旅行
彼此一望便知道车票的颜色
光亮的校徽于你只是安全的保姆

但你是要去嫁一个囚徒
姑娘,坐到这边来吧
靠窗的一边风更大
这里也是囚徒的位置
不过有《茨冈》,还有它的
金冷的月色。要借阅吗?
为什么要给高额的押金
你没有看我

维吉尔! 你没有看我?
心,被你的押金押着

十

这是在罪恶与建树之间
在沉沦与突现之间

那边就是犯人的营地
许多人,都剃光了脑袋
眸子混浊分不清颜色
他们看世界,世界看他
我连他们和世界一齐看

虎皮椅崩溃。前朝的遗老
和小偷和强盗在一起
隔岸犹唱后庭花
土谷的窗前说下流话
历史的活的遗迹没有衣领
脖子显得特别长
如可悲的变形记中的鼹鼠

维吉尔! 我不会翻过那道沙梁

十一

有一只黄羊躺在路边

目光呈夕阳的绀黄
落向崦嵫
仿佛是那位追日的老者
白发从思想里垂泻出来
你不会相信她还是婴儿

她喘息着,嗅着乳气
舐着胎衣留下的血迹
母羊已经弃她而去了
她也是母羊,在生育爱
生育不曾被养育的母爱
她在自育中完成自己
她在早殇中寻找孺芽

维吉尔! 难道荒诞
指定了必然的死亡吗?

十二

基因是地质年代的居民
因为地质年代而永存

小土屋是善良的繁息
蜘蛛网从乾隆年间
织到如今,一半已干涩如同枯草
但它用润湿收留了我
不是捕获,而是拥抱

"阿勒辟,百辟撒旦！百辟撒旦！"①

如同说着天国的语言

他们却懂得我的话

如懂得一只恓惶的蚂蚱

所有的淤塞因地质年表

而贯通。目光融融。史前期

森林比荆棘更重要

维吉尔！真主有一个真正的名字

十三

你向我伸出一只手

这手很硬,如石头

四条指缝灌满了泥土

很适于悬崖边的树

扎下去就得到根

得到荫庇者的恩宠

愿在你的指掌之间

如一道指纹,深深地繁茂

泥土从来不是羁绊

渗进去就得到自由。热雨的

泪啊,第一次落下,扑进

断代史的延续

浮云破译无羁的寒冷

维吉尔！你是圣哲

你不是蒙昧之群的化身

---

① 地狱之神的谁也听不懂的语言。实为但丁杜撰。

十四

这是一个庞大的蜂巢
花之侧有胡杨萧萧

这就收复了装束的原色
如一片大叶榆的叶子
一面是苍绿，一面是苍黄
一面是绝望后的芬芳
一面是绽开中的殉葬

进犯和争酿属于两个不同的国度
毁坏和创建同是乐土
魔鬼城中并没有魔鬼
火灾区中住着人类
雪山的两极各有风景
如一只蜂的左眼和右眼
如我的生魂和我的亡灵

维吉尔！这个世界奇异地对称

十五

你看着我，看着我

眼睛眯得像穿针时的老裁缝
那么就请你穿进去
穿进我的石窟中
全是碎雕，出于一万个人之手
我很珍视骨针的缝媾

我也这样看着你

山中一位不朽的老人,你是谁?

高高地坐在雪冠之上

我因血中并不只有单一的成分

而不羞于做你的子孙

你很健旺而不健忘

我不健忘故也健壮

维吉尔! 世界的人种

没有一个是纯粹的

十六

那么就守着这堆篝火

守着植物临刑的哔剥

火真旺。胸中血管随

赤道升温;背心

犹感冰冻的北极

整整一个球体的节令,都属于我

也就不再是仅仅搓手呵一口热气

北斗星已完全横在我的北方

听那些芦管吹奏苍凉

有一个笛眼被我按着

不许出声;我在这个管道里逡巡

有一天我会溢出来,如一坛烈酒

直烧到没有火烧的时候

直醉到没有醉意的时候

维吉尔! 残破的征衣显示完整

十七

偶在赤桦林中驻足

我在山中
拣拾那些最宝贵的珠贝
这里正是人生的半途①
福乐智慧辉煌地闪耀
听一次山中雪鸡的鸣叫

但我要叩击这片苍岩
不只是诘问，该，与不该
我得到了，如许多丢失坠下深谷
这里也正是你的渊薮
天地的寥廓仍是个谜
愿我不是最后的长泣
愿我没有最初的犹疑

维吉尔！"一半以上的人
在一半以上的时间是否都是对的"？

十八

又一次抚摸自己的耳朵
抚摸我身体最远的轮廓

这也是我最偏远的疆域
无须记起，也永远不会
忘记的边地。它最先受冻
也最先发热
如果有人在窃窃私语
桃形的浆果在为它吟唱
为它输注殷酽的汁浆
世界很大，比世界大的

<hr>

① 《旧约·诗篇》中说人的一生是70岁。

当然是天空,有鸟飞过
鸣声也总是被冥蒙收容
守一块云母也就足够
如独足之虫

维吉尔! 愿这虫螅孵出龙种

十九

有人在解驼,如庖丁
柴烟和旱烟飘曳在沙海
柴烟是晚餐
旱烟是跋涉中的困倦
驼被利刃剖开了肚肠
肚肠间全是路的经纬

吃这些路。吃过往的路
使前面的路更充盈血气
血是魂的液化状态
经过了烹饪而凝为红烛
假如能进入自身的燃烧
神祇的启示
从此也就显得不重要

维吉尔! 你祝我的灵魂使四肢奔腾
也祝我的四肢使灵魂飞升

二十

现在我可以到天堂去了
维吉尔! 你已经完成了你的使命

但我已不再写下去

二十首：我二千毫升脑容量的百分之一
我当然要进化
如我的边魂和魂域的低能
如同我无休无止的洗礼

天堂已响起美妙的圣音
洗一分罪孽
多一分世尘
我可以超脱如粉蝶吗？
天堂在脚下，在龙翼之间
我不敢轻易地说
"走你的路，叫别人去说吧"

永恒归于父，归于子，归于圣哲维吉尔！

错　影

（《边魂》系列十五行组诗之二）

杨　牧

从前唱过的歌，
我又低声吟唱，
无数婆娑的阴影，
错落在道路上。

——赫尔曼·黑塞

一

怎么能说这就是真实

还没有入睡，就开始做梦
阳光与星光亲密地合谋
睁开和闭上都一样，这眼睛
这灵魂的山口
远烟袅袅，近影憧憧

在我的左边，在我的右边
在我的身前，在我的身后
在我磅礴呼唤的四野
无所不在而无处寻觅
无处寻觅又无所不在

道路,延伸,而后又消失
消失,而后又隐隐伸来

流浪者,这
也许正是你富有的所在

二

仅仅一个不祥的数字
如十三

如十三,如基督徒们避讳的忌日
你说了出来
说出令地心震颤的霹雳
于是都被霹雳卷起,身不由己
揣十三元钞票而来
坐十三次列车而来
为十三年苦役而来

恰恰有个基督徒,十三日西行
十三日婚媾并要做父亲
十三个孩子都在十三日来到世界
十三个孩子十三次遇难
最后都在十三日里平安奏凯

唉,世界,谁能说清你的渊源

三

但是并没有遗忘爱

不是不愿,而是不能
你,荷塘,你,倩影

211

你荷塘中的倒映的水罐

水罐中的澄澈的乡音

你来了，为什么又这样使我惶怵

我这里只有一片沙砾

有柳丛，那是为孩子栽下的

我属于孩子，但是孩子已不属于我

我只准备让太阳煮熟

你是谁，你是谁！当你阒夜

浩洁地挤进我的门窗

我的门窗又开始流放

我像迎接我的欢乐

迎我乡愁于这片月光

四

我肯定属于轻薄之徒

你淡淡一笑，就把我俘虏

从没有见过这样的佳丽

这样凄婉，又这样销魂

你的目睫沼泽般温湿

你的肌理卵石般光润

一片丰盈沿双肩蔓延

直漫到三月满地氤氲

直漫到四月满地氤氲

六月，是江南纪念日

照我灼我于弱冠之时

还有萤夜那惊心的流弹

穿你只有忧患的山川

穿我没有欢乐的童年

都有许诺,但是谁也没有听见

五

而今你来了,如一尾鲛鱼

触须伸着
伸向这片干涸与饥渴
声光表演在屏幕之前
都有沉默中的喧嚣
都有喧嚣中的沉默

月牙泉在天空发芽
然后盘绕,回归苍茫
回到太阳归巢的地方
火烧云是惊险的铺陈
鲛鱼摇响荆丛的方向
怎么能说我欲归去,我欲归去
出礁,便是你我的家乡

你把秀发跌在我肩头
我的头,只有叠放在你的头上

六

我肯定不是北方的男人,不算了
不算真正北方的男人

但我用北方拥抱你
拥抱你如拥抱南方
淌些北方和南方的泪

213

流些南方和北方的悲
流作精河
流作巴河
流作渭水

于是那里有一片土地，小麦会熟黄
熟成世界最初的模样
燕子来了，衔一堆泥
还带些麦秸
筑在我浪迹的大头鞋上

我能把爱钉在一个小小的灵框？

七

那么就让我开放古老而神圣的吻

吻我天空的另一面
吻我灵肉的另一层
吻可汗也吻特灵汗
吻细君也吻卓文君
吻岑参，也吻杨慎

这个小小的伟大的世界
无处不流淌至深的情爱
曾经爱过你一分钟
我就再爱你一分钟
每一分钟都这样说
时针是浪
岁月是海

这里永远没有边界
也就永远没有边塞

八

但你毕竟是我的南方
你太强大，如同针芒

蜇我的皮肤蜇我的心
蜇我第四十九层灵魂
我在你芙蓉刺丛中沐浴
浴得这样鲜血淋漓！听见了么
此刻
这样屏息静声
此刻这样气喘吁吁

但是我不能翻那道阳关
这边是沙滩，那边也是沙滩
沙滩，是我的失乐园①
只有雉堞这道罅隙
正好流进你的娇盼

我珍惜一切偶然的必然

九

你指着那棵枯树说：那就是你

那就是你，我也说
那就是你造下的罪过
你任雷劈烧焦了它
而今竟像一截断蟒，秃秃地举着

---

① 失乐园：《圣经》中告诫人类失去上帝恩宠将受苦受难的一个警喻。

铁刷似的稀疏的枝丫

但你毕竟眷顾了，在这野地
眷顾便可慰抚边魂
目光那样温存而亲近
亲近似北斗，一斗一斗斟满怜爱
你是掠夺，也是滋润
让我像雏鹰或残损的牡鹿
啄你吮你直到整个儿地成为你

唉，南方
你是情侣，也是母亲

十

不要说你犯过错误
哪能呢，世界都才走到半途

那时我们都太恍惚
峨眉和山月一道中暑
你仅抛弃了一只流萤
天空就多了一颗彗星
星要西来，也要东去
七十年回人间一次①
仍旧探照那片桑梓

过去了的都不再是过错
天也嵯峨，地也嵯峨
月亮从无新旧之分
无愧纵是有愧的瘢痕

---

① 哈雷彗星实际是 76 年回归一次。

有愧更是无愧的见证

纯美无非就是信任

十一

那么就随我浪迹去吧

听我讲述我的蜕变
讲述我对牧女的痴情
讲我不再喜欢纸鸢
甚至不喜欢
那些锦绸叠的绢帆

就这样赤脚跋涉而去,不用
车马,走过浩浩渺渺的戈壁
每一步都创造历史
每一步都擦掉历史
就在历史的陷落处
用鹰羽和鸥翅
写一首最为酣畅的史诗

能追回来的
都不算迟

十二

不要后悔矜持的流年
都不要——看这雪山

我们一道爬上去
如爬忘川,爬忘川的两岸

烟岚在你的脚尖缭绕
烟岚在我的脚跟缭绕
是月吗? 一只
脚的九寸之距
我就用了二十年力气

不再冷了,因为已经冷到了家
不再热了,因为已经热到了底
只有你来瞠视我的沟壑的时候
那样,瞅我
我才会这样冷热不济

不用,不用洒你垂怜的玉滴

十三

这就是我宰马的地方

我说过,我曾在这里
割断柔肠,如同
割我缱绻之柳,温柔之邦
割出血来,喂我,饲我
好翻过那道绝望的沙梁

但是这里意外地长出一片青草
叫做草滩,草滩
原是血沃的飞毯
载你载我如三月的阳光
三月的阳光容易瘫软
四月的细雨容易缠绵
五月的骏马容易剽悍

无定河边无定骨啊

刻在骨殖上的赤恋

十四

有一个溶洞在魔鬼城中
水声滴答,如白驹过隙

洞中的日月没有指针
没有夜,也没有黎明
蝙蝠和鱼类日夜翻飞
眸子变得浑茫而精锐
它们在这里著书立说
直到四壁长满飞天
直到赭岩生出草稞

但仍旧是你从头顶泻下
跪在我脚前
我也跪下,如祭悼祖先
祭悼至高无上的图腾
直到人类都烟消云散

有一刻钟,人类只选择一种奉献

十五

什么我都了如指掌,神圣,崇高

你对我说:看吧,看吧
看这些河川,这些田畴,这些
令你迷津而划向彼岸的渡口
看个够,直到你在天涯的极致
也无乡愁

怎么能够看得够啊!

我在这里啃你的润泽
啃你的爱,这已足够
把我喂饱

那么我会肥壮起来,仍如耕牛
耕这年年秋雨后
耕我的废墟,耕我的颓园
并且因有你泽国的滋补
不再是一个刚劲的骷髅

南方,是你造化了我

十九

从此这世界到处是路

月光起伏,波影起伏
错落的景致任我组合
每幅都是我崇高的挂图
母亲从坟头伸出手指
在空中匆匆画我的名字

立交桥头
红灯和绿灯都在开放
但早已人迹——板桥——霜
告别。分手,说声再见
哪来得及一曲《广陵散》①
沧海的月华将更峥嵘
我宁肯起伏更大的波澜

世界

---

① 《广陵散》古曲名:三国魏诗人嵇康临刑之前仍弹奏此曲。

不过都在一瞬间

二十

有一个传说是这样：
喀纳斯活了

说喀纳斯湖有一头怪鱼
已经长到三百多米
每夜从湖底拱出脊背
鳞斑绘满阿尔泰山影
发出古老而神秘的声音

"最珍贵的声音，是时间，"它说
"是岁月之流汇注的语言"
不知是哪股地底的潜脉
引东海入了西塞的深潭
它沉默着
沉默的时间都曾看见
沉默的人们都没有看见

如果它有一天爬上岸来，便是真实

圣 土

（《边魂》系列十五行组诗之三）

杨 牧

你已经使我永生， 这样做是你的快乐。
　　　　　　　　——罗宾德拉纳特·泰戈尔

一

向日落的方向跨出一步

这就轻而易举地出境
上帝！多蒙你给我荣幸
七叶树迎我，妙焰花迎我
赤日以最亮的沉重迎我
迎我于九月灿烂的黄昏

主人公在百年孤独里捻弄长须
白蚁在血管里搔痒，爬行
啄成柱，以支撑穹苍
几为有一隅而深感足够
既然有边关又有出游
就无须把自己肩在背上
举一支天籁，以撞响回声

是东，是西

不必细究高悬的倒柄

二

异乡开着不知名的花朵
迦昙叶摇着巨大的圣歌

光亮自无影的佛灯中射出
白壁构成一条甬道
这么深,是日沉之境
黑土,红幡,檀香木气息
渗出被暴雨洗刷的植被
这么浓重的夕阳味
教人无醉自醉而晕

这个地方我早就到过
远在我来到世界之前
每一个景致我都能辨认
灵魂的侍者轻轻地说
别怕,孩子

我以我自恃而长大成人

三

我不怕。但感到阒寂

走过长长长长的甬道
我不知我丢失了什么
两只手彬彬有礼地划动
总是向地面轻轻地抓
像乘人不备要拾回影子

月光下我丢失了自己
我的脸型,我的皮肤
我的赖以生存的炼乳
先人为我选定的佳偶是唯一的
木卡姆在油脂上飘摇
山下有河,河上有青草
那些奶酪和罂粟的笑

一支长歌
突然少了一个基调

四

但你突然出现在面前
如同梦幻

这是雨季之后的林莽
自有阳光以来的太阳
都落在这些枝头上
结成硕大的萨波蒂果
黑女人! 黑女人!
这些水蛇样的腰肢
这些大地般的曳动

太阳都落在这里了! 落进
果壳,落进黧黑色的果肉
生长油脂,生长浮雕
生长柠檬和椰子汁
也生长野罂粟的微笑

是你来了! 和我沿着同一条走道

五

走向你。走向海湾

海浪成排成排地打来
一只陶瓶
不断地抽空,又不断地盛满
月亮正好落进这个瓶口里
圆得教人胆颤心惊

就是这海,发明了一种
阿拉伯数字,是个谜
教人类不断在 0 中跳舞
发明了一些奇妙的文字
像一些蹦跳的小动物
啄食在你的衣角上,藤萝上
盈盈地酌遍你的胸乳

啊,女神! 也许我原本是你的男人
或者你本该是我的圣母

六

走向这海,走向你
走向这永远没有的孤寂

一支古乐
欢乐地击打一面古铜
不知是谁把我们糅进
同一组编钟
编钟的沉宏,编钟的幽韵

天地间有一双冥冥的手指
缝合并捻结摇曳的长梦

当你让我唱歌的时候
我不知该唱哪支歌
黑咖啡还是紫咖啡
红葡萄还是黑葡萄
那么就唱神秘的东方有一条龙

是你来了！穿过那条长长的罅缝

七

曾经也有人到这里来过
是个和尚。光光的头顶
采撷鹿野苑的阳光
他回去了，留下传说
留下许许多多的艰辛
和一枝藤杖

释迦牟尼去世的时候
也并没有留下什么东西
只有一部菩提叶泥化的腐殖土
一部关于痛苦的学说
我读了。倒是文体颇为不错
睁眼是云烟，闭眼
全是血肉的诗歌

河水匆匆忙忙地流走
回过头，又来濯洗我们的双足

八

那么我们就穿好袜子
到密林中去

番石榴露酒并不醉人
忍冬花开放而荆棘丛生
夜莺将一坛琥珀打翻
溢满地碎片
钏镯丁当,佩饰丁当
神牛的鼻子空旷地呼吸
你却戴着辉煌的鼻饰

奉献是人类最高的情感
土地为收获而乐于就范
造就并且辉煌你
沉重你,富有你
并且也给你欢愉的鼻环

那么你就做我生生不朽的羁绊

九

到处是女神

歌唱,舞蹈,并且飞奔
穿过大片大片的炎夏
顶着水罐
走向阔叶林中的茅屋
走向墨绿的大理石基

"抱我!"你说

你让我把你扶上驼峰
我当然愿意，并且很从容
我知道从此会有座敦煌
有了云岗和库车的石窟
香火不断，顶礼不断
褐色的水流日夜不断

而你是一尾
带鳍的飞天

✝

你在长长的流水之侧
不在那挂大篷车上

乡间的道路都这么幽深
有一首歌
叫《我的罪人》
十二种姿态在这里明媚
在这里揉洗沙丽和月光
小船很好，颠簸很好
丽达和拉兹都仍在流浪

大篷车上过于拥挤
当然我们都无须再去
用自己的歌为自己染色
用自己的舞姿把自己拂亮
自己的河水，给自己阴凉

今夜，就宿在那道山冈

十一

翻过一个又一个金顶

都是神。都是
殷殷期许的神韵
绛紫的佛灯显影梵天
显影如来
湿婆果然如期而至

我们走过无数的季节
看古堡盛开又寂然凋谢
太阳一层层剥落并搅拌
我们的皮肤
如翻耘黑土
蕉林很浓,椰林很深
无数的经典在那里受孕

所有的神话都不是谎言
所有的歌曲都不是声音

十二

我知道你喜欢我的歌唱
你才会同我到这个地方

这里已是天的尽头
再往前便一无所有
但是,你说,试试看
用玲珑的手指
弹开一束缤纷的花瓣

你说世上绝不会只有十七朵莲花
三种原色拥有一切

于是你从石龛上飞下
把唇印绘上我的前额
是一抹朱砂
我知道这叫吉祥的印鉴
是一种还未诠释的符号

身后，已是海角天涯

十三

那么再往前跨一步

一步就够了，就能够抵达
那根神柱
那根辉耀了一个王国
又成为凭吊标志的废铁
而野花仍在肆意地开放

生命中最无定型意义的一个环节
比凝固的金属还令人珍爱
最显赫地立
最随意地丽
最后都回归它的本体
叹无比壮观和无比柔媚
灵肉，却在尘埃之底

那么我们都俯下四肢
用前额触碰这块土地

十四

这就是那朵伟大的城堡
那朵千秋不息的海啸

我说过,是纯玉筑成
是一个国王为他的爱妻
筑下的这座世界奇迹
筑在一条恒河的上游
有群鸽飞行
隐隐的血丝
流在粉红的汉白玉里

女人为他生养过一十四个儿子
生在流放的密林中
他做了国王。他死了
他甚至无须为自己另辟一方清寝
只伴着黑土默默地偎倚

是你说,在世界的东方只有一条长城可比

十五

比长城还长的是这片梵天

是你的眉睫挑飞的烟岚
上帝为宽广而创造男人
上帝为绵长而创造女人
男人和女人创造上帝
创造人类不绝的险峻

把首饰包好

是你的美德

把瓷瓶摔碎

是你的美德

左眼和右眼本已具备毁灭与护佑

还要创造第三只美德

于双目间点染一朵温柔

就点燃那颗红灯吧

那是照彻长夜的星斗

十六

你数着纽扣

数着胸前仅有的串珠

抚额，站起

又一次伴我走向长途

夜色很好，但月亮苍白

星河流过陌生的天空

但是我们毫不介意

在婆罗树下打一个盹

然后嚼一口槟榔叶子

我们在路上生存并寻找

让每一段风景都发出叹息

"他们……走了……"

走向悬念和遗忘的深处

只留下脚踝串铃的轻敲

洪蒙初辟，只怕奉献的时刻已到

十七

这无疑是最初的诗

一个男人和一个女人
在洪荒之地恋爱并开垦
焚草为土,又伐木为薪
指天为誓,又耕播为禾
愚蠢和崇高都如这些简单的举动

史诗都通常讲的是幼年
英雄多是儿童之举
《罗摩衍那》和《伊利亚特》
而今已有
两种版本发行世界
一种,院士们的经典
一种,世界的娃娃书

最低的
"高不可及的范本"①

十八

时间和空间都没有形体
那么我们更无须犹豫

黑夜的麋鹿急遽地穿过
饮水的池塘
芥园的竹林飒飒作响

---

① 马克思关于史诗的一句论述。

有鸟飞过。横斜的影子

掠过经院,掠过苍白的纸火铺

宫女在失血

有一盏灯被风吹熄

我们走吧! 走出这岛,或者半岛

走出这些欢送的队列

吻抱。挥泪。披好雨具

听那位老人演奏他的原野之歌

演奏他永生不死的秘诀

回过头,向长髯老人深深致谢

十九

现在只剩下这个檀香木花环了

这是你的。我知道

这是你对我最高的礼遇

我已经闻过,如闻

这个球体的气韵

和整个天体根须的馥郁

据说西天净饭王的儿子①

以檀香木火焚而升天

也听说东土有一对神鸟

衔着火光笑而涅槃

这也是火吗? 它已经套上我的脖颈

将把我焚成黑土的质地

直到最后,把茅屋的钥匙交给你

---

① 指释迦牟尼。

活着,并且记住爱
这也是偈语

二十

日光已升起!
月光已升起!

日月和星辰一齐飞升
密集的铅粒在天宇运行
黑洞像光明一样辉煌
死亡和分娩都是生长
穿过极地,穿过梵天
穿过密密麻麻的毛孔
翻搅这些黑色的沉浆

升起来了! 升起来了!
你的和我的永生的快乐
我的和你的永诀的忧伤
我们化合! 我们交媾!
上帝,你檀香木的儿子!

——给你血! 给你肉! 给你一脉永恒的檀香!

冬天遇到的童话

周　涛

有一年冬天
我遇到了个童话

它并没有什么深刻的含义
但我觉得它很美丽

那是巩乃斯草原雪后的清晨
大地铺了厚厚的银絮

阳光在雪面镀上炫目的幻想
这时,雪原上跑过来一只狐狸

它是那样火红
如滚动的火焰,太阳的儿女

当它艰难地从深雪里跃出
慌张得险些撞上我的马蹄

它一愣,我看见那恐惧绝望的眼睛
和嘴边细碎的雾气

我让开了道路,久久凝望

洁白的雪原上，火红的影子渐渐远去

这时，我听见身后传来
暴怒的犬吠和沉重的马蹄

这猎人追捕的逃犯，草原的惯盗
自然界的骗子，啊狐狸

可是我心里却祈望着
不要，不要抓住你

让这火红的生命在雪原跳动吧
没有它，旷野该多么孤寂

这是一个没有意义的童话
至今，还清晰地藏在我的记忆里

野 马 群

周 涛

兀立荒原
任漠风吹散长鬃
引颈怅望远方天地之交
那永远不可企及的地平线
三五成群
以空旷天地间的鼎足之势
组成一幅相依为命的画面

同是马的一族
却与众马不同
那拖曳于灌丛之上的粗尾
披散胸颈额前的乱鬃
未经梳理和修饰
落满尘沙的背脊
不曾备过镶银的鞍具
强健的臀部
没有铁的烙印
在那桀骜不驯的野性的眼睛里
很难找到一点温顺

汗血马的后代
突厥铁骑的子孙
一次酷烈的战役中

侥幸生存下来的
古战场的遗民
荒凉土地的历史见证

昔日马中的贵族
失去了华贵的马厩
沦为荒野中的流浪者
面临濒于灭绝的威胁
与狼群周旋
追逐水草于荒漠
躲避搏杀的枪口
但是,即使袭来旷世的风暴
它们也是不肯跪着求生的一群

也有过
于暮色降临之时
悄悄地
接近牧人的帐篷
呼吸着人类温暖的气息
垂首静听那神秘的语言和笑声
潜藏于血液中的深情
从野性的灵魂里唤醒
一种浪子对故土的怀念
使它们久久地
默然凝神
可是只需一声犬吠
又会使它们
消失得无踪无影

牧人循声而出
遥望那群疾不可追的
隐匿于夜色之中的黑影
会轻轻地说:
哟嗬,野马群……

蒙古人唱起古歌

周　涛

在阿尔泰山下,昏暗的毡房里
我和一群蒙古族牧人坐在一起
这些被战争遗留在异乡的人
还遵守着古老的礼节
他们用嘴唇舔舔酒杯
然后把它敬给客人

他们是沉默的,只是默默地喝着酒
脸上有着野外劳动者的那种迟钝……
我不知道他们是否知道历史的光荣
但他们知道自己是成吉思汗的子孙
他们在沉默时
想像过祖先的骁勇
在远古的年代
以迅猛的骑兵
所创建的震惊世界的武功啊

我向他们询问历史,打听悠远的传说
哦,关于伟大的祖先,能告诉我什么

"我们几辈子人的骨头
都埋在这里了
我们把这条河叫做母亲河"
经历了多少动乱的年代啊

可怕的流血
艰难的迁徙
战乱的烟尘中出现英雄
英雄完成使命就会死去
而毡房,终于抛下锚
让一群猛士的后代
泊在了这僻静的山窝

喂!成吉思汗、忽必烈汗和他的铁骑
这些名字难道会忘记么
牧人们用喝酒掩饰悲哀
然后,慢慢地唱起了古歌
那悠长而凄切的长调
首先发自独眼老额吉喑哑的喉咙
随之引起一片乱哄哄的唱和
歌声里,古代升腾的烟尘
从我狭窄的胸腔汹涌地流过

牧人们唱着唱着,就动情地哭了
伟大祖先的豪勇、粗犷、天才和胆略
中亚细亚一个崛起的民族的激情
纵横驰骋欧亚大陆的风姿
通过这支歌传递过来
撞击着我渴望奋起的心啊

呵,活着或是悲壮地毁灭
但是绝不作命运的俘虏
我唱起古歌,望着牧人
我望着牧人,唱起古歌
这一杯燃烧数代人肝肠的烈酒呵
也点燃了我胸中的热血
我学着那些牧人的样子
用一只粗糙宽大的手掌
使劲地揉擦发红的眼睛
目光,开始变得深邃而果决

鹰 之 击

周 涛

哦,我看见一只鹰,正从峭壁上飞起,
它刚才还立在山巅,立在一块突兀的岩石上,
凝着神,收着翅,一动也不动。
像一尊褐灰色的石雕
从高峻的积雪的山峦俯瞰大地——
这时深秋的旷野,
在枯黄的草色中还隐隐透着淡绿;
如一幅刚刚绘好的地图,
坦荡的世界醉于色彩变幻的旅游,
杂色的树叶和银灰色的河流,
合拍于大地缓缓起伏的旋律。
哦,这是只年轻的鹰,翅膀异常有力。

它有被太阳烘暖的热血,
闪电般犀利的目光,
飞卷的鳞状雨云所剪裁而成的翎羽,
它还有迅雷一般易怒的脾气。
它盘旋着,凭借着风和气流,
　　　划出巨大的弧线旋转上升⋯⋯
　　　它发现了什么?谁是它的仇敌?
　　　为什么那摇向青天极处的黑点,
　　　突然发出尖利激扬的啸叫?

　　　　它伸展帆影般的双翼，

　　　　开始在天风中兴奋地颤抖啦，

　　　　胸脯前狂流的热血涌向咽喉，

　　　　渴望着属于鹰的荣誉……

哦，它看见了：一只狼。

一只狼，正从通向牧场的山凹处走过来，

穿过那片投着阴影的松林，

远处，暴怒的吠犬正在搜索山丛。

这个在逃犯，是只老狼了。

　　　　灰色的皮毛像秋草那样杂乱，

　　　　蹒跚地走在布满石片的干涸的溪底。

　　　　它垂着头，目光冷漠而暗淡，

　　　　仿佛掩盖在灰烬中的两粒火星；

　　　　一条质疑的前腿像挨过狼夹子，

　　　　那破布般的尾巴

　　　　正无精打采地拖在身后，

　　　　像败兵倒拖在身后的破旗。

这时，那只发现了目标的鹰，

从空中投下死神的阴影！

那猎鹰是那样愤怒而且自信，

它盘旋到最适合的角度，

就果敢地压低翅膀，猛一侧身；

掠过了山脊，掠过了树梢，

在瓦蓝的天际，

划出一道长长的裂缝……

　　　　那老狼正暴露于旷野之上，

　　　　它只是蹒跚地小跑着，

　　　　都不曾抬起头，瞥一眼天上的流云；

　　　　但它的眼睛却死死盯住鹰的投影，

　　　　锋利的牙齿间紧紧咬着一个仇恨。

狼已经感到了背脊上，鹰的锐目

射向它的两道正义的寒光；
听到自空而降的猎猎雄风
正向它压下来,渐渐逼近……

　　年轻的鹰发起了第一次打击,
　　它伸出一只利爪,攫住狼的后臀,
　　让那利刃深深扎进骨缝,它知道,
　　这剧疼是岩石也无法忍受的,
　　狼一定会本能地反击,扭头来咬,
　　那正好,它的另一只利爪
　　会不失时机地伸过去,
　　插进它毛茸茸的两耳之间,掠过头顶
　　闪电般抠住狼的眼睛……

但是那老灰狼没有扭头,
它把一声狂嚎关在喉咙里,只挤出一丝呻吟；
老辣的计谋扼制了本能,
它反而更低地向前伸着头,开始狂奔；
像一只拖着褐色风帆的快船,
直奔一片枝干交错、密如蛛网的灌木林。
鹰的铁爪锁在它的骨肉之中了,
扑着翅膀挣扎,像一架倒拖的犁……

　　被拖向灌木林,被拖进灌木林,
　　劈面而来的枝杈,抽打它,引诱它,
　　引诱它那只铁爪抓住树枝的本能。
　　它抓住树枝,想借以重新腾空,
　　然而,这只年轻的鹰,却抓住了不幸——
　　两个铁钩似的利爪都已无法脱开了,
　　它被劈胸撕成两半,灌叶深处
　　传出一阵凄厉的啸声……

当那只狼,从树叶中窜出来的时候,
就像在那里刚刚进行了一场谋杀！
那鹰的一半正牢牢钉在树上,
被冲力撕开的胸腔热血淋淋。

但它的神经肌肉却还活着，
像钉在树上的一面迎风的旗帜。
它的翅膀还在不停地扑打着、煽动着……
所有的鹰都会从高空、从陡峭的悬崖上，
看到它的形象，听到它的声音，
哦，这属于天空和大地的勇敢的子孙！

  而那只老狼，它真的胜利了吗？
  不，它从此不能再有一刻安宁了，
  它将不停地长嚎、奔跑、打滚，
  从白天跑到黑夜，从黑夜跑到黎明；
  因为一只鹰爪还留在它身后，
  深嵌在骨缝，紧紧掐住它的神经！
  它永远也摆脱不掉这只手了，
  直到精疲力竭地死去……

哦！我又看见一只鹰，和那只鹰一样年轻，
它又从峭壁上飞起，轻轻地一纵，
滑翔得那么自如，俯冲得那么英勇，
偶尔也从云层飘下一两声欢叫，
它是在召唤经过的同类吗？这雄禽
连欢叫的声音也是悲壮的，
如同直射长空的飒飒秋风……

  是的，鹰是不死的。
  峭壁上依然有鹰的石雕，
  和那只鹰一样是褐灰色的，
  褐灰色的，一动不动；
  天空中依然有鹰的身影，
  也和那死去的鹰一样，
  划着巨大的弧线，旋转上升……

流　沙

周　涛

风远走高飞之后
撒下一片它的信徒的尸体
留下沙漠向绿洲入侵的罪证
和它进攻的意图

它曾经想过
想突破白杨和沙尘的防线
切断它们的后路
掩埋水渠的动脉、水井的咽喉
把生命推进的历史掐住
成为一片废墟

那一阵它多么强大
这群风的信徒
像洪水
涌进村镇
像蛇
盘绕住树
像死亡永不撤退的驻军
牢牢地包围住绿洲

整个沙漠都是它的基地
所有的戈壁

都是它出击的通路
只要是风发了狂
它就相信连太阳都能被它埋住

现在风溜了
它显出了原形
一座座沙丘就是坟墓
但是它并没有死去
它等待风暴
那个暴虐的灵魂附体

它没有脊骨
没有脊骨,就只能终生匍匐
而且它并没有根
所以我说:一万座流沙筑起的沙丘
也比不上一棵
直立的树

策马行在雨中的草原

周　涛

原野骤然间
被风和云团挤得不空旷了
远山像渗水的干墨块
渐渐洇进宣纸般潮湿的天空
我们从马鞍后取出雨衣
像披着尖顶斗篷的十字军骑士
雨下得真大
我们在马背上承受，不想说话
也不想吹口哨或哼歌
因为这世界此刻全在沉默
静听天空对大地的倾诉
马儿在泥泞里走
它的脚越洗越不干净
打湿的鬃毛贴在颈上很凄凉

这时候，有的人可能正在家里看书
或者有位姑娘立在阳台赏雨
哗哗的雨声使读书者体会出幸福
也使多情的女子思绪变得浓郁
哦，他们该是有福的了
然而他们不可能想到我们
我们没有躲雨的帐篷，此刻
正在雨中的草原策马而行

可是我们很容易想起他们

在马背上不说一句话

能想起很多人,很多事情

何况我们不认为自己有多苦

在马背,在草原,在雨中

很像在书里,在诗里

可惜这空旷的地方没有看见

我们在雨中的草原策马巡行

角力的群山

周　涛

冈底斯山、喜马拉雅山、喀喇昆仑山
三大著名山系的躯体纠缠在这里
高度的竞争,力的交错
凝聚成无数突出的筋脉和肌块
在无声中对峙
致使这人迹稀少的区域缺乏氧气
因而使我犯疑:是不是
被这群角力着的大山吸去?

它们高大足以支撑天空
却拒绝人类的探视
仿佛不愿被人看到
阴云下峥嵘山峦所呈现的敌意
这一群被放逐的固执的巨人啊
倘若说这些山有一点柔肠
就是它会从身上取一块硬石
捐赠给它的牺牲者作碑
(每一块墓碑上都刻着新鲜的名字)

山毕竟是大地对生物的挑战
而这里只不过格外残酷
数以万计的骆驼

在这条通向天空的路上死去
因为忍受不了折磨
人却不愿把自己大理石一般
光润细腻的白骨委弃在半途中
人们对大山的回答是：
在这山的波涛汹涌挤压的天空下
泊下哨卡的营房和它的高帆
——高原上十分罕见的白杨树

朝拜你,我的神山和圣海

周 涛

喀喇昆仑是一座神山班公湖是圣海
这不是仅仅依据传说
国外的香客们年年度度来朝观它
并用刺骨的雪水沐浴躯体
使之接近圣洁
就是我们歌舞团的姑娘去过之后
也都突然变得深沉
不再像过去那么高傲
神山圣海是如此的神奇
就使我禁不住要去朝拜你

在陡峭的绝壁聆听深谷的沉默
在积雪的大坂俯瞰湖波的含蓄
在坍塌的佛殿寻找废墟的回忆
我的脸被晒成向阳坡的岩石色
我承认,你的湖泊浩渺而山峰众多

后来我掀开绿营帐见了那些士兵
看见皲裂的嘴唇上绽开青紫色的憨笑
迸出一句"这里空气不够吃"
仿佛感到愧对这么空阔的天空
而乘坐汽车兵的铁马得有些胆量

他们从山上开下来疯狂得像俯冲
时间如放在一架没有刻度的秤上
它被高原部队切成方格铺在路面
但我知道每个人都有个小小的心愿
去看看这里的雪水所灌溉的土地
去看看有树有庄稼有蔬菜的地方
看看随着四季变化而变化衣裙的人们

这是一个只有冬天的地方
我朝拜的是：在严冬坚守的士兵
听说下山的战士见了一棵普通的树
竟会流泪而且抚摸得那样深情
调休的连长搂住万里探亲的家人
会因为想到山上的战友而愧疚
特别是驶进喀什河洗车的汽车兵
躺在沙滩上就仰望着柔云出神
我知道他们的心里都是一句话
生活着该是多么好呵……

这一句箴言是神山圣海的馈赠
应该把它赠给那些活得腻歪的人
那些从来不曾流汗却从不满足的人
那些从没吃过苦也从不幸福的人
别小瞧它，它得来不易
在神山的冰雪中磨砺过筋骨
在圣海的苦水中浸泡过肌肉
才是真正的人——生活真正的主人
懂得艰苦才能理解幸福。为此
朝拜你，我的神山和圣海

神　山

周　涛

于是它开口说话,大海诞生了

——奥·埃利蒂斯

由三个天下最伟大的山系
组合成这座立体的浮雕群
喜马拉雅、冈底斯山、喀喇昆仑
猛犸象、剑齿虎和食肉恐龙的长阵
三条逶迤而来奔腾而起的
猛兽之河在此遭遇
在史前期相撞,被岁月铸成山峰
大河的汹涌流势,冷却为黑岩石
形成三根鼎足的巨形柱。支撑起
我们这个古老而又年轻的世界的屋顶

在这屋顶之下,绿洲的绒餐布上
剥食着红石榴籽和核桃仁的人们
望着三根巨柱上雕刻的天穹影像
和流经眼前的滔滔不绝的神秘语
但产生崇高的敬畏和感激
像编织地毯那样编织了神话
肉体的长者、思想的孩童
匍匐于沙地,用雪水沐浴

他们认为它是神,朝它膜拜
于是它开口说话,大海诞生了

屋子里的人看不见它

——艾 青

于是它开口说话,用七月阳光下的雪水
冰凉的感情结晶,六角形花瓣消融
瀑布冲刷石壁,春洪携卷泥土
他用这种语言去贯穿沟通世界
有时惩罚但更多的是滋润
更何况它这些语言最终汇流成海
从而贯穿了整个世界的起点和终点
它了解世界而世界并不了解它

艰难漫长的跋涉直至又一次循环
伟大的规律养育平凡的过程
以这至高的形成那至大的
组成了支持人类信念的两大元素
土的塑像是山,水的肖像是海
因而才有了浑朴的崇高和博大
一切坚强勇敢的智者皆由此彻悟
可悲的是,屋子里的人看不见它

他的头颅总是高出了一切之上

——惠特曼

难道死在它腭下的人还少么?

使朝拜的香客们从精神到肉体匍匐
使探险者的灵魂留下不可平复的惊悸

使强壮的山民目光变得愚钝

大批的驼队出发而驮回尸体

他总是强迫人们承认自己渺小

在原始的蛮力面前感到神秘

但是朝它进发的人就少了么？

所有上一辈人因困惑而编出的传说

都可能大大激发下辈人的好奇

为证实自己的信念的力量、意志的拉力

体魄和智能的持久性与爆发性

人的生命便不会总是躲避艰险

向神山出发的队伍显得异样庄严

万一我倒在这样一条路上呢？

我不怕，因为不是我一个人在这里

我不是作为冒险家和厌世者而来

我怀着使命而又带着新奇

使命在我心中要比这山峰更高

他的头颅总是高出了一切之上呢

我不感到孤独，所以我有力

兄弟，你知道我是谁，我相信你是在期待我

——聂鲁达

我离开了有阳台和街心花园的城市

匆匆穿过有葡萄架和玉米丛林的农村

来到一个从未来过的地方

把熟悉的世界远远扔在后边

其实在这里我并没有一个熟识者

谁看见我的脸孔也不会发出惊叫

在陡壁边站立的养路工却向我微笑

他的黄狗不知道这种微秒的默契

所以费力不讨好地疯狂追逐汽车

我在兵站长的老羊皮褥子上睡足午觉

然后和披油污军大衣的汽车兵并肩而坐

在深夜时分挤进筑路者的篝火圈

清晨被四肢抽搐的高原症患者惊醒

与被搞醒的军医争吵后握手言欢

我和谁也不认识对谁也不陌生

凡是能到这里来的就有相通的心

我们不仅仅靠军帽上的标志相认

在这里,靠凹陷的指甲干裂的嘴唇

凭为使命而受苦的精神我们相互依存

我们刚强,我们容易流泪

我们用整整一年等待一封家信

我们受苦,我们不要怜悯

我们献出青春是为了赢得光荣

我们无知,昆仑山却给了我们大学问

在一座绿营帐里彼此呼吸身体的气息

在一条待开的雪路上呼唤对方的姓名

在空旷的天空下人变得亲近

"兄弟,你知道我是谁,

你是在期待我——我相信。"

我在猜想这位万王之王是谁

——泰戈尔

那么这就是万山之祖

比阿尔卑斯山身材更高规模更庞大

晶莹的富士山与之相比

因太容易接近而显得像玩具

这山中的巨人，脾气暴烈的雄狮

性格固执的硬汉，皮肤粗糙的父亲

终于被我真实地接近了

然而并不是绝望的死地

雄大粗犷的怀抱

容纳着一切顽强的生命

和汽车比赛的野驴群撒欢的地方

永远逃不出班公湖蔚蓝视线的地方

灰鸽旋飞猞猁出没的地方

陡峭的山顶留下古王宫遗址的地方

于是我渐渐升向高空

肩头同时披满雪花和阳光

俯视筑路兵的长诗

把苍鹰盘旋的轨迹描下来

一直伸向高原黄昏的落日

军号奏起，暮色降临

万山之祖的高龄从此记入年轮

我们不是作为征服者而出现

凡为我所骄傲的，我必亲近

我们却都是作为思乡者而存在

同时也都作为开拓者而永恒

生者会牢记这些山的名字

这些山也不会忘记死者的姓名

这位万王之王至高无上——祖国

他心目中的另一个世界已经降临

——里马尔

昆仑山的额顶积着太古的白发

而在通向它的道路上听来的故事

却很年轻。阿里支队的成员
已长眠在巨石之下或变得衰老
他们驼队和马帮在乱石上踩出的火星
却在今日汽车兵的挡风板上闪动
一位被叛匪打了十三枪的县委书记的血
总是殷殷地在我们陌生的血管里流

昆仑山自古就是伟大业绩的象征
一切具有宏伟志向和襟怀的人
都让自己的额角伸向它的巅顶
磅礴的大山,世界的制高点
我激发想象又索取意志的天门呐
三十年前一位转战中国的名将
用他的手臂把士兵的目光挥上山顶
他第一次用诗句作了进军令

这位农民的儿子,战争的幸运星
老兵的崇拜者,硬仗中的暴躁神
他望着自己褴褛而无往不胜的部队
望着这群创造了惊世奇迹的普通人
心里有三分怜爱涌起七分冲动
最后的也是最高的堡垒就在这儿了
命令一旦出口就意味着牺牲
但是胜利,必会诞生在汪血的脚印

其实这位将军的心早已飞上昆仑
这符合他的性格,坚定而又天真
他的部署固然是扎扎实实
但幻想得简直离奇万分
奇怪,打了一辈子硬仗的将军
竟在昆仑山下突然变成了诗人
他心目中的另一个世界已经降临
那进军令是:劈开昆仑山,迎接海洋风

山岳山岳 丛林丛林

周 涛

上

一

有一天,我接到一纸战争的请柬

"×月××日赶到",其他的什么也没说

但我马上明白了:士兵们就要开始他们的工作

那件庞大、笨重、喧闹的工程

已经在一支红铅笔下破土

他们用无数演习和操练

所铺垫的那个日子,降临了

将会发生些什么事? 知道的人很少

只是全体列队

向我们的驻地士兵的营房当地最宏伟的大礼堂——告别

肃穆的团队此时才变得突然成熟

所有的士兵才猛地觉察自己是士兵

"再见",就意味着还能活着回来

不能重新回到这里也是常有的事

戴钢盔打绑腿的包装品从营房倒出来

如数装进蒙着绿色伪装网的军用卡车

训练场空了

司令部的窗户正冷清得失神
营区宿舍一下就残缺不全了
一个孩子在草丛捉蚂蚱
他不知道他在捉爸爸的命运
一个妇人在路边呆站了很久
她今天才有时间把那个人从头想过
她开始回忆他的一切细节
认真评价他，给他作鉴定
想着想着就忽然觉得空空荡荡了
人呢？怎么一下就全不见了呢？
那妇人的心猛地沉落如夕阳
跌进了远方那一片山岳丛林……

我朝着那妇人的心沉落之地而去
我不认识她，然而冥冥中
她的牵念或许才是我此行的唯一目的
旁的人想的全是一件事：受挫，还是胜利
她想的只是一个人：活着，还是死了

她想的不是全局
可是战争用一根食指戳在她心上的力量
比所有的指挥员承受的更长久
为此我才急迫地想进入战区
直升机的蜻蜓肚子底下，正急速滑过
像是被什么染过了的奇异红土地

二

这就是亚热带丛林了
云贵高原的边缘，你直下红河三角洲的阶梯地段
成篇累牍的炮阵地披着网式风衣
军用卡车穿了网状夹克衫
北京吉普戴了鸭舌帽

暴露区的山路上架设了伪装墙

妈的,兵不厌诈
这才是老祖宗留下的一句真话

战区的丘陵状红躯体上
已经开始散发出它那刺激人的气味啦
炮弹只一下就挖好一个坟坑
烧黑了的汽车骨架扭曲着挣扎在路旁
看样子它不可能爬起来再跑了

两个执旗的哨兵,把守着
那扇通往有着怪兽之山的大铁门
士兵们从猫耳洞、军用营帐和简易棚钻出
三三两两地转悠,屁股后面跟着小狗
炮兵则把他们的画眉鸟笼子挂在牵引车上
斜挎五九式冲锋枪的侦察兵
穿着迷彩服,把防蚊帽翻戴成遮阳帽
哼着歌聚在一起打扑克
钢盔坐在屁股底下转椅似的舒服

看见这些很容易想到钢盔的哲学
这防御物本要为士兵的脑袋加上双层颅骨
却使戴了它的人充满进攻的形象
而阅兵式盔光闪闪这士兵的冠冕
在战场却常常沦为屁股的亲近物

钢盔最坚硬,钢盔最虚弱
钢盔神圣无比,钢盔卑贱之至

戴钢盔的人年轻得几乎千篇一律
山背后炮声隆隆轰响时,他们笑着钻入一座深谷
丛林虚掩的洞穴流泻着清泉和山瀑

这伙人脱得光光的在这儿洗澡
东方少年稚嫩的裸体便呈献给战争了

没有欲望的黑毛森森地爬上胸脯
这些孩子单纯，看起来也不粗野

好像一支建筑工程队的小伙子
备料、备钢材、拉运成吨的水泥和砖块
头戴盔帽在施工现场忙碌
他们的工程是神秘、看不见的
死亡率很高，它的目的是摧毁另一伙人的工程
此时正当雨季。他们说
"在洞子里沤烂，还不如在阳光下被炸飞起来痛快……"

三

有多么古怪的地名
就一定有那么古怪的地方
云南的地名是李贺和李商隐胡乱起的
晦涩而阴险而难懂而含意无穷
平原街、落水洞、麻栗坡、者阴山
西畴、曼滚、巴布
奎魁、飘飘、盘溪
地名古朴如山中老水牛的一双大弯角
亦如滇东南的矮马那样滑稽可笑
更如这里多民族的山民方言般难解

我考证不出庄严的命名日有无仪式
我也猜不出它们当初所含的意义
但是时间的抹布没能把它擦掉
被数代人流传、确认
从口碑的方式达到平凡的神圣
地名的发明者无名

然而他创造的精炼诗句却留下来了

在版图上

在大幅的军用地图上发表

有籍贯而无户口的军人们

便开始用南腔北调熟悉它、念诵它

普通的贵州兵和山东籍的军长

都用不同时间深深地把它牢记

尔后，因为一些无法预测的事件

它会被鲜红的血镀亮

被沉重的炮声锻成黑体字

印在一些军人的骨头上至死难忘

但是现在，你们背诵它吧

像背诵唐诗一样记住它

唐诗一样优美而不朽的地名呵

使多少男儿

为你中断了自身血脉的延续

四

在战争开始前很早的时候

战争其实就已经开始了

很早就在修筑公路把胳臂伸长

运送物资把拳头攥硬

它缓慢而尽可能无声地挪动身躯

运足气也需要时间

甚至还可以追寻到更早的时候

称兄道弟就是在制造仇恨

亲密和敌视的距离比疏远近得多

好得不分你我，就总有一天算总账

先是有点不快，后来因为一些事生气

先是不想再提起对方

后来积压的怨恨越来越深

用冷枪冷炮吵了一阵架
吵着吵着动了手,鼻子流了血
于是各自回去抄起真家伙
"你妈的,看我收拾你!"
——战争开始了

战争是两国友谊的最高阶段
是相互间的最高关切
——白热化的交流
交过战的两国最容易发展为朋友
而兄弟邻邦又最容易交战
友爱的辩证法
人类的永恒经验
这一点仿佛唯有中国人最明白
老百姓不说什么"我爱你"
而是叫做"小冤家……"

战争开始,战斗打响
一个天真的战士还以为又是演习
"连长,这样搞太过分了吧?"
连长火了,朝屁股上就是一脚
"过什么分,打起来了!"
打起来了,雾和硝烟成了一个颜色
太阳被击沉,光明在白天消失
大地在疯狂的咆哮面前不停地咳嗽……
在那个拂晓之前的步兵穿插之夜
负重疾行的人们有的恐惧、有的轻松
恐惧的人嗅到了死亡临近的气体
那是一股长锈的生铁冰凉坚硬的味道

轻松的人嗅觉迟钝感觉却浪漫
他总以为打仗的时候都在拍电影
他要在这部电影中扮演英雄主角

整整一夜的穿插急行呵
却没有到达预定冲击位置

与此同时,混凝土浇铸的棺材形指挥所里
那名将之子正陷于烦躁中不可自拔
坐下又站起
站起又无法控制地走来走去
走来走去且不停地自言自语
为显示镇定他忽然要打牌
牌还没摸完,猛地又起身而去
哦,你这长锈的冰凉坚硬的生铁
你要烧干人的血液噬断人的神经吗?

等待战争比经受战争可怕得多
寂静中的恐惧
漫长难熬的忧虑
当神经这根绷紧的弓弦达于极处时
反而因疲乏而变得松弛了
这时,猛烈的多层次的炮群怒吼发言了
从这惊天动地的巨兽喘吐中
士兵听见了属于自己的可怕威力
恐惧向全身发出的告诫听不见了
忧虑被时间拉长的徘徊着的影子
也倏然间失了踪
…………

五

我不是一个讲述和描绘战争的能手,这我知道
可我还是愿意把听来的故事转述给你

一颗不明国籍的重磅炸弹
在主攻连的进攻队形中爆炸了,满天血肉横飞

炸弹一离开炮口就六亲不认

这暴躁的落地沉雷顾不上分辨敌我就彻底把自身分裂

这混弹使整个尖刀班只剩下一个在泥土中蠕动的班长

而其他的人,有的血肉涂抹在树枝上

有的肢体分离,被抛得很远再也接不起来

有一枚迫击炮弹直插进战士的大腿

这颗臭弹没有爆炸但比爆炸更恶毒

它成了一颗命中的大子弹、一棵长在士兵大腿上的仙人球

以沙漠植物的冷酷固执吸干了那肉体里的全部血液

机枪火力的暴雨压制住头顶

身体紧紧往地面上贴,恨不能薄如一张纸

而胸膛却硬邦邦被一颗地雷顶住

死亡上下夹击把一个人管制在比身体还狭小的空间里

这就是士兵在战场上遇到的窘境

冲上高地的勇士没法儿向战友喊话

山顶的防御火力和山下的进攻火力

一次又一次把他按进战壕

双方都在打他,都认为他是最勇敢的

勇敢使他陷入了另一个窘境

他的绿军衣一夜间就被硝烟汗水染黑

在这场战斗结束的时候

这个以决死队为前身的英雄连队

伤亡五十六个弟兄

他们承受了上百吨炮弹、数万发子弹之后

终于没能使自己的身体

躲开那些坚硬物的寻找

像机械事故或汽车肇事的遇难者那样

呻吟、扭动,然后面相很难看地死了

269

再可爱的人死了都是丑陋的

死亡拍摄的是痛苦的瞬间

决不描绘美丽的宁静

两国军人的尸体都躺在一座山上

有的被坍塌的掩蔽部掩埋了一半

有的伏在壕沟里裸露出脊背

有的光着脚没有穿鞋

脸孔被擦伤,沾满血污和泥土……

名叫和文丽的卫生员搂着双目炸瞎的战友

在尸体堆中被拍下一张照片

他满身满脸都是别人的血,活像个大花猫

他抢救了头部中弹正在呕吐的

抢救了高桩铁丝网前被地雷炸断小腿而休克的

抢救了呼吸道被血淤堵塞而需要用手指抠出来清理的

他出汗过多

一口气灌下一壶盐水

这位起着女人名字的纳西族男人对我说

在战场上是这样判断出血——

动脉出血:喷射状、鲜红

静脉出血:缓慢流出、暗红

毛细血管出血:片状渗出、鲜红

血这种红颜色的液体

就这样离开了人体

离开时没有声响却有灼目的颜色

疼痛的门撕开,让它把生命带走

背叛它的躯体的家而潜逃

双方就全都完了

它沸腾时表现为正义,燃烧时表现为爱情

血是一种奇异的液体的火

它是人生的强大动力……

而且,我还必须说,同我们作战的那些人

并非一群只会在洞穴里躲躲藏藏的老鼠

他们具有真正东方民族的胆量和坚忍

灵活,善于偷袭、有孤胆、顽强

曾和法兰西、阿美利加的白种人作战

在直升机群和地毯式轰炸面前没有屈服

光着脚作战的一天只有七两定量的民族呵

我的可怜而固执的邻居

我的性情忧郁爱闹纠纷的远亲呵

当我和你作战时

我的心其实是愤怒而又疼痛

几乎是一边在打一边在哭

我流着泪痛击着自己的另一部分

东方——是我们共同祖母的名字

兄弟我不知道你还记不记得

饥饿年代里的手足情谊?

当我在战俘所探视二十三名战俘时

他们正坐在门槛上弹吉他、晒太阳

他们苍白瘦削的脸上渐渐有了红晕

我和他们聊天

谈论大名鼎鼎的霍元甲

我发现,我们之间最大的分歧是

完全不能确认霍元甲的国籍

但这并不影响他们用双手

恭恭敬敬地接我递过去的香烟

后来,我撩起衣衫看了他肋上的弹伤

轻轻抚摸了那存有弹片的踝骨

踝骨僵硬像多了一块骨头

这时,我是中国

中国在含泪抚摸你嵌着弹片的脚踝

并且低声问道:阴雨天这儿疼吗?

是紧闭住呼吸、咬紧牙关
等待一条谨慎的腿，一霎时
将其咬断

这又陡又闷的山路
是靠无数失去了双腿的士兵
踏出来通向山顶的

触雷者在奔跑中被一个响声绊倒
像足球中锋进攻中突然被足球踢翻
触雷者被扔出去
落地时又压响另一颗雷
他或许从雷区缝隙间奇迹般通过
最后一步时脚下却腾起烟尘……

山路陡得贴到人鼻尖上
树根拱出地面像一些脚趾
被柔韧而弯曲的藤紧紧缠住

就是这样一条道通向峰顶的壕堑
在前一个士兵倒下的地方
就是排除了危险的地方
失了脚的士兵，也许有一天
会拄杖艰难地从宽街走过
他是从这儿生还的人们呵请不要嘲笑他

他触过雷（一个地道的步兵）
他的双腿或一条腿
丢失在他曾经奔路、冲锋过的这条路上了

"呕——嘎、嘎"

第三次听见这奇怪的声音了

我觉得好生古怪

在幽暗潮湿的山岳丛林里

在营区浓阴蔽日的大榕树下

这声音响起来

像一个人长长地叹息了一声"呕——"

是一种低哑的嗓音

干燥而又悲哀

然后接着就是两声脆裂的"嘎、嘎"

像敲木鱼也像折断干树枝

"呕——嘎,嘎"

我好生奇怪这声音

从炎阳强光笼罩的浓荫里发出

从大榕树最高最密的枝丫上传来

仿佛是在那上面坐着一个人

一个古怪的树精

一个白发苍苍的小矮人

仿佛是他在一边叹息

一边敲打着树木

我仰脸循声望去

更奇怪的是我找不见发声物

"呕——嘎、嘎"

我说:听,听见了吗

你听,这是什么声音?

同行的人们茫然地摇头

他们说并没有什么值得奇怪的声音

这就更让我奇怪了

我弄不清是他们全聋了,还是

我自己的耳朵发生了突变?

但是那声音却又传来了
弹花匠手中绷响了灰尘纷扬的
一只陈旧的弓"呕——"
又在沉重地叹气

真怪！我一生中从没有
光天化日下遇到这样的异事
同行的人都知道我是现实主义者
相信我不会故弄玄虚
他们便去问当地的老人
有的老人说从没听到过
有的却说听的多了，不怪
那是一种怪鸟发出的叫声

我问：怪鸟叫什么名字？
老人说这鸟好像没名儿
那么，您见过它长什么样子？
老人说不出来了，摇摇头

这难道还他妈不怪么？
它既然就在树上叫
声音就那么近
怎么谁也没见过它的影子呢？
我好生奇怪呀
"怪鸟，你是谁？
你是什么？
你为什么发出这单调而又沉重的声音？"
苍老的有力的声音
似乎叫了一千年，一万载
但你的形体、羽毛的颜色
永远不为人眼所窥视
"你躲在哪里？"

我怀疑那是始祖鸟的叫声
只有它
能叫得这么古老、怪异

始祖鸟的叹息
从山岳丛林里传出来了
"你躲在哪里？"
"你在说什么？"
我四处寻觅而不见
竟不由自主地模仿那声音了

"呕——嘎、嘎……"

中

十一

原来我分辨不出士兵的差别
在军用卡车上，在行进队列中，在兵营里
他们穿一式的军服
用一样的姿势走路
敬军礼，大声喊报告，列队晚点名
他们总是目光整肃
使劲儿让自己像个军人

他们像树一样被栽种在中国的土地上
栽在哪里就立住，像防风林
表情平凡，语言简略，不易为人理解
像树一样忍受季节的变幻
不能随便移动，随时准备抵御风的袭击
这对年轻的生命是一件很难的事
很硬的床板上铺着很薄的白床单
浅绿色的装了七斤棉花的被子叠成有棱有角的豆腐块

坐在弹药箱上给远方亲人写信

二十岁以前从村子里的池塘游出

一条鱼似的游进那宽阔生活的河流

即使平缓地又游回来吧

已不再是从前的那条鱼

何况遇到战争的大瀑布

经历过生命的一次大跌宕

现在我知道在完全一致的外表下

每个士兵都有一颗深藏的心了

军队是一种工具

但军人是人

假如真能听到士兵们的语言

那一定才是真实的诗……

十二

他醒来了

记忆却像一根掩体旁炸断了的电话线

怎么也接不上

接不上呵接不上呵接不上

中间有一段空白

空白是两根断线头之间的荒芜的山脊

他躺在那山脊上

焦糊燃烧物在近处弥漫起恶臭味

他呕吐过一番像喝醉酒一样

然后就毫无牵挂地沉沉睡去

这时候没有比沉睡过去更安全的事了

他累坏了,他竭尽全力了

他获得了这个在战场上沉睡的权利

谁也别想叫醒他

连他自己也说不定能不能叫醒他

山曾经把他抛在空中玩过
后来和他躺在一起睡觉
讨厌的山呵老是翻来滚去地不安宁
像一头大狗熊那样缠人
用它又重又硬的大脑袋压得他双腿发麻

他不知道是什么唤醒了自己
是人说话的声音钟表嘀嗒的声音
还是一股新鲜的气味
抑或完全是骨头唤醒了筋肉
筋肉又唤醒了神经
神经通知了剩余的血液残部
血液像流进沙漠的河水那样
缓慢顽强地爬在血管的地道里

他一醒
就觉得有个什么东西在等着他
那东西从他睡着的一刹那就出现了
那东西在他沉睡的边缘坐着
等他醒过来，很有耐心
他若是不醒那东西就不存在了
他醒了那东西也不会忘了这件事

他不敢醒呵
不敢面对等着自己的那东西
命运、宣判和结局
有时候比死亡更可怕
"长眠即是幸福"
可他——却醒来了
他在走向黑暗的路上被什么绊了一下
结果又跌进了光明

光明是白色的

白色的护士白色的被单白色的墙壁
灯光雪亮白得刺眼
清醒是白色的
他睁开眼睛从睫毛下放开目光
沿着隆起的鼻翼望见一片雪原
——那是盖在他胸上的白被单

那雪原白茫茫地覆盖了他的躯体
近处微微隆起是他的胸脯
然后渐渐平缓是他的腹部
再向远方望过去……是陡壁！
陡壁下是一片毫无内容的干涸河床
眼下呈现了这残酷的雪原
等着他的那东西就在雪原的凹陷下躲着

他明白了：自己活着
但是他将永远不能像从前那样活了
他从一米八零变成了一米零八
他再不能端着碗蹲在凳子上吃饭
不能一条腿担在另一条腿上哼歌点节拍
这是事实。但很费解
怎么跟着他二十年的两条腿一下就不见了呢？
丢失原来是这么容易啊，包括腿……

十三

野战医院的女兵们都有腿
她们成天把裤管挽到膝盖以上
鱼腹般圆滑银白的小腿肚子在阳光下闪耀粼光
小巧精美的膝骨像丝绢裹着的可爱鹅卵石
她们永远在蓄水池边洗呀洗
只要一接触到水她们就再累也不觉疲倦
她们的腿像鱼一样游来游去
游来游去而且粼光闪闪

把周围隐藏着的深潭扰得心神不宁

女兵们是这铁营盘里的水族,是鱼
鱼不会笑但是女兵除了哭的时间其他时候全在笑
山后落下一颗炮弹她们笑
鼻尖溅上把皂沫也笑
女兵们对战争几乎没有一点恐惧
她们对待战区就像对待夏令营
在庞大的事物面前
女人是肤浅的任性易忘的
她们把忧愁作为一种本能乐观作为一种装饰
战争是男人的事
男人天生的就理解它并被它诱骗
几万年来就是如此谁也无法逃避
男人总是为了女人而投身战场
宁肯肢体残缺身上留下粗暴丑陋的伤疤
只要有一对哪怕是陌生女子的目光
一个军两万人里不会有一个逃兵
只要有一个女护士静静坐在床边
伤员就宁肯狼哭鬼嚎,也不会承认怕死

女兵呵
穿着军服戏谑战争的女人
战争的鼻孔里喷出了声响但牙齿够不着你们
因而它每天都要把它的厉害摆给你们看
野战救护车送来了它的影子——
炸断的肢体包着绷带的脑袋
塌陷了的胸脯爬着裂口的腹部
鲜血像一条红色的小蛇弯弯曲曲蠕动
爬过这些被硝烟熏黑的肉体……

你们还笑吗?
这就是战争,它并不漂亮
谁也没见过它的模样,但肯定不是个美男子

它脾气古怪性格阴险多变
它喜欢看肢体横飞的杂技
听呻吟之歌欣赏死人渐渐凝固的表情
它是死神年龄最小的弟弟
可调皮呢,最捣蛋啦
现在,请你们以水样的柔情来包扎它吧

十四

每个携带着武器的人
都最容易走进坟墓

七百九十六座坟茔在整整一面山坡上列阵
一层一层像大寨的梯田叠向山顶
有十几座坟是用水泥修筑,立了高大的石碑
石碑正面嵌着一张死者生前的照片
其余的都是土坟和石碑
还有一些的坟前插着木牌(字迹已经模糊)

即便走进了坟墓
等级也不会被遗忘

枯萎的花朵供奉枯萎了的生命
曾经被各种音调呼唤过的名字刻进了石头里
生命一经消失
就变成一方石头蹲在大地的乳房前
表示这名字对土地养育之恩的感激
这才是我们民族对死最动人的理解

对面那一座山
被劈成了半座
剩下的半座山依然茂密着葱绿的植被
另一半不见了像被掰走的半个馒头

半座山倾斜着立在天空下面
遮掩不住的断面露出白骨峻嶒的岩石
整整半座山的石头采凿为了墓碑了
这才是名副其实的横断山啊

在七百九十六座坟茔中间
我忽然咧嘴无声地笑了

首长狠狠地朝我瞪了一眼以示肃穆
他带着做出沉痛的表情低头默哀
庄严的石头,伟大的象征物
它被人尊敬已远远超过了死者生前
我从未见过首长对士兵如此虔诚
所以才笑了(战士英灵明鉴我心)
只有一个声音是最真诚的,那妇人说
"坟墓,把你里面的人还给我!"

十五

啊你,啊你们
你年轻的肉体,你天真的灵魂
被风雨所湿透,为雷电所袭击
深深的雨夜你们灵魂的浓云会升上天空吗
聚合成你们生前的容貌吧
披头散发的云团,沉沉欲下的云团
在雷电的蓝光一耀之际大笑吧

骨殖还给坚硬的大理石吧
筋肉还给泥土,血液还给河流
从此超然物外随魂魄悠荡
啊,你们是这世界上最大方的人
连生命这样宝贵的也不知道吝啬
而今,在你们死去的青山之下

287

我唯一的疑问是：我们活着吗？

我们似乎是活着的
眼珠转动一对乌黑的枪口
舌头不停顿地发射出语言的子弹
当枪口瞄准的时候
子弹便击中目标——去猎获
我们生活得如此自私狡诈和贪婪呵
虚伪比死更迅速地吞吃着人的灵魂

世界如此博大如此宽厚
它竟然容纳了几万年的死者而没使之堆积如山
一代又一代的死者并没有使大地腐烂
却是活着的人们使之拥挤混乱
我不知道是死可悲呢还是这种生更可悲
有一点我明白：一切形式的死
目的都在于提醒和挖掘生的意义

啊……啊——
我是何等的不想笑而想哭呵
但我哭不出来笑得也苍白空洞
我发现哭是一件很困难的事
不像演员表演的那么容易那么好听
哭需要足够的积蓄和充沛的冲激力
才能力拔那如铁的闸门，放出原始人的嚎叫……

至于笑
这是个早已失去节操的装饰客厅的漂亮女仆
她的足迹在人嘴角留下纹路
被人随意驱使惯了她忘了自己真实的身份
这伟大贵族的女儿，感情的公主
原是哭的嫡亲妹妹她们血脉相通

真正的笑呵,必然引出痛苦的泪水……

十六

你是谁

你一只手扶着老太婆一只手抱着个婴儿

在火车上的时候你望着军人的眼神里就有一圈幻象

而所有的军人也对你似曾相识

在这些相同的衣裤里

有一个你熟悉的与众不同的躯体

这躯体在你身上盘旋,轰炸

炸出了这万般皆下品的灿烂的婴孩

后来你下了火车

你东张西望你有点慌乱孩子他爸没来接你

你抓住了一个当兵的并说出了一个名字

这名字真灵呵

一个排长的名声怎么会有这么巨大呢?

一大群战士都说"那是我们的排长"

排长有多大排长手下有这么多的人马呀

排长名声赫赫三辆军用卡车的兵都争着拉你们哪

可是排长没来

他怎么不来接我们? 这是他娘

这是他没见过面的丫丫都快满一岁了

"排长大概是忙"

忙也不能一年多连一封信也不给我们回是吧

他该不是动了什么花心

"哪能呢……排长那人"

离团部还有多远? 他在那儿吧?

"在是在,老没见他了"

他是谁

他是那女人的男人那母亲的儿子那婴孩的父王

他孔武有力彪彪一骑从军行不斩楼兰誓不还
他面黄如蜡心事重重抽闷烟喝闷酒
他高声叫阵铁马长刀虎牢关下斩华雄
他气喘腿软夜行负重失途于枪声四起
他坐在毡帐中听洞箫吹月与美丽的姑娘吻别
他潜伏哨位苦苦等待一个最后的拂晓

他既是胆小如鼠的名将
也是胆大包天的逃兵
既是无定河边被思恋的白骨
也是关帝庙里被供奉的彩塑圣像
他不怕死最终却被自己的影子吓死了
他怕得发抖临危授命之际却心静如水
他万古不死
他昨夜入葬

你来找他
可怜的妇人你不知道你已经找不到他了
因为他早就去找你去了
这是一种永远也找不见的找
你事先不知道
你兴冲冲地把自己给他带来了
全团的人都认识他从团长到战士
都没说他死了都说他在他一会儿就回来
他们撒谎的原因仅仅是由于
不忍心看见你兴冲冲的笑脸变成另一种表情
他们担心你的脸会破碎呵

十七

伟大的兵营具有千篇一律的气质
监狱的格调
衙门的风度

公园的肃静和整洁
幼儿园的生活节奏
兵营就是兵营
全世界的兵营也都毫无例外的是兵营

兵营不是民宅小巷
它没有各自的幽深门径和独具一格的装束
它对外有哨兵把守
内部敞然无蔽
一种被管束的精神充实着它的每个角落

兵营即使是在偏僻的小镇
也流露出与众不同的国家意识的优越感
它知道自己虽然坚固异常
根却并不扎在这里
它的根系在那座著名都市的一幢大楼里
它知道自己在这儿呆不长
但是却生活得比别人更认真

兵营里有篱笆也有盛开的菊花
但是没有离休干部陶渊明
兵营里有的是爱喝二两酒的所谓男子汉
但李白那号人耐着性子也只能呆半个月就滚蛋
兵营里有几个想学学陆游或岳武穆的人物
也仰天长啸
也文攻武卫
到头来没有一个上了风波亭反而惨遭重用

兵营就是兵营
全世界的兵营也都毫无例外的是兵营
它的气质也许只是两个字
立正——

十八

"烈士"这个词是从血里提炼出的矿物质
这种稀有金属是绝对稀有的
因此仅仅从血哪怕是成吨的血液里
也提炼不出一克
这是一种合金
不能指望从平庸的驯顺的或蒙昧顽劣的血统中找到它
而且恕我直言,极其英勇的战死者
也并不一定就是烈士
烈士不是封号

在这个让人难以割舍又让人无比厌弃的世界上
被弄糟了的东西细菌一样无所不在
包括词汇,包括语言
它们原来的朴素含义被蒙上尘垢
被一些油腻的脏手使用得像一纸货币

藐视人们的那类人
总是先从以轻率傲慢的态度藐视语汇开始
滥用词汇就像滥印伪钞
乱授称号就像乱发勋章
他们聪明地发现这种无本生意

他们不聪明的地方也正在这里
他们不相信这世界上有真正聪明正直的人
他们把伟大这样神圣的词
重叠起来使用像使用四个口罩
捂住一个人的眼睛和嘴,然后行凶

荒唐的世界离开我们并不遥远
而真正的烈士却已经被人们遗忘

"死了的人永远比活着的人多"
这也是一条宇宙守恒定律
·人们啊,记住这条至理名言

即使在现今活着的人们中间
我相信,这条定律也仍然不变味儿
"你把带血的头颅放在历史的天平上,
使一切苟活者失去了重量。"
你——是烈士吗?

这才是烈士:血和头颅
仅仅流血的是战士
仅仅有头颅的是哲人
这大智和大勇的合金才是烈士
在我们这人世间烈士是多么的稀少呵

死去的人已经不怕死了
活着的正怀着恐惧……
我不相信死能把人一笔勾销
因为我有许多伟大的朋友他们都是死者
他们通过我的嘴说话,通过我的眼睛审视世界

他们留在这世界上
比自以为聪明的活人强大百倍
他们才是永恒的规范、尺度和法则
我要遵循并模仿他们
这些世界人口统计中被忽略的最重要的数目呵

十九

那天晚上
团部四合院里的遮雨长廊下面
昙花突然开放

那团政委高兴得像个傻瓜
把漂亮的嘴咧得歪歪的
每扇门被他拍得山响
"快起来看！"他喊
全忘了他平时的样子

团政委是一个渔民的儿子
他的能干和自尊全团闻名
在一个政治委员不怎么吃香的时期
他为自己的职务赢来了声誉
但是他总是很有礼貌地郁郁寡欢
眼神里藏着潜水艇一样含蓄的忧伤

今夜昙花肆无忌惮地开放啦
像一朵清朝御制的蓝瓷大海碗
砰然破裂的刹那悠然定格

团政委把他那独一无二的美鼻子
凑近缓缓裂开的大花瓣
深深长吸那醇醪的清芬花之魂魄
陶然如醉黯然神伤
一时片刻无言以对好像有点失态
政委你是一位战场下来的人
如此易于伤感你这是怎么啦？

你的老搭档口若悬河的名将之子不曾使你忧愁
他把一位政委怒训了两个半小时零七分
然后像射门似的一脚，踢回干部部部长的球门
这小子像夏伯阳那样当团长
像戴士兵钢盔的巴顿将军生性好战
粗壮狂放的团长训斥他老谋深算的政委
就像训一头狡猾的蠢猪
但是自从你当了他的政委他就变了

294

他升了师长却握着你的手呜呜痛哭

昙花你是为谁而开放的？
你深夜而盛开
何故明晨又默默闭合呢？

作训参谋是个知根知底的人
有一天我没打听，他就和盘托出政委的经历
他说：有一位权重位高的司令
他有一位精明强干的秘书
还有一个年轻貌美的妻子
秘书热爱着身经百战的司令
司令宠爱着年轻貌美的夫人
夫人迷恋着一表人才的秘书

这种串联式的爱
终于造成了短路
故障就出在了
秘书身上

秘书太忠诚于自己的首长
便拒绝了夫人美好的建议
夫人因为没有实现自己的理想
便向首长哭告了秘书的坏心
首长因为最信任夫人的舌头
便把秘书调到一个团里去了

这段童话式的故事
就讲完了
作训参谋摇摇头叹了口气说
"怪都怪我们政委不会当秘书
秘书——就是秘密地
朝某些地方书写嘛"

政委一个聪明人吃了哑巴亏
作训参谋说
"政委他快转业了……"

那天晚上
团部四合院遮雨的长廊下面
昙花的清香弥漫

下

二十

就在这座具有历史意义的
四合院里
淳朴的小说家们
正开展马术比赛

他们驱赶着自己的笔
在布满方格的场地上奔跑
跳过一格
又跳过一格
甚至还不断地跨过一页
他们头也不回地往前走
一路留下比蹄印还圆的句号

这样也许很累
何况沿途设有障碍
碰断了木栏
跌进了水坑
有时那马不听使唤
它猛一顿住
竟把驾驭它的人从背颈上闪出去
小说家们才不气馁呢

他们重新骑在自己的笔上
跳跃方格
这是他们任重道远的工作
他们决心用七千个句号
在方格内灌满硝烟味儿
注入猫耳洞的阴湿
用惊叹号发射炮弹的轰轰声

"你写了多少字？"
"两万五千。"
"哎哟他妈的，我落后了……"
你追我赶，时不我待
每一部中篇都是时间的产物
每一部中篇一旦发育成熟
都毫无疑问地应当是
头条的嫖客
在这即将产生出第三次浪潮的
文学的军事时刻，诗人同志
你在做什么？

我？……在养鸟

你真是一头典型的花花公子！
在战场——这伟大的课堂上
我敢断言你不是优等生

我从来不曾是过优等生么……

你既不向士兵采访那些可歌可泣
又不记笔记
整天提个鸟笼子捉蚂蚱
喂鸟不说　还让
小说家和报告文学家帮你提
你弄个鸟干什么？

鸟……有……灵感

二十一

我原以为我是二十世纪的辛弃疾
儿女情长的稼轩兄，也须
唤取红巾翠袖揾英雄泪
英雄气短的周公瑾，毕竟
小乔初嫁，谈笑灰飞强虏

莱蒙托夫他也穿了一身漂亮军服
这高加索的骠骑兵留着短髭
那时诗人净是些勇敢的美男子
哪像现在多是些市井狂徒
我原以为我是莱蒙托夫上尉

炮声一响……就明白了
我原来只是血肉之躯不是幻化的英雄
炮声使人恐惧且发抖
使人不顾体面想往地底下钻
一切教导都不如大炮给人的教训深刻

"生命对于人只有一次"
在它受到威胁时，求生并不可耻
生命属于我
它对别人无足轻重
对我，却是整个世界

我有权保护它吗？
我有权不把它交给别人保管吗？
我能够自己决定
在什么样的情况下
慷慨地把它献出去吗？

我为自己的胆怯而惭愧
并对一位朋友说
"当时我真的害怕了
我开始知道
原来自己不是莱蒙托夫而是莱蒙懦夫"

朋友安慰我说
"不,那是因为你不习惯"
但是有人比我沉着!
"那是因为他们没有你敏感"
朋友说:你仍然是勇敢的

天啦!
我怕死怕得要命
过马路小心汽车
睡觉担心地震
我对自己爱惜得有点过分了呢

朋友两目炯炯盯着我
"你是一个勇敢的人"
他说的那么坚定
似乎不容怀疑
"你承认怕死,这就是勇敢"

这世界上有谁不怕死呢
只有对生活的厌倦超过了对死亡的恐惧
那才算真的不怕了
但那又是包含了多少深重的
对美好生活的希求呵
死亡——伟大的课题
灵魂——永恒的谜
开始　结束　短暂　漫长
我一旦死了

战争还存在吗?

人生的过程不过是一个

对死亡逐渐理解的过程

开始:不知道生而有死

然后:不相信生而能死

再后来呢,惧怕、麻木,生死浑然无界矣……

二十二

有一只白色狗

这只农家短尾巴狗样子滑稽

矮壮　黑眼圈　竖耳

走路还有点内八字

绝对像一个日本军曹

戴着黑框圆眼镜跑来跑去

似乎很忙

云南人养狗就如新疆人养羊

他们对狗不讲交情

看门人的职责

小孩子的活玩具

到了,杀了很好吃

这天,来了一个陌生的士兵

和主人商谈了好一阵

他们伸出指头比划着

又用一种特异的眼光

打量着日本军曹

远远地隔着门槛

日本军曹有了童养媳被卖掉时感觉到的隐约不幸

它站立在门外
一身如孝的雪白
戴着黑眼镜
主人叫它
它向前走两步，又停住

狗听不懂人的交易
但是看得懂人的眼神
因为它不懂语言
所以对眼睛里的意思格外清楚
这回，日本军曹
第一次看见主人的表情有些尴尬

它像小狗一样尖叫着
希望能唤起主人的旧情
主人却生了气
跳出来捉它
日本军曹只好灵活地躲开
主人搓着手
远远地皱起眉头

后来主人就派小儿子来叫它
日本军曹从孩子的眼神里
看不到一点恶意
那明亮单纯的双眼里
没有藏着死亡的影子
它相信了
跳进它熟悉的厅堂
躲在孩子的两腿中间
一切都显得正常
陌生人在喝茶
主人走过来抚摸它的头
仿佛对刚才有些歉意

然后像闹着玩一样
把一个打活扣的藤条套在它脖子上
另一端递给了陌生人

陌生人提到藤条
把日本军曹吊起来
尖叫　四蹄乱蹬　龇牙
三分钟
它的眼睛凝固
在门槛上
留下一摊屎

日本军曹被拖走了
山后一座浅绿帐篷里一个班的炮兵
准备好了酒
这些被战争打磨得心很硬的人
正等着吃它的尸体
那农家一家人坐在屋里
突然有好长时间沉默着
没有一个人开口说话

有一只白色狗
样子像个日本军曹

二十三

做一个勇敢的人
很难
然而做一个残暴的人
却非常容易

做一个善良的人

更难

但是做一个愚蠢的人
根本不用学

做一个诚实的人呢?
梦想!

最强大的哲人和最无知的婴孩
才能同样达到诚实

朴实的乡民所养育出的野心
往往比贵族的还大

受尽饥寒的乞丐一旦成为富翁
比豪门更冷酷

一切都有根源
但又不可捉摸

人生在世最可靠的伴侣
古人的狗,今人的书

中国没有为普通人准备书
除了拳脚之勇就是才子佳人

少壮时读李白吧
老了读老子
失意读离骚
得意阅文件

书反正不会背叛和遗弃谁

每个读书的人都是正面人物

圣贤书
荒唐言

面对人世间的歧路
不知从何处返回

何必痛哭得那般认真呢？
干脆坐下算了

二十四

世界就这么不大符合逻辑地展开
树以优美的姿势站立着，它总也不累
竹子以它全身的骨节闻名于世
赶牛翁每天赤脚踩在湿牛粪上
美丽的画眉鸟姑娘爱活啄生吞小青蛙
大片红壤之上
是形态怪异的黑岩石

农家的猪圈和厕所紧密相连
双重的恶臭搅拌均匀粘在湿润的空气里
然后才让你看棕皮裹住的棕榈、芭蕉的绿拳击手套
稻子倒伏在坡凹地里
蚱蜢从趟过双脚的草丛石子儿般溅出去弧线
这一切都使人感到荒疏和凄清
人类童年的光景已经离我们很远了
甘蔗林的长叶是微风中的一柄柄长刀
它使我想起一位诗人
我没见过他就是前没见古人
他不认识我就算后不见来者
但是我热爱过他至今仍然热爱

304

十三岁时偶然撕下一张手纸久蹲于厕上
上面是他的诗！
这张手纸比所有的教科书都有力量地
决定了我的一生
他的诗整整养育了我二十年时光
也束缚了我二十年，谢谢

口若悬河的先知
无意识的预言家
"能再回到青纱帐里去吗？"问的很严峻
显然那时你已感觉到了什么
"我知道，总有一天，我会化烟，烟气腾空！"
预感结局的人却难以预防疏忽
刚者死于折，豪者死于疏
诗人死于自己诗中的预言

今天天气晴朗
封面女郎乘坐通讯兵摩托盘山而上
她今天视察男性前沿阵地
头戴绣花的麦秸遮阳帽裙裾随风飘摇
士兵们沿途向她行注目礼
她光芒万丈地抵达且长久地让人回味
这比她的作品更富于艺术魅力
她唯一的也是无关紧要的缺点就是
严禁和她谈话的士兵抽烟
海盗的儿子，康熙皇帝的驸马爷，还有我
三个人各代表一个阶级在一起打牌
通宵达旦　拱猪牵羊
打它个"天翻地覆慨而慷"呵
无聊的游戏真有趣
牌是命运，也是智力
是政治风云，军事态势
高明皆在于不亮底牌

305

那时你无情地砸碎"理解"这个词
像砸碎一只无用的花瓶
十数年前欠过一笔负心债
呼吁理解怎么能改变冷漠的面孔

你受了苦,你流了血
你开始学会在某一天仰望着月亮伤感了
你刚刚懂得这世界并不总是袒护愚昧了
这很好,人性的启蒙很有必要
但是记住:重要的一条
是你必须尽快地理解周围的人们
而不是要求人们来理解你

二十七

因为有了青年(恕我不敬)
已经过去了的暴行就可能重演
冲锋队是青年
红卫兵是青年
国际恐怖组织也是青年
青春是最好的动力燃料
是汽油
谁的火柴都能点燃

(哦,自大透顶的一代
别扭透顶的一代)
因为有了青年
地球才变得倒转开始听话
一只新鲜的水果
总是傲视那些烂了一半的
却忘了自己总是最先被吃掉
口气比能力大三点五倍
生命力不等于智慧

（哦,思想有时被主义
引导进死胡同里奸污）

因为有了青年
早晨才坐着红轮马车驾临
青青柳叶在老干上长出新绿
新绿和去年的没两样
却比以前的更可爱
被称赞弄得招摇的一枝
先折进客厅的花瓶去了

（哦,不仅有陈腐乏味的青年
也有生气勃勃的老家伙）

因为有了青年
正义和罪恶都有了继承人
耐心地等待创新
万花筒一转
世界就换一个新图案
碎玻璃却没有变成宝石

（哦,为理解未来,我进
学校,向后生学）

二十八

麻粟坡的墓碑群沉默无语
它们不用眼睛注视
而是用全部注视着活着的人们
死留在生的世界的
最后一座碉堡

在这些碉堡里

有一个灵魂

是为了自己的嗜好献身的

他是一个著名的烟鬼

也是团的副政委

他是墓碑群中

职务最高的灵魂

他最酷爱的一件事

就是抽水烟

他有一种特殊的才能

就是自己制造

各种精美有趣的烟具和用具

用子弹壳

制成漂亮的铜烟嘴

弹夹制成香烟盒

高射机枪子弹焊起来

是派头十足的将军手杖

当然更会用炮壳

锯成一个笔筒

军人的手艺

每一件都能成为

战争的文物

他不愧是政委

他有艺术家的想象力

八级工匠的手艺

树根雕塑者的创造才能

他只要灵机一动

战争和文化, 这两个

毫不相干的家伙

就毫无怨言地摇身一变
化腐朽为神奇

后来他的创造欲
渐渐变得胆大包天
没有什么军用品
能逃过他经常眯缝着的眼睛
他发现
他琢磨
他在这些玩意儿里获得乐趣
终于在硬塑壳爆破筒的身躯上
他看见了绝妙的水烟筒

嘿！真好哇——
副政委决计制造一个新产品
第一只不用竹子作的水烟具
警卫员说"危险呢首长！"
"你懂什么！"他信心十足
"什么样儿的炸弹我没见识过？"
结果，轰——响了
副政委撇下了两个小女儿
一个妻子和半边双人床
走进了一块
没有写明死因的墓碑后面

他不再用眼睛注视
而是用整个坟墓注视着
看人们看它
这是他留在世上的
最后一个碉堡

二十九

后来……我的那只

有灵感的小鸟死了

袖珍版本的小鸟

比麻雀还小一半

小却凶猛

一笼之中并不共存两只

身小如指却相忘于山林

性猛如虎相杀于一室

能为了独霸一个囚笼的空间

拼斗至死

英勇的小家伙

角斗士的性格

最可爱时是它吃蚂蚱

小黑眼儿瞪圆,鬼精灵

先扑过去

一啄,两啄

啄破蚂蚱两只透明的褐灯笼

然后连头一揪

揪出一节黑肠子,吐掉下水

清理肠肚

坐下来细细消受这样嫩的薄翅鸡

那份津津有味儿的美食风度

直使喂它的人看久了

也生口水

此鸟非画眉

亦非蝴蝶

无鸣声婉转之歌喉

也没有五彩斑斓之阔翅

吾养之数月

独怜其小

独喜其好斗

独爱其胆敢以小喙夹痛我的手指

独哀其一月后被我隆重开笼放生之际
望山林咫尺
啾啾声怅然
已不复能飞矣

我悟到它应该有鸟的生活方式时
它已变成跳鼠了
翅膀成了装饰
成了马科斯夫人的耸肩裙
背在它背上
像一个美丽而又颓废的累赘
可怜的小鸟鸟,对不起
是我的爱毁了你
使你身为鸟而不成其为鸟
身在囚笼而心游万仞
心游万仞而有翅难归
有翅难归而只好灰溜溜敛翅称臣
等我喂一日三餐

你若不能飞了还算鸟吗
你若不算鸟了还有灵感吗

后来你又飞过一回
是被我用笼子提上飞机飞的
这是鸟的幸运
也是鸟的滑稽
是对鸟类最大的恩宠和讽刺
你从滇东南无名的山岳丛林
经历了战火的考验
被著名作家和记者提携
竟一下降落在
伟大祖国的首都北京啦

嘿！小土包子

你怎么傻了眼不叫啦？

终于缓过神儿来

试叫一两声

报纸上评介,电台上录音

感动了好些青年人流泪呢

"这才是来自战场的真正的歌呢！ "

人们一时这样赞美你

说你是超级歌星

圆润胜似李谷一

风靡恰同邓丽君

我知道这小鸟是个宝了

便用金黄的小米喂

不料,第二天早晨

它死了

像只小死耗子躺在笼子里

样子好难看

我整整提了它几个月

最后竟是这样

从它的出生地——云南

提到了它的墓地——北京垃圾坑

养鸟的行家说

小米浸水便胀

小鸟胃小

它撑死了

三十

战争对于我

仍然是陌生的和难以理解的

在它面前
我将永远睁大
一双孩子的眼睛

我决不用肩头风尘仆仆的野战背囊
在妻子面前冒充一位凯旋者
战争……它使人
怀疑自己
蔑视生命
把自己和一具尸体痛苦而又无奈地等同
鼻尖总有消散不了的恶臭味
脚前总有地雷

于是我听见
一个永恒的幼稚的提问
那是一个学龄前儿童的声音
——为什么？

不为什么
时间所给予你的答案
就是习惯一切
当你迟钝
就是成熟
谁能说战争就不是生活呢？
谁能说战争就不是生活中的节日呢？
因为战争人们才理解了血
理解了母亲的白发
爱情和性欲之间鲜明而微弱的区别
因为战争
平淡得让人厌倦的生活
才成了值得献身的梦境

战争与和平

男人和女人

组成世界

劫数难逃

欲望的决堤

野心的爆炸

罪恶积累后的总喷发

然后清澄天地良心

再重新学习播种

千古循环

何足怪哉

好笑好笑

好笑的永远是书生

而战争却万岁

地球赐给我这一角荒原

章德益

地球赐给我这一角荒原。
赐给我一个——大漠万里的铁砧，
托起我赤心的锻件，燃烧在砧面；
赐给我一个——天地铆合的锅炉，
容我血汗的蒸气，回旋其间；
赐给我一个——华盖般覆地的圆天，
供我思想的轻车驱遣；
赐给我两张——太阳与圆月的唱片，
把时间进行曲，播放于人生的途间。

啊，我早年的轻梦，早年的幻想，
早随浮云的帷伞，飘逸于天边；
我早年的伤感，早年的惆怅，
早被天风的巨涛，淘尽在远天。
那涨潮的瀚海呀，漂浮走我多少稚气的空念，
沉淀下来的，只有坚实的足印，坚实的路面；
那明灭的蜃楼呀，幻灭了我多少肤浅的浪漫，
凝固成形的，只有远方的新林，远方的犁尖。
我新植的树苗，在远方的大漠中摇曳，
举着放牧生活与幻想的牧鞭；
我进军的帐篷，在远方的荒原里闪烁，
像铆钉，把今天铆紧在脚底的莽原。
啊，这大漠，多么寂寞，多么僻远，

319

但人生,怎能面对荒凉与贫瘠悲怨;
这大漠,这多风沙,这多黄色,
但生命,怎能缺少一个开拓与创造的空间。

啊,我还在幻想。我的幻想是金色的花粉,
从我的心花中飘出,漫遍远天,
它被希望的蜂群驮去,
要授粉于理想的花蕊间。
我还在苦恋。我的苦恋是一片嫩叶,
用一点绿色的爱,挑战在瀚海荒天,
这是不凋谢的爱,不屈服的爱,
是我与这世界相通的灵犀一点。

啊,天地浩大啊,人生渺小,
但渺小的,只是人的自卑,人的乞怜;
天地永恒呀,人生短暂,
但短暂的,只是人的迷惘,人的哀怨。
即使九天上云之刻度,把我量作一株小草,
我也是捅开地壳禁锢的一支矛尖;
即使太空的永恒云涛,把我视作过眼云烟,
我也是人间飘入宇宙的一缕江海的缠绵。

啊,宇宙,请用日出的强光透视我的人生,
看我五尺的身躯,脊梁可直? 热血可鲜?
宇宙,请用月光的贞洁透视我的灵魂,
看我小小的灵魂,可还纯洁? 可有霉点?
我降临人世,这世界上,
就得有我的位置,我的基点;
我降临今天,这地球上,
就得有我的价值,我的留言。

啊,地球赐给我这一角荒原。
赐给我一个——大漠万里的铁砧,
让我的心灵,在这儿锻成真理的利剑;

赐给我一个——天地铆合的锅炉，

让我血汗的蒸气，推动一颗星球的旋转；

赐给我一个——华盖般覆地的圆天，

让一代代人的追求，驾驭着天地之车向前；

赐给我两张——太阳与圆月的唱片，

让时间进行曲，伴人类的历史高歌向明天。

第一张绿叶

章德益

能够做荒漠中的
第一张叶片，
那该是人生的骄傲，
那该是生命的顶点。

它将像
一片舒展的肺叶
骄傲地呼吸于长天，
为荒原,吐尽千万年的闷郁；
为人世,呼出千万年的夙愿。
让一整个世界的气脉循环，
运行于其间。

它将像
一枚高高递上的邮票
以开拓者血汗的价值
贴上漠天云烟，
——一切荒沙的幻想
——一切大漠的憧憬
都将由它
投寄给明天与永远。

它将像
一张高高出示的名片

周知日月星辰
通告整个人间——
生活，又战胜了荒凉，
它的名字，就叫春天！

呵，能够做荒漠中
第一片绿叶，
那该是人生的骄傲，
那该是生命的顶点。

它将大胆地幻想——
那头顶的圆天
都是它明天撑开的树盖，
以碧蓝的浓阴覆盖到无边。
还结出日月与星斗的金果，
把一片光明献给人间。

它将大胆地幻想——
那人间的万千小路，
都是它无限延伸的根须，
深深扎入多少代开拓者的血肉间，
以一代代人探求的血汗
滋养出无数新生的叶片。

呵，让我
也做一片绿叶
喧笑在我生活的荒原。
即使我暂时
被风暴吹落
坠落人间，
但我那翠绿的心形
却似春天之心，
永生于人间。
不会死的——对春天的追求，
不会灭的——对春天的思恋。

听一支《劝酒歌》

章德益

从天山深处,骤然吹来
一阵蔚蓝色的风
梳过草丛,篦过次生林
摇响淡蓝色的铃铛花
把一片浓郁的芳馨
泊进我的心窝

隐隐地,隐隐地
从天外吹来了一粒又一粒
神奇的黄金花粉
飘泊过三千年起伏的蹄窝
旋转着大草原的舞步
寻找着一朵
属于它的花朵

那么细,那么长的颤音
悠远如一根
遥远而苍青的藤萝
沿天山最圣洁的雪谷爬来
蓝幽幽的星光一刹那
一丛一丛地沿长藤开放
那么新鲜的爱

那么古老的执著
喷放着滴着露光的幽馥

恍惚间
我觉得那酒碗
那么宽,那么深,那么广
仿佛一片银辉波涌的月光湖
眼前一千里天光水色
徐徐地徐徐地涌来一片圣洁的银湖
徐徐地徐徐地退远一片莹澈的玉波
而我的心,悄悄地悄悄地
沉入了湖心
被无边的月辉星光童贞地摩挲
还未饮
已醉眠成一颗
漾入波底的月珠

一个老牧人的葬礼

章德益

自他下葬的远处,徐徐地,徐徐地
升起了
夕暮之山峦
升起了,一千簇,一万簇
飘曳着,升腾着,旋转着
被落日焚化的
高原之紫焰
高原,已全部融解为黄昏的祭火
一片流动的沉重的辉煌
飘举着整个西部之爱之思的
沉甸甸的情感
照亮整个默哀的西天

而他,已静静地回归土地
回归草原
回归生他养他的西部山野
不久,将还原为草籽
还原为花粉,还原为溪涧
还原为大草原上浅蓝色的暮霭
还原为峰峦间明明灭灭的古道
还原为草茎中潜流的草汁
还原为雪线上静静的冰冠

还原为一支唱了千古的歌谣
缭绕在夜牧的篝火边

来自土地的
又还将回归土地
他因此才被土地所爱抚所接收
他因此才拥有如此盛大的葬礼
在他渺小的生存上
升起了整个西部的黄昏,升起了
自古以来,一直圣火般烛照人世的
黄昏之山峦

一代一代,一代一代
自他们生死的背后
升起了高原
升起了死之祭火与生之圣光
有时,猛感到克里木的
手指
断了——断了
瞬间,又仿佛有魔杖叩击天壁

西 部 太 阳

章德益

那于黄土上爆蕾于血滴中抽芽于汗液中膨胀的
　　　是西部太阳吗
那于高原上紫熟于黄河间灌浆于冰峰间冷藏的
　　　是西部太阳吗

那如五色鹿酣卧在西部大草原
　　　如红狮咆哮在莽苍天涯
那如金穗头般哔剥爆响于荒原僻野
如紫铜古镜般脆裂于浩莽风沙中的
　　　是西部太阳吗

那暴虐的那温顺的那冰冷的那温煦的
那文静的那凶悍的那妩媚的那酷烈的
　　　是西部太阳吗

那如血之指印,盖印于苍穹
那如花之重瓣,绽放于天心
那如泣血之心房,沉重夯碎黑夜
那如黄金钻头,钻塌一重重凝固的远空
那如猩红之佛痣,点在高天
那以日潮的圣水之海,涤荡尘世万事万物的
　　　是西部太阳吗

那天天沉落天天更新
那天天死亡天天再生
那于灰烬中飞成紫凤
那于黑夜中植成光明树的
　　是西部太阳吗

那令坚冰融释令万物萌生
那令江河律动令山岳怒放令灵魂芬芳的
　　辉煌的光之神
　　是西部太阳吗

那被废墟奉为祭水
那被土地奉为精血
那被黄金铸为宇宙年轮
那被一块古陆捧为民族赤裸之心的
　　是中国的西部太阳吗

黄　　土

章德益

万物源于黄土

永远古老永远年轻的新鲜之爱
永远浑黄永远圣洁的温软之梦
永远神秘永远亲切的万物之本原
永远厚重永远辽阔的天地之情愫

使一切线条诞生于它的凝重
使一切色彩孕育于它的浑朴
使一切音律躁动于它的广大
使一切芬芳分泌于它的肃穆

包容一切而又覆盖一切
分娩一切而又湮没一切
毁坏一切而又创造一切
铭记一切而又淡忘一切

自一把黄土中揉出黄河
自一把黄土中捏出山岳
自一把黄土中雕出种族
自一把黄土中翻出家谱

生之血肉

死之躯壳
思之形态
魂之依附

使一切圣者垂思
使一切智者彻悟

剃 须 刀

在荒原 最凶猛的剃须刀
是 风暴
百万嗜血的刀片 隆隆 疯旋
把 太阳的紫髯
剃落成 荒野的蒿草

在荒原 最温柔的剃须刀
是 月光
一刃 古典的 白呵
剃过我 乡愁的 心脏
一行南归的大雁是一行
剃落的 长髯 从北方
飘落到 南方

在荒原 最美丽的剃须刀
是 紫蝶
两翼薄薄打开的锋刃是 花朵的
刀片 剃过 秋光
镰刀是 秋天的 鬓脚
剃净的短髭 乱飞成 麦芒

在荒原 最锋利的剃须刀
是 磷光
一团碧莹莹的 冷呵
剃过岁月 剃过沧桑
早年拓荒人的墓碑 已立成
鬓脚 一绺一绺剃落的
地平线上 簪满
泪光与 血光

溶　雪

那些嘀哒在屋檐上的残雪
像是被太阳砸碎的
冬天的手铐　放一千只
树枝的手腕　冲出来
把天　高举到　一朵花上

天　新鲜成一滴酒了
被　一千只虚构的草虫
酿出来　在我眼睛的
酒窖里
秘藏

大醉的荒野呵大醉的三月
一朵酡颜的野花醉卧在
落日里　喷吐出
狂野的芬芳

擀

静夜呵
细细的虫声　正擀着
柔柔的秋霜
以油灯为馅　喂给一首
乡愁的诗章

拂晓呵
脆脆的蹄声　正擀着
薄薄的曙光
以骑影为馅　喂给一片
寥廓的穹苍

339

青春呵
隆隆的犁头　正掰着
嫩嫩的秋光
以蝴蝶为馅　喂给一扇
荒原之窗

生命呵
一根飘落的白发　正掰着
月光
以语言为馅　喂给一地
蟋蟀的　秋唱

鹰群掠过褐色瀚海般的天穹

李　瑜

鹰群掠过褐色天穹般的瀚海，
鹰群掠过褐色瀚海般的天穹，
凝固的大漠骤然在跋涉者的瞳仁里沸腾了。

沙尘隐去无垠的瀚海，
沙尘隐去无垠的天穹，
鲜血和鲜血般的夕阳搅拌着褐色的砂砾。

军旗倒了。弓弦断了。
那队中国士兵已经熟睡在扬起边尘的土地上，
熟睡在凄凉的月色里。

迎着漫漫风沙，
不屈的魂灵还在塞上呼唤，
终于化为搏击瀚海与天穹的苍鹰。

已经有几万颗那样的太阳从这儿坠落了，
已经有几万颗那样的月亮从这儿坠落了，
鹰群的子孙依然在跋涉者的瞳仁里翱翔。

带我在喀什噶尔古老历史胡同
穿行了好几个世纪

李　瑜

那青砖小楼拱北
　　启明星和新月迎面而去
那青砖小楼拱北
　　启明星和新月又迎面而来
还有雕花飞檐
还有重彩栏杆
骤雨般的马蹄声声
歌吟般的铜铃阵阵

戴着面纱的维吾尔妇女
　　好奇地窥视陌生的不速之客
陌生的不速之客
　　好奇地窥视戴着面纱的维吾尔妇女
九曲十环
柳暗花明

归来没有定点马车了
可是东门还有机动马车
能带我去市区任何目的地
驭手带我在小巷穿行了好长时间
带我在喀什噶尔古老历史胡同
　　穿行了好多个世纪

达坂城的姑娘
领着她的妹妹赶着她的马车来了

李　瑜

一

达坂城的姑娘
　　领着她的妹妹赶着她的马车来了
马蹄踏在达坂城
　　又硬又平的石头上
达坂城的姑娘
　　领着她的妹妹赶着她的马车来了
随着一股溪流般的如梦旋律
向我缓缓奔驰

二

后面是维吾尔农民歌手
后面是一九三八年兰州车马店
后面是连天烽火
年轻的王洛宾在乐谱纸上兴奋地记谱
在乐谱纸上疾书
　　最后的标题《马车夫之歌》

丝绸之路的开拓者
在马背上笑了望着西方

李　瑜

再也不像河西走廊那样狭窄
再也不像行进在连绵丛山夹峙的
　　一条蜿蜒的小道上

远远眺望
缓缓向西
像在戈壁之舟上
像在倾听那悠远的驼铃旋律
视野里什么遮拦也没有

啊,中亚细亚新大陆
神秘而且广袤
已奇迹般
在手执汉节的探险家面前出现
张骞笑了
丝绸之路的开拓者在马背上笑了
望着西方
望着还看不见的
　　大月氏的方向
干裂的嘴唇流出殷红的血滴

他的幽灵一样闪动的黑骏马
在祁连山下却雕塑般凝固

李　瑜

霍去病微微睁开了双眼
脸颊还紧贴冰冷沙砾
紧贴凝固着他鲜血的冰冷的沙砾
沉重的马蹄声
　　　将他从恍惚的梦幻中惊醒
将他从鏖战着的祁连山下惊醒
虽然祁连山下已经沉寂

啊,是他的黑骏马
匍匐在地上也看得那么真切
静静伫立
　　　铺满惨淡月光和惨淡星光的大地
静静伫立
　　　铺满刚刚战死的汉军及匈奴将士的大地

他的幽灵一样闪动的黑骏马
在祁连山下却雕塑般凝固
只是铁蹄还频频敲击着
是什么时候落马的呢
他已记不分明了

马蹄的声浪

冲击着死一般的沉寂
在刚刚逝去的狂飙般钢铁交响中
显得更加清晰和悲怆
像一支哀伤的招魂曲
抚慰着刚刚鏖战过的魂灵
又飘飞到他的梦境中去了

奔驰的灵魂(组诗)

东　虹

牧人的歌是大山的历史

牧人的歌飞上天
有的飞成了苍鹰
去以蓝天作坟墓
有的飞成了山雀
去衔那爆出春意的草籽
有的飞成了夜莺
啼出血来去染浓月色

牧人的歌撒满山坡
或者开出克孜阿尔达克花
在风雨中凋谢碾作泥
或者长出刺丛结出浆果
给人留下酸酸的记忆
或者长成遍野酥油草
任羊群去啃去踏去生息

牧人的歌落进冰河中
会砸开冰块溅起水花千里
牧人的歌奔进森林
跑出带箭的草鹿拖着哀啼

牧人的歌攀上冰峰
会冻成雪人凝固悲戚

牧人的歌飞进毡房
在妻子的眼角凝成泪珠
在孩子的梦中吐出笑意
在炉中燃烧起火苗
在铜壶里流出喷香的奶汁

牧人的歌还有很多藏在心底
变成了沉默的山石

好汉巴特尔脸上的谜

巴特尔的一生
一个谜语没有谜底
一团云雾变幻莫测
一条山脉连绵起伏
一道雪溪曲曲折折
全刻上了冷峻而又火热的脸
额头纵横着崎岖的山路
眼角拽着暴风雪

右颊兀立一块血崖
留着黑熊凄厉的狂吼
左腮隐藏着一条石缝
吞没了饿狼战栗的嘶叫
条条迷离交错的皱纹
诱惑过女性的好奇和倾慕
嘴角闪出的冷笑是闪电
撕碎过暗算者的阴谋
下巴留有烧红的烙铁
日里夜里烙着悔恨与愧疚

鬓边还有一道伤痕

隐匿着只有妻子知道的秘密

人生是部难解的书

巴特尔的脸是本词典

沉默像条冰川

岂知冰底还有春的流泉

爆发是座火山

燃烧的熔岩竟是伤心泪水

崇拜偶像又亵渎偶像

迷恋爱情又践踏爱情

冷漠如荒芜的戈壁

热情似绚丽的草原

坦诚像晶莹的露珠

深邃是高远的蓝天

巴特尔的脸

给民族史诗插图

注释着天山

山 的 雕 像

群山。骏马。母亲的笑容

一个伟大支点托起人间的太阳

山路颠簸着沉甸甸的爱情

儿女在马鞍上孕育

临盆前尚在风暴中飞奔

生前已经获得一个奔驰的灵魂

分娩转场途中

马鞍是她高耸的产床

崎岖山道上哺乳

驱驰着疲惫，怀抱着温馨

小小的马鞍是装满童话的摇篮
抚育着母亲的希望和信念
还有她重现的童贞

马鞍上日出日落，冬去春来
它是母亲教育儿女的课堂
让他一起步就开始意志的跋涉
　跌跤并非失败的留影
　怯弱才是废物的墓志铭

母亲的马鞍是山的塑像
驮着一个民族的剽悍与顽强
奔驰着几代人的艰辛与豪情

老猎人之死

在风雪雷电中驰骋的一生
该用博格达峰作惊险叹号
才能总结那么多惊险的拼搏
或者用赛里木湖作句号
才能包涵那么深沉的底蕴
他却睥睨一切纪念碑
直到生命的最后一瞬
仍在用猎枪、用匕首
　抒写着惊心动魄
他洒在山谷的最后几滴血
便是一行省略号
重重地打向人们心中

他觉得安闲才是真正的死亡
　孤寂才是真正的坟茔
当他最后一次扛枪走进深山
还渴望着在崎岖小道上
寻回自己的青春

当灰熊吼叫着向他猛扑
他是何等欢欣、振奋
仿佛那些逝去的峥嵘岁月
又风驰电掣般迎面而来
向他挑战，使他亢奋
于是，枪口用火舌吼出
　他的生命最后的强音

中弹的灰熊
卷起疯狂的暴风扑来
五十年和他命运与共的匕首
从微微的战栗里
感到他力不从心
却又为他的威风所鼓舞
亮出寒光灼灼的锋刃
与那凶狠的利爪
作一次豁命的争拚
生和死面对面
不是倒下，就是战胜
在嗜血的牙齿前
站起勇敢、倔强的人性

当失血的脸上
露出最后一丝永不消失的微笑
辉映着夕阳的红晕
作为一个骑手
无愧无羞地倒在打猎场上
是他最值得骄傲的光荣
偎依在火炉旁
　守着余生化为灰烬
岂能比得上他壮丽的死
　灿若明星
他的墓碑是千万山民的心

奔　流

柏　桦

一

浩浩奔流的黄河
你滚滚的黄汤，你滚滚的黄汤，
地球上你是一痕细丝在游晃，
临了你是一片浩渺的洪浪。

啊啊，
仿佛波涌上有无数小人儿纵一苇而荡漾，
如我腾动不息的黄色的土地哟!……

二

低沉的、谨慎的、空空隆隆的响声，
列车减速了，慢慢在爬行。

你黑狮般的桥梁。
由无数细微原子凝成，
不会在一瞬间裂变而酥散，
弃我而入滔滔的洪澜么？

你是怎样凝聚，你又倚在哪里，

把我们如此地托起？
赐我以平安,假我以翅膀,
你黑狮般的桥梁。
啊啊,浩渺的洪浪,浩渺的洪浪……

三

几个白衣蓝裙有点时髦的姑娘,
说笑着,从岩坡的草丛向下走来,
去看一出戏,或去开一个会,
仿佛我少年时代的姐妹。

这许是你们一生中一刻美好的时光,
你喝黄水而成长的人儿,
不浑也不黄,依然如此清俊与爽朗。

但是你们是谁的后裔？
祖先的身体早已隐向寂静的山林,
祖先的灵魂还澄澈在山间的小溪,
黄河滚滚东流,你们漫然而行走。
——这古老河岸的一片鲜亮,
这新鲜世界的一簇灵光,
……绿草掩映的黄色的土地哟！

四

不远处一片圆盔形土堡列如战阵,
使我恍然想起圆盔下喷枪弹的眼睛。
而那下面没有待冲杀的部落长的头颅。
没有来扫荡的鬼子兵的头颅,
没有来武斗的愚昧者的头颅,
宁静地伏卧着食粮……

我乃知道了，一代代黄河荡去什么
也终于留下了什么。
啊，无忧的人儿，无忧地走着……

五

大平原上一盏高高的弧光灯，
把光亮投向远方，直至熹弱而微茫。
夜幕渐渐低垂，农人荷锄而返回，
庐舍里一只饭桌、一面炕铺，
桌上的腾腾热气，
炕上的脉脉温馨……

太阳呀，照耀了人们的劳动，
你另一只眼睛
照耀着静夜的人生。

啊，大平原，我什么也看不见了，
只看见那盏灯
照耀着黄河与列车交织的大地的声音，
照耀着那些甜蜜、那些温馨……

六

而我们依然在隆隆行进，
留下不停地旋转的脚印，
留下一串经久的颤动，
向人们昭示：他枕着的大地的生命。

循着运河而行进，贯通黄河与长江。
（却抛开运河的节奏，悠慢的节奏）
跨着纬度而行进，朝着赤道的万向。

（直至临着那壮阔的海洋）

大地之过客哟！

旅途之人生哟！

人类，不甘寂寞、不甘停顿的灵魂哟！

掠动！掠动！

把夜穿一个通天的窟窿，

去追赶一个个净朗的黎明，

去扑向一个个幻美的黄昏，

用飞奔贯通多彩的人生哟！

而黄河，更是直向东方，

喧闹地走出夜的闲适安谧，

不舍地告别傍晚依恋的霞光，

奔腾哟！冲撞哟！

扑向大海，扑向壮丽的……

　　　太阳！……

七

黄河，我去你渐远了，

我依然听见那支长流的歌谣，

从巴颜喀拉山出发，

从混沌初开出发，

从支流尖端的瓦舍，树根或锄刃出发，

如同一支圆号

从灵敏的舌尖和颤动的嘴唇出发，

向着浑圆的号口，震响……

歌的摇篮啊，摇荡……摇荡

一种古老力量的生长……

小驴车,驶过田野

柏　桦

小驴车,驶过田野
驶过风中向你荡漾的翠绿的欢欣
驶过迎候你的高压线塔威武的大门
驶过田边的野花投来的艳美和嫉妒
驶过摩托在前面闯道的黑亮的公路……

啊,可爱的小小的小小的毛驴
像英武的剽悍的骏马的小弟
像山峦样庞大的骆驼的子孙
茸茸的黑毛圈着的圆圆的诚实的眼睛啊

瘦小的精干的腿
　　哒哒哒哒,哒哒哒哒……
瘦小的精干的腿
　　驮一座山

你才运载了一车干草,为自己也为牛为马
越冬的干草,比自身大三倍的
愉快和辛劳吗?
你才脱去了晒场上欢乐地滚动的碌碡么?
你又装上了你一年的汗珠所浇灌的
金黄的米谷么?

358

小驴车,驶过田野

从遥远的阿凡提的痛苦而谐谑的村落

从走动着阿拉伯商人的一个

　　　天山下的伊斯兰教王国

(而你的车上晃荡

一只褴褛的颓然的空筐)

……驶过第一次升起五星红旗的灰褐色街沿

驶过跳着麦西莱甫的葡萄架下的普通庭院

驶过老榆树,长了一年又一年

　　　依然慢慢长着的老榆树身边……

驶来了

擦过比克孜漂亮的轿车

擦过比骆驼高大的卡车

擦过比骏马更快的摩托

　　　前面一个水门汀广场

　　　(高悬大字的农贸市场)

——"海风轻轻吹呀海浪轻轻摇"

　　　歌声轻轻吹呀驴车轻轻摇

　　　驶进去了……驶进去了……

　　　驶向一种快乐呀

　　　　　小毛驴!……

雪 山 魂

杨　眉

在海拔五千米处
车也气短
人也气短
（氧气只有平原的一半）
方向盘系一条蜿蜒的山路
车轮写尽了
攀登者的艰难

一年一次大雪封山
鸟儿在这里
把翅膀折断

雪海中一座孤岛
哨兵的披风
昼夜扬帆

只有相互能看到绿
只有梦中能触着绿
维生素
令人眼热的名字
成了连心连肺的呼唤
守卡难

援卡也难.

冰雪模糊了天地的界线
车队龙一般困在山峦
你,前去了
涉足于漫漫的深渊
以自身的热
蹚一条通途
让车队翻越
九曲十八盘

于是,眼帘中消逝了
战友们的笑脸,以及
冰、雪、山、川
眸子中
大坂不再幽暗
白云不再往返

全身贴着雪原站立
成为春天的礼赞
雁来,关于你的诗篇
写满,在云端

雪 山 之 夏

杨　眉

太阳把雪原剪裁
向山下抛赠一支深情的歌
于是,雪山不全是白色的了
蓝缎子一样的腰带
在山前一转

班长舀起满满一桶云彩
一个鲜活的情感
他自语着
手中一张信笺折成小船

顺着冰雪的清澈
小船儿去了
复述哨卡的故事
会不会有风暴呢
会不会有水蛇呢

牧姑去汲水
准会引思念靠岸
也许阿肯润喉
掬一捧载来的灵感

听战友传来操练声

热汗升腾着新的云锦

小船儿，你去吧

哨兵的目光

是长长的风帆

迟到的情书

杨　眉

年轻的护士
清理着烈士的遗物
　　（昨天
　　他还像一匹马驹呢
　　又像一头牛犊呢）

在他贴身的衣袋处
发现一叠信札
　　（这信都写着姑娘的名字
　　呀，这是九封
　　没有寄出的情书）

指导员过来解释：
　　原谅他吧，
　　勇敢的士兵
　　爱情的懦夫
姑娘说：
不！
　　（生者，抽泣着闭眼，
　　逝者，半睁着双目）
连长也过来解释：
　　忘却吧
　　这是烈士的过失

英雄的错误

姑娘摇头：

呵，你糊涂

烈士的母亲走来

回忆儿子的遗嘱：

孩子，你爱她吗？

要说真话

不要安抚

（爱他呀，妈妈）

姑娘泪如串珠

于是，母亲

抹严了儿子的眼帘

像关严

两扇帷幕

（忽然一阵风起

卷走了姑娘的情书

九封迟到的情书）

博格达峰，三段式乐章

高炯浩

是你撑起大西北蓝天

才使碧空深邃高远

唔，西域的顶天一柱博格达

古丝道上毫光闪闪的银字塔

破译出神奇和惊险

像一支无标题音乐

分三章华彩乐段

——一章是碧蓝清冽之湖水

粼粼向对岸抖动的水波

像小提琴轻揉着细弦

该是那回肠荡气的"梁祝"吧

花蝴蝶扑扇着蓝色忧伤

　　　扑扇起淡淡乡愁

难怪被山风掠起白纱巾的少女

陡然打了个轻微冷颤

——一章是墨绿葳蕤之塔松

奔腾地掀动着青春气息的绿浪

淹没了雪线下高耸的山峦

仿佛是"水漫金山寺"的鼍鼓

在我耳膜找到了共振

胸膛也受到倔强生命之鼓动

满头黑发变成绿蓬蓬的针叶

两腿变成主根扎进天山

——一章是银白色高洁之雪峰

人兽绝迹拒绝了杂色污染

愈高愈洁护卫了冰姑娘童贞

那宁静的洁白粘住我热切视线

你是塞北古丝道的"罗累莱"

为了一睹芳颜我才踏上西域的艰险

迷蒙的雪线之上果真有美丽的仙女吗?

——唔,那歌声,那丝丝清音

　　唔,那白云,那飘逸裙衫

博格达哟艺术的纯真永恒

　　人生的沧桑艰辛

都凝聚于你铁青喑哑的嶙岩

慕士塔格冰川

高炯浩

一座放大的冰雕
神奇地塑造冰川轮廓
冰凌，雕塑峭壁
　　　雕塑苍穹和大地
也紧紧地压迫着我躯身
我的目光冻结在冰川上了
再无法转动热情的瞳仁

静止的瀑布
仍描绘着飞流的动态
奔腾的玉石
闪烁着太阳银白的毫光
没有刀刻斧凿的痕迹
却崛起浑然天成的线条
没有人工布局的巧妙
却突出大自然的狂放
中世纪神话
冰姑娘传奇
仿佛让你读一本立体的书
看一部通感强烈的电影

而凝固的泪水

永远也不会流尽
冷冻的相思
岁月的流水也无法冲淡
冰川，并不只有冷寂和缄默
冷漠却蕴育着惊险
一场雪崩
便会摧毁一座大山

苍穹啊,毡房

高炯浩

苍穹啊,是顶固定毡房
地平线是它辽远的围墙
白天,房顶飘过羊群般白云
夜晚,穹庐缀满神秘星光

毡房啊,是顶游动苍穹
追赶水草,追赶碧苍
冬天,追赶地窝子的温暖
夏天,追赶夏牧场的阴凉

苍穹啊,你何等博大神奇
太阳是你强壮的儿子
月亮是你温柔的姑娘
山川草原是你妩媚的浓妆

毡房啊,你何等殷实富有
白天,有骏马扬蹄的长嘶
夜晚,有野花幽静的暗香
和嫩绿牧草喂养的幻想

毡房啊——苍穹
一个渺小放大的形象

大千世界的一粒细胞
一颗蓓蕾，一丝热能的释放

苍穹啊——毡房
一个形体的相似和对抗
一个人生悄然的完结
一个历史的不息延长

夕 照 里

高炯浩

金风里 黄叶儿
　　一片片 一片片
　　在空中飘摇 打旋

留下光秃秃的树条
　　黑鳞鳞的枝干
　　　　和一个空旷的遥远

寒鸦的黑翅
　　扇动着墨色的音符
　　　　和颤抖的和弦

金红的夕阳
　　把汁液倾泻进湖水里
　　　　色彩越洗越淡

秋——暖色的油画
　　金风的彩笔
　　　　正细细地渲染

我站在温柔的
秋姑娘面前
　　发出声惊服的喟叹

红绿灯间隙的梦

夏冠洲

红灯。陌生城市
川流不息的景物
车窗前　蓦然静止

匆匆闪过一位少女
细眉　星目
樱唇　美人痣
近在咫尺
哪里见过呢
淡淡的发香　还有
嫣然动人的一瞥
唤起我逝去的回忆

月色朦胧
　　公园的长椅
　　　　拂面的柳丝……
柔滑的长辫哪里去了　连同
两朵白蝴蝶颤颤的薄翼
解放成一盘无拘的纷披
双肩上,潇洒地逶迤
胸脯也不敢耸出如许曲线
开朗的笑靥里
还应添上几段忧郁

我怅然若失
一茎白发飘落了
带着嘲讽的叹息

车忽然启动
拉长　然后撞碎
二十年前残梦的虹霓
街景活跃起来。绿灯

春 天 的 路

夏冠洲

三月,从达坂城那边吹来的风
已有几丝温和
围巾也不用带了,走上街
让阳光轻吻我的耳朵

路上的冰雪已经融化
露出一片喜人的坚实宽阔
只有墙根一溜肮脏的残雪
还在留恋严冬的凛冽

那里,阿凡提先生在爽朗大笑,
那里,热比亚姑娘在深情诉说。
去看花的色彩,美的造型,
去听诗的韵律、力的跳搏。
去领略生活的绮丽风光,
去发现一个民族
　　无比丰富、宽阔的内心世界!

套 马 酒

——给一位蒙古族姑娘

伊明·艾合买提（维吾尔族）

接过你手中的银碗
心跳触电似的加速
咱虽不是青梅竹马
赤峰路上的萍水相逢
草原一样的真实目光
和芳名套马酒的琼浆
使我对你敬慕万分

你说这酒只要喝上一碗
人可以变得剽悍粗狂
雄风般任何烈马
可以在瞬间被套住
于是我开怀畅饮

此时此刻
你守候春天的灵魂
停留在碗边和我唇齿相碰
我进入草原的悬念
与你结伴而行

最后我醉卧草原

灼热的胸膛贴紧大地
我在朦胧中感到
已经被你套住
被草原的豪放
套得死死的
听着你歌中的心声
我是你真正的同胞

心啊，你不能太软

乌斯满江·沙吾提（维吾尔族）

胡　毅　译

心啊，你不能太软，你要变成石头，
君不见金色年华已从你身边悄悄溜走？
心如铁石，你才能经得起风霜雪雨，
如若不然，等待你的只能是万木凋零的深秋。

心啊，你不能太软，你要变成石头，
如若不然，岁月就会把你变成枯柴般削瘦，
你没见，你的周围是数不清的烦恼，
都要你去操劳，一颗心可怎么能够承受？

电话铃突然响起，你顿时心里一揪，
莫不是年迈的父亲身子又不好受？
在校上学的孩子天黑了还没回家，
尽管满桌佳肴，你却丝毫没有胃口。

朋友在你身边唠叨，喋喋不休，
原来是不治之症已和他交了"朋友"。
你多想乞求苍天派神医"罗克曼"前来相救，
可是起死回生的神医该到何处寻求？

一颗星星从夜空中划过顿时化为乌有，

不祥的感觉像黑影马上笼罩在你的心头。
莫不是又一位熟人从这个世界悄然离去，
心中涌出无限感慨、万般忧愁。

你所盼望的一切你偏偏无法得到，
这世界就是这么让人捉摸不透。
本该是温情脉脉的地方却是毒刺，
还得提防小人突然伸过来的黑手。

拍你肩膀的人很可能是你的仇人，
巧妙的伪装让你分不清上下左右。
望着贴心人热切、渴望的面孔，
"良心何在！"你难过得痛心疾首。

喧闹的街市搅得你心烦意乱，
不停的思绪仿佛在火上浇油。
又好像无数鸟儿在空中飞来飞去，
你又想说一句：要保重啊，我的孩子，心上的肉。

心啊，你不要太软，你要变成石头，
因为吃苦就是你唯一的追求。
生活本身就充满了矛盾和奋斗，
没有辛苦何谈幸福和自由。

心啊，你不要太软，你要变成石头，
是勇士就不怕吃苦，敢于承受。
让我们面对千百次挫折的考验，
千锤百炼才分得清什么是美，什么是丑。

喀什噶尔印象

田　丁

高高的胡杨树格外肃穆
香妃的气息
从历史盛世飘来
月牙上悠然的云缕
变换着紧靠心灵的图案
鲜艳的裙裾掀开页页阳光
小刀的光芒好生锋利
令许多非分之想一触即断
套着车的马提起一只前蹄
斜视毛驴车颠簸而过
长长的白胡子轻轻飘拂
从巴扎的外围直到季节的中心

在口腔科候诊所想

田 丁

这颗忠实的牙齿
为我服务了半个世纪
磨损了　蛀蚀了
不得不离我而去
我的牙床也失去了留住它的能力

我将接受一些本来不叫牙的物质
把它们作为身体的一部分
和它们一起和谐地吃喝和说话
我将充分运用我的双唇
不让它们在生活的进出口处受寒

过去的房间

田 丁

三只可爱的桃子
蹲在桌面上
像是在等待那只活泼的猴子
明亮的水果刀正在午睡
棕色的木椅上
一件橘黄的风衣将要滑落
时钟有声无形
书本的触角缓缓蠕动
窗帘垂直的波浪起起伏伏

蜃 景

田先瑶

那是不老的蚕吐出的丝在飘曳，
那是不朽的心发出的电波在颤动，
那是行进的驼队颠簸的驼峰，
——热能和气流交织成美的曲线，
编织着戈壁滚烫的仲夏之梦。

风在不安地踱步，云在变幻着思索，
只有智慧的太阳显得那样从容，
用一个伟大的折射，
显出戈壁夏梦的内容，
——奇妙的蜃景像仙境那样朦胧。

只要戈壁还有空气存在，
美丽的梦境就不会消失得无影无踪。
戈壁的梦从古老的幻想走向真实，
因为开拓者的血有太阳的热量，
因为开拓者的眼有太阳折射的瞳孔。

闯 新 疆

屈 直

都说闯新疆

愁断情肠

为了生

为了爱

背井离乡

有许多故事

洒在旅途上

长在荒原上

有许多背景

让我终生难忘

不求此生留虚名

但愿我心在新疆

在新疆

沐大漠风沙

披狂雪夕阳

耕者为牛

猎者逮狼

多少歌

让我手舞足蹈

让你热血激荡

多少事

风雨纵横

留豪壮诗行
有一句话
让我们热泪盈眶
人在旅途不怕苦
脚下到处是故乡

石　头

屈　直

以卧或立的姿势
默读荒原,默读
日月沉浮和人间的
烟火与悲欢

任凭风刀霜剑
或山雾云岚
都休想动摇你顽固不化的心
在岁月里千锤百炼

立有雄威
卧也安然
不屑于闲花野草的销魂曲
在你身旁纠缠

独爱那片黄土地
苦累中的一席温软
独爱那支风雨歌
与你有相知相依的倾谈

华夏60年文学精品丛书②

葡萄园情歌（下）

总主编◎祝谦　本卷主编◎郑兴富

新疆美术摄影出版社
新疆电子音像出版社

从新疆出发

屈　直

从新疆出发
在某地吃特色小菜
小菜里有动物毛发
买一盒名牌香烟
想去攻关，拆开一看
20个李鬼
正想冲出去厮杀
烟盒说：外面正在打假！
朗朗乾坤，光天化日之下
我从内地回到博格达
看天山美了许多

雪当褥,风作被,
丈量剖面,谁个不曾冻肿了腿!

喝吧,对着巍巍的高山;
喝吧,对着滔滔的流水。
酒呵,浇出了笑声,
酒呵,醉弯了双眉!

队长走向炊事员,
那张黑红的脸哟笑吟吟:
"您起早贪黑最辛苦,
向您敬上第一杯……"、

指导员向一对情侣举起了双杯:
"谁说好女不嫁勘探郎?
看咱这飒爽姑娘哟,
像朵金花? 还是玫瑰? "

酒呵,飘溢着醇香的味儿;
酒呵,浓缩了生活的美!
喝吧,让热酒驱散心中十年的伤悲;
喝吧,让美酒化作朝霞飘进心扉。

快尝昆仑的山蘑哟,
快吃解酒的酸梅,
泉水炖的雪鸡,
别有一番风味!

舒心的酒呵,千盅万杯怎不醉?
来吧,让我们倒举昆仑作大杯!
驾着酒兴的翅膀飞哟飞哟,
把二〇〇〇年的春天猛赶紧追!

祖国呵,亲爱的母亲,

我们冒昧地问一句：
在这空气都醇香的年代，
今天，能否让您的儿女喝个醉？

举起铝盔，干杯

夜晚多宁静呀，
月光多明媚。
五湖四海的战友们，
来！来！来！
围上一圈，
咱们开个欢聚的会！

行李没打开？
——莫着急，
这大沙漠拣个地方随便睡；
互不相识？
——没关系，
一会儿就知道河北的老张、四川的小魏……

七八个木箱拼成了酒桌，
赤橙黄绿，色彩真够美。
十几瓶醇酒映月光，
没喝也先惹人醉。
干鸭、熏鱼、红枣、蚕豆成了堆，
满是塞北的特产江南的味儿！

木碗、饭盒、茶缸、红柳筷，
餐具应有尽有真齐备。
嗬！这是什么新式碗呵，
又大又深闪银辉？
哈哈，是哪个机灵的伙计，
把罐头倒进了铝盔里！

酒菜够丰富了，
可那泸州的小伙儿，
非从背包掏出"五粮液"；
山东的大个儿也扯开了布袋，
让尝尝他家乡的花生米，
没说的，又香又甜还真脆！

听说那白头发"老陕"是会战总指挥，
此刻他乐呵呵地举起了杯：
"大伙儿来自五湖四海、东南西北，
今天，吃了秤砣铁了心，
——不献石油死不回！
来！举起铝盔，干杯！"

肚暖肠热心潮卷，
豪情伴着笑语飞。
那个腼腆的小伙儿念亲人？
快过来！美酒权当家乡水。
地质师为何将酒浇红柳？
他笑了："愿它花红叶也翠……"

斟满酒呀，莫停怀！
好像老友久别今相会：
"哦，你是司钻，钻速能不能提一倍？"
"我说，你搞地质的，可快点儿给咱定井位！"
"好大的沙漠，不搞出几口高产井，
可真白活了几十岁！"

话呀——真多！
酒呀——真美！
月亮呵，请下来吧，
来喝上一杯壮心的酒；
红柳呀，你也过来吧，
来参加这酒一样浓烈的誓师会！

水

师　歌（回族）

　　　　东西脏了用水洗
　　　　水脏了用啥洗
　　　　　　　　——阿妈的话

谁这样讲究水的纯净
像眼睛容不下一颗沙粒
谁把水看得如此珍贵
一滴水，一枚闪亮的银币

远方的旅人求一碗水
阿妈会端来盖碗茶
清幽幽，甜丝丝
一股温馨沁人心脾

一时间你会忘记未完的旅程
如见到扑怀的娇儿
妻子的惊喜

要是你脚踩井台举水桶畅饮
最善良的阿爷也会眼睛冒火
最好客的阿奶也会投给你脊背

我敬畏阿大洗礼拜的净壶

骄傲的大海

阿尔斯兰（维吾尔族）

张 洋　张 曦　译

昨夜你流入我的梦境，
睁大满含希望之泪的眼睛。
而今天
你向海岸撒出了喜庆的彩花，
——涟漪上闪光的点点繁星。

明月在你起伏的胸膛上跳跃欢腾，
你的怀抱何等广阔、神秘、温馨。
我频频亲吻你娇媚的夜色，
你好啊，
令人心驰神往的翡翠宫廷？

我初谙人事就执著地把你眷恋，
那流向天涯的碧波时刻荡漾在我心间。
漫步茫茫戈壁我心潮起伏，
如果是大海多好——
这点缀着胡杨的塔克拉玛干。

我忘情地凝视你清澈透明的碧水，
我默默地倾听你晚潮吐出的哀怨。
雷鸣电闪惊破了沉沉的黑夜，
啊！我看到了你的愤怒——

排山倒海的狂涛巨澜。

你湍急的漩涡卷沉了多少王冠，
你巨大的手掌把玩颠覆了多少舰船，
你疲倦了——风暴是你呼呼的喘息。
什么人能驾驭你啊
——哪月？哪年？

岁月流逝掩埋了多少英雄，
时光却未留给你一条皱纹。
大地是你形影不离的恋人，
啊,骄傲的大海，
你究竟多大年龄？

惊涛冲击下的海堤岿然不动，
我流连沙滩心潮难平。
啊,祖国的大海，
我为你相思憔悴，
你对我难道没有一丝一毫的柔情？

在思恋中我穿过盛夏的瀚海，
几次和你相逢在梦中，
今日海浪才吐露了深情。
啊,生命在燃烧的遐想中战栗，
你的喧嚣凝成了我激情澎湃的诗魂。

海岸长吻着碧水，
粼粼微波溶进絮语深情。
但在波涛的悲咽中我们就要离别了，
绿草睫毛上的泪珠啊，
也映出了重重离恨。

翻滚的白沫把地平线推向远方，

沐浴在春光里

陈友胜

终于能够在蓝宝石天空下行走
那个企盼已久的字，它应有的含义
早在年三十的爆竹声中被提前说出

太阳的大鸟刚刚起飞，不太有力的翅膀
将万物心尖轻轻擦伤，爱的擦伤
宣告着大地再次拥有做母亲的权利

远山现形，闪闪雪光只看了我们一眼
但寓意已不同：四月，春光的河流解冻
谁挥霍浪费，谁就会被懊丧淹没

肥硕或干瘪的冬天已被蚕食殆尽
风从谷仓穿过，从烟熏的灶口穿过
"丰裕"，是它留下的唯一祝愿

田野和草原醒来，洗脸，更衣
守时的人们开始奔跑，在农业与牧业
两条路线上，紧紧追赶节气

其实，只是为了一个简单目的
为了不让贫穷的阴影跟随，亦步亦趋
从忙碌的午后一直走进失眠的深夜

几点残雪，躲闪着，在暗中掩面而泣
谁的思想被射中？翻动的情感如掌
幸福与疼痛是它的两面，交替出现

春光垂临，浅笑低语，抚慰与激励
被羊啃过的树林，奉献之前的奉献
正用阳光缝补伤口，并作出新的努力

歌　者

陈友胜

歌者将荒漠当作人世，湮没的人世
情感版图的一部分。为此用爱
去关照孤独的石头，抚慰焦灼的沙粒
参加胡杨和红柳的会议，倾听
他们的坚强与孱弱，抒发感言
主要是钦佩，赞美之情溢于言表

拜访绿洲、草原，耕种和放牧灵魂
在一块麦田里体验沉实，听羊群谈论谦卑
还有用毕生收获充盈我们生命的人
这些土地公司的优秀员工、卓越奉献者
感恩之余，同饮欢愉、共尝艰辛
并用深情文字写进心得体会

进入城市心脏，邂逅人群，沿某个
眼角眉梢的暗示，去触摸情绪之根
与活着、死去的人交谈，但更喜欢听
家人、朋友、酒，关于诗，只和少数人说
许多时都在独处，嚼汉字的方块糖
或由各种文字译出的糕饼，从中
噬取古今中外超越民族与国界的营养

在现实与历史两口矿井里采掘

冶炼，努力做到主题向上，让
希望在大多数人心中保留，不消失
去墨的黑水之河打磨语言，尽量
使它们外表光洁、内涵深刻
最好能牢牢抓住鉴赏家的目光
调度感情，这个最难捉摸的家伙
有时是针，用它刺伤自己，但不能
太深，原则是让别人也能听到疼
有时是一碟颜料，用它描画阳光
但要注意：越是明亮越易产生阴影

歌者步履略显沧桑，嗓音微带风雨
但血在春天，创造之树拒绝枯萎
依旧在季节关怀下不快不慢长
当一位红歌星拍打迷情翅膀时
我听到他平静如水声音：写作，只是
为了准备，准备在明天写出更好的诗

高空王子阿迪力

陈友胜

美的魅力——趋向于你
正如激流自高处向下俯流
——鲁达基

虚空中的宫殿,云朵上的乘骑
你在一根钢丝的大厅里跳鹰的华尔兹

山岳、江流举首、敬礼、接受检阅
达瓦孜的名声被世人的目光反复擦亮

轻翔,漫舞,燕子的身段以柔克刚
将一句成语中的真理再次昭示

死神是一名刺客,不离左右、步步紧逼
你正当防卫,技艺和胆识是盾牌和利剑

那些最危险时刻,屏息、凝神
我们都以为是自己在上面走

追随你源于地面又高于地面的身影
嘈杂和烦扰被暂时搁置

每一次走过都是梯子的延伸

低处的日子容易发霉,想去高处晾晒

根在下,枝杆在中间,花在上
你用辛劳和刻苦催熟丰盈的果子

祖国,民族,这些环绕神圣的词
因你的又一次说出而愈显庄严

"欲穷千里目,更上一层楼"
古诗中的意境屡屡得到提升

独特的四行柔巴依,我选择双行诗
悠久形式垂青于新鲜内容

大地与天空,彩虹的桥
吉尼斯让更多人亮相世界舞台

爆　炸

傅查新昌（锡伯族）

一

开往你的列车,在我心里突飞猛进
省掉温和的修饰学,我在疲惫中收割着爱情
我活着,长安古都,在人群中感受着厌恶本身
风雨突起,我听见叶公超在艾略特的梦中苏醒
扩展幻想的普鲁斯特,将孤身的烈火
探入隐匿的中国花园,我独立于影子深处
获得了语言无法替代的夏日爱情
而埋在地下的帝国,在狂热中一天天腐朽
死亡的灯火,怎样光照空中的猫脸

二

事物在转移,宇宙种子,哭泣长安的女人
你的长发,刺伤着喜欢旅行的活佛的虔诚
我看见一双佛手,构成别人唯一可看的风景
这是你的宿命,是我悄然选定的事业
我操着乌鲁木齐母语,像楼兰盲人,靠近长安人
那些定格的幽灵,一如野兽般在锐利的汉语中滑动
女人,我曾爱过的女人,已成为久积的欠款账
昨日的羊肉泡馍,是我欲望的阴影
而爱情的苍蝇,在汉斯啤酒的气味中闪光

三

主宰万物的佛手,激励着最高形式的幻想
你还有什么没有抚摸,我还能看你多久
审美与性,仰视的超短裙,一场爆炸正在逼近
你说:"无数次的爱情,像鸽子预示出的神迹
在帝王的坟墓之上,与你擦肩而过。"
始皇帝的城墙,培育了经血一样发黑的遗产
内乱的预感,在死亡气息中隐喻着幸存者的迷障
透明的佛手,反方向的风暴,向我袭来

四

我不要遗产,只想与命运交锋
不死的血缘幻想,向虚无弹起
我说:"爱情来了。"一个夜晚
在帝王的怀中震颤,而你的诗
是我喝下去的汉斯啤酒,用诗歌的形式
我们开始调情,筷子断了,断在你心里
你向侍者招手,示意再拿一双筷子
蓝色筷子,在绿头苍蝇的痛苦中醒来

五

我们偶尔出门旅行,与出租车司机指桑骂槐
在酒吧里,我看出你祈祷不出来的勇气
人们的爱情,一瞬间返回到现代汉语词典里
而帝王的魂,在咖啡屋里的高脚椅上旋转
你说你喜欢旅行,与一个现代活佛
走在一个陌生的城市,而远方的灯塔
不在秩序里闪耀,梦中的星光灿烂
大胡子男人的祝福,在你心灵的孤旅中

日渐枯萎,像坟墓一样没有回忆

六

血液的仇视,一个为哭泣长安的女人
吸着日本香烟,谈起她的美国朋友
谁也不爱谁,我们就这样在一起
我们活着,有叹息,但是被推迟
没法躲藏,我们整天泡在自己的精气中
她把我的明天,设置在她的背后
走过废墟,是一个葬礼的早晨
然后相爱,生育,死亡,再相爱

七

一座城市开始拉肚子,还有放屁
我在她身边,而身边的她就是遗忘
靠近她的影子,孤独弥漫了空气
她送来的药,像帝王的幻想
咽下去,就是活着,而小戈多始终没来
我只能在生病的日子里,纪念佛光
活着,是聚敛谜语的最好时刻

八

不看兵马俑,一个埋在地下的帝国
暴君的无知,是你脸上的红月亮
以一个国家的平常日子为代价
我更喜欢大葱和馒头
植物更迷人,比如盛开的鲜花
不知被多少人爱过,我不敢稳稳挽留
河流的目标,一切变得像旅行
拉手手,亲嘴嘴,走向和平的国道

九

走进你的家，才知梦就是一个国家
戈多不会来的，游戏还没有中断
我们吃着公家的水果，想念别人的老婆
欲望，只是一种姿态，一个眼神
而活佛之死，牵引着她的命运
杜拉斯的情人，是战争和性
电话响起，不是博尔赫斯的日本妻子
是她的爸爸，在恋女中度过一年又一年

十

她洗澡，隔着肉体的门，留给我的是幻想
性的微尘无理性地穿进来，快乐的独身主义者
在我的视野之外，展示着裸体的青春
湿漉漉的水声，像肖邦的音乐
夜色真温柔，而欲望却如残阳
她穿着洁白的连衣裙，从水中走出来
我们去吃饭，吃掉空中的白云

十一

走过东大桥，就是日本料理
一对英国情侣的尴尬
落在她的胸前，像脚下的污点
卡夫卡仿佛对她说："你不干净的，
是心灵的污迹。"吸完最后一支烟
我们走进长安之夜，一个西安人
对另一个西安人说："你不是西安人！"
她站在十字路口，用整个胸部说：
"走过那个十字路口，就是你住的建国饭店。"

骑 兵 营 地

王小末

登上一座缓缓隆起的山坡,便看见了
那时,枯黄的草茎上铺着蓝色的寂静
太阳坐在风的上面,安详又柔和
我感到有细细的马鬃拂过额顶

我感到有两片秋水倒映着北方的雄阔
他们说:这就是乌拉斯台
哦,一块狭长的狭长的谷地
这谷地连同它的名字很早就被
  放置在马鞍上
云起云落,一柱岁月的尘烟瞬间旋起
于是,我就专注地看那些土屋和马棚
以及

草垛。那草垛犹如胖胖的冬天
庞大而稳固,我便想到
好多的马匹呵好长的路呵多少个神奇
炊烟从事物的深处升起,升起就散了
秋风里总有化不开的怅然
隐隐地,马粪的气味逼来,以后
我们将在这样的气息里做梦,书写家信
谈论姑娘或者想一些美妙的事情
兀然,一声嘶鸣从地缝里拔起

荡气回肠,把不安的血流引向一片苍茫
……那一天大概是个节日
落日的柴薪燃尽后,老夏已经醉了
他被歪斜的门框吐出来,踉跄着扶住
钉马掌的木架撒尿,哗哗地,声音很响
那时他说:王……你要当个……呱呱
　　叫的骑兵
那时天完全黑了
星星泛出鸟蛋的光泽

老夏是整个营地的骄傲,是风中的精灵
他在镫底藏身,在马背上倒立
他的步态已惨不忍睹,像只可笑的鸭子
他是个呱呱叫的老骑兵

后来我调离了营地,骑兵的梦
像一块浓云一直罩着我,罩着
一个深深的深深的遗憾
离开营地那天,我在坡顶上长长地学了一声
　　马嘶
眼眶湿了
我终于没能成为一个呱呱叫的
　　骑兵

高 原 之 路

王小未

在深沉的惊愕中眼睛急速地放大
巨蟒翻动,被一颗坚硬的心撞击着猛烈翻动
牵动了高原所有起伏的曲线
赤岩塑造的精怪已听到它的喘息如一种歌声
如翻腾的野水,勃发出岁月的骄傲与悲壮
　　高原之路啊

唯一静默的是摩天之冰峰
作为莹洁之碑它展示美好的终结握住无数秘密
导引金色之瀑并暗示雷阵一次次轰响
为道路的哲理制造磅礴的气势
永不低沉。永不空洞。即使圣者也将俯首倾听

黑色的大雕——你这孤独的行僧将忆及什么?
你的铁喙在落日的边缘嚓嚓地磨响
犹如钝锯在肢解一具僵冷的死尸
于是万山在流动之美里抑郁漂浮
岩洞的独眼圆睁
有毒的雾岚聚散
陡壁下飘曳的绿火焚烧雄驼凄厉的嘶鸣
褴褛的朝圣者
你们坚强而又软弱,你们高大而又渺小

你们额头之血点染斑斑点点的紫苔
你们的颅骨像一只只木碗在风中滚动
昆仑的神话苏醒时那一群军人面带微笑
"我们将死去"
于是玉棺在玉龙之河的源头
隐现、晃动
他们的颧骨高突,须发生长成不毛之地的春草
他们的牙齿锐利,血色的目光编织东方的霞彩
大高原,在熊熊的思想之火里冶炼
造山以来的构造哗啦哗啦地轰响
在花岗岩的气味里
他们的名字庄严诞生

现在我看见锤声凝成的果子悬挂云空
看见篷帐幻化的莲花盛开于雪线以上
不断地诱发更为深沉的想象
他们的面孔雕琢在山崖被变幻的季节一次次复印
眼睛里射出迅疾的猛禽也飘出藏民洁白的哈达
高原呵——在你汹涌的活力中
太阳像一只涉水的金兽狂吼着扑向最初的设想

人们——你们究竟受何种启示而来?
    你们究竟梦见什么而来?
抚摸着一块块路碑的脊骨
生命的暗锁一把把打开,奇景广阔地展现
高原之路穿过迷茫穿过忧患穿过最初的欢乐
在崇高的目标上
眯缝着一双洞察世界的眼睛

人们对筑路者的纪念便是奋进
高原之路的故事不会结束血不会结束
在深邃的河谷,巨大的回声越过背影横扫大地

制 高 点

王小末

一

"我们必须占领!"

一个点。一粒魔珠

一张发怒的地图

牧笛斜插在牛的骨缝里

失去方位。石翁说

　　枭雄登碣石东临沧海

　　军师挥泪在九泉

鼓角正酣,硝烟在军帐练习狂草

兵书是一艘不沉的船

将军说:"我们必须占领!"

一句誓词

照千年关山

二

月白风清夜

独步西峰

石上不见棋路

青苔暗生。低声唤

千里白鹤归心

袖中有丁冬水声

手如莲瓣

握一缕清冷意念

回眸处，一剑石下成泥

幽谷草虫低鸣

三

铭文构成背景，山峦震颤

他们仰天而歌，而醉，崇拜兽王

太阳的腹腔里正回荡雄性的嚎叫

火焰以巫婆的手段

廉价地收购了这个柔嫩的春天

大地的祭台

缓缓隆起

接近天空的人们

眼里倒出受惊的蝌蚪

蠕动腾越、翻滚攀缘

保持着祖先捕猎的姿势

脚踝上，缠满樟树的梦呓

四

另一空间，胴体幽深

欲，光色，誓愿纷呈依旧

发令枪原是自己扣响

搏斗厮杀的时刻往往假寐

无形的攀越，秘不示人

气候围绕着山峦急急转动

候鸟猛然飞走，在战场以外

啄食春天的云朵

一部书，有关生殖繁衍

摊开在芳菲河洲

老兵的脸上漾开温煦的微笑

他的山峦上

鸟正在清点树叶

五

在制造死亡的高度上，他们

重新找到自己的眼睛、鼻子、嘴

找到渔夫撒网的姿势

　　海风呼应的渔歌

找到通向雕像的甬道

云飘雾涌

擦拭着肋骨的铁栅

东南西北的聚光灯，探照着

一只巨鸟的舞蹈，舞蹈中的命运

放眼望，袖珍的房屋袖珍的人

这架大山

原是扣着的钟

怒放在高处的新疆

王　锋

序　诗

新疆海拔之高，高至极，世界驰名；雪莲怒放，绚丽雄古，高至极；

它是无根之树，它是无石之山，它是无名之雪，它是无形之水，它是无蹄之马，它是无翼之鹰，它是无心之人；

它是怒放在高处的新疆。

之一：高山·白雪与雪莲。孤傲的雪莲，它散发出呛鼻的山水之气，沉重地向四方漫压。风是高山从遥远之地租来的大氅；风是白雪从低洼之地借来的大扇。石头是它凌厉的骨头，白雪是它纯净的血液。而风始终无影无踪。

风过之后，雪莲凸现。它的根在石头里，又没有扎进石头，与石头磕磕碰碰；它的根在雪下面，又没有泡在雪里面，与雪水躲躲闪闪。在石头和白雪之后，孤傲的雪莲，散发着呛鼻的山水之气，沉重地向四方漫压。

它不是高山的也不是白雪的，它是自己的。

它是新疆独有的诞生，诞生的也是新疆。

之二：草·树与雪莲。凝固的光，怒放的光，一般人看不见的光。草和树是山水病愈的后遗症。病的坍塌里，灵魂跑散。健康的高山和白雪，没有草没有树，只有它自己，就像雪莲自己怒放自己。

雪能拒绝山的什么？山能拒绝雪的什么？山是石头的凝固；雪是清水的凝固。在雪与山之间，也有一种凝固，它是石头的凝固也是水的凝固，它是金属般的凝固，它是雪莲。它坚定，它不怀疑自己。

它不是石头的凝固也不是清水的凝固,它就是雪莲,自己凝固的自己。

还记得那跑散的灵魂吗? 它是神的收留。

以光为速度,借光,喊光,吃光,成为凝固的光。

凝固的光,怒放的光,一般人看不见的光。

之三:鹰·马与雪莲。雪莲说:我是光的高度,既有奔腾里的软,又有飞翔中的硬。鹰是天上之马;马是地上之鹰。

天空平坦绵软,用羽毛就可以飞翔;大地崎岖嶙峋,用骨头方能奔腾。

天上的马对地上的鹰视而不见,地上的鹰对天上的马视而不见。它们同时看见了静止在那里的雪莲。

马说:静止就是一种高度的奔腾;

鹰说:静止就是一种高度的飞翔。

马说:我奔腾的高度就是骨头的软化;

鹰说,我飞翔的高度就是羽毛的硬化。

雪莲说:我是光的高度,既有奔腾里的软又有飞翔中的硬。

太阳点点头。太阳对面的天山摇摇头。鹰腾空四蹄飞奔,马伸展大翅飞翔。在高地上只剩下雪莲。

之四:人与雪莲。雪莲怒放的地方雪莲呼吸的地方,海拔很高,这个高地叫新疆。站在新疆像站在平原的楼顶上,而自己的楼顶上就怒放着雪莲。

新疆的瘸子也是高地上的瘸子,新疆的傻子也是高地上的傻子。新疆的孩子也是高地上的孩子。在雷霆里,西风长驱直入,新疆的瘸子会不择手段地治好腿疾,新疆的傻子会不失时机地治好脑疾,新疆的孩子们将成为高地上的巨人。

这是正在升高的梦呓,带着诗人的童心仙人的神性,它是诡异和率真的交合,它呼吸着,像雪莲那样静止不动。而雪莲早已在特定的环境里,以仙人之法诗人之心,绚丽地怒放在高处。

雪莲怒放的地方雪莲呼吸的地方,海拔很高,这个高地叫新疆。

之五:人与鹰·马。那是我们在高处的天空奔腾和飞翔。

人就是我或者我们。鹰和马就是在新疆的我和我们,平原上的朋友和凹地里的朋友仰望新疆,不是那么傻乎乎地仰着脖子梗,直到脖子梗发酸发麻。他们很聪明地想念新疆,想念在高地上的我或者我们,想念我们之中的鹰和马。这块高地上,除了雪莲,就是鹰和马。

平原上的朋友,看到了高地之鹰高地之马,那是我或者我们在高地上奔腾在高地上飞翔,在高地的天空奔腾和飞翔。

奔腾的石头。

飞翔的石头。

静止的石头。

呼吸的石头。

我和我们。

鹰和我和我们。

马和我和我们。

在高地被平原上和凹地里的朋友想念。

之六:人与草·树。朋友的高地是秃薹的大山;是一毛不长的大山。

高地的软体动物和木本植物令高地摇摆。山下的朋友和雪线上的朋友说,新疆怎么这样休闲和倦怠。草业和木业是撕人心肺的失眠,高地上的酒店也成了奔腾的马匹和鹰雏,将寂静的正午做成寒冷的晚餐。

草刺穿了一个人。树刺穿了一个人。

高地的浑浊里,我对朋友说:"哪有人倒下?"

草刺穿的是一片草;树刺穿的是一片树。

病人的高地是茂密的草树

朋友的高地是秃薹的大山,一毛不长的大山

朋友的新疆,寄住在新疆

之七:人与高山·白雪。神在其间把握着新的海拔。

人就是高山,人就是白雪。这是高地的忧患意识。这是自发的世态人情

没有人的高山才是高山,没有人的白雪才是白雪

有人的高山不是高山,有人的白雪不是白雪

山下站着一个人,雪上站着一个人

山下埋着一个人,雪下埋着一个人

人的魔术是高地的风景,是马的飞翔是鹰的奔腾

只有高山才能容得下马的飞翔

只有白雪才能装得下鹰的奔腾

奇异的高地。奇异的飞翔。奇异的奔腾

隆成新的高山。造成新的白雪

神在其间,把握着新的海拔

之八:新的海拔里,雪莲如是说:山一定要高,山高则神。

高地怎么变了,原来新疆的海拔又升高了。"自己凝固自己"的雪莲,没有依靠高山白雪,也没有依靠草和树,也没依靠鹰和马,它依靠光腾开的空间舞蹈着歌唱着。它说我这辈子只碰到过两个人:一是掌握情感的诗人,二是掌握法则的仙人。那么神呢? 神在诗人与仙人之上,或者是诗人与仙人的统一。

新疆之巅立一碑,碑文如下:山一定要高,山高则神。

在无依无靠的空间,雪莲像神一样怒放。

之九:海拔高了重看山,海拔高了重看雪,雪莲依然怒放在高地。

无石的山上无名的雪里,雪莲怒放;高地的马和鹰无翼自飞无蹄自奔,围绕雪莲的怒放。而雪莲的神秘如它的气息,缥缈和高远,造成虚无的存在,袅袅地从我和我们的眼前上升上升。它路过高地,还回头看了我和我们一眼。我和我们再看雪莲时,它已隐去了身体,成为高地上存在的虚无,只剩下透明的空间,只剩下鹰和马衬托的海拔,只剩下海拔衬托的雪莲。

之十:雪莲怒放,怒放在神的心窝。高地上的新疆是神的心窝。

我和我们都是无根之树和无心之水变成的无心之人。我和我们的心都在诗人和仙人那里存放。我和我们不要心,就是为了让怒放的雪莲成为我和我们的心。雪莲却不成为我和我们的心,它怒放在神的心窝,成为神的跳跃。那是一个水晶的空间,雪莲的心跳轰然而响,而心窝之高,无法企及。

高地上的新疆是神的心窝,雪莲从来就怒放在这里。

怒放在高地上的新疆。

尾　诗

新疆海拔很高,高到极,世界驰名。无根之树、无石之山、无名之雪、无蹄之马、无翼之鹰和无心之人,才可以造极。

神说:给新疆一种意义吧! 雪莲。

人说:雪莲就是新疆,怒放在高处的新疆。

秋天的向日葵

王　锋

一

恐惧的秋天,向日葵转变了性别
她脱掉高跟鞋,把脚丫插进泥土
脚趾的骨节咔嚓地响成一片
她令忧伤丰盈,令疼痛下沉

天空像一个透明的高脚杯,等待她
端庄地走进去,没有过程
风打破宁静,秋天很自信
躺在杯中偷听,肉皮离开骨体的声音

她手牵手地站在天空,举着脚
高跟鞋早被声音覆盖,没有踪迹
脚趾成熟地糜烂了,泥土很古典
枯干的葵叶上面,阳光在舞蹈

黑夜多灿烂,闪亮着沾满火色的籽
她颤栗地穿上鞋,秋天在鞋底擦着了火
她像火轮,围着太阳高喊,她要爆炸
要解除多余的物体,与太阳结为近邻

二

天上有个太阳，地里有棵向日葵
谁是谁的影子，谁在照耀着谁
秋天的澎湃，秋天争夺太阳和向日葵
像争夺金色的头颅，争夺鲜活的生命
秋天像个法师，主宰着大火
让太阳燃烧，让向日葵燃烧
在天地之间铸造偶像。秋天
一边站着太阳，一边站着向日葵

空气死了。营养死了。风死了
火的凝固。火的形体。火的站立
纷乱的空间别无具象，向日葵
坚定地站直了身体，昂起金盘

三

奶白色的落地高窗，米黄色的屋顶
玫瑰色的阳台，晶莹的墙面
和一个女人，向日葵热烈地簇拥
诗人的别墅在烈火中建造、诞生

如果天不作美，阴雨霏霏
这座别墅就在大自然里桑拿、洁净
诗人的别墅在女人失恋的泪水里漂浮
然而，向日葵的火焰安然扑前扑后

秋天，向日葵是一位诗人的焚烧
北极的冰山和南极的漆夜难以镇服他
在别墅和女人的废墟里，他却健康
隐匿的诗人，就是秋天的向日葵

冬天的太阳

王　锋

封闭的阳台挡住了呼啸的北风
我有烈酒和锅炉，以及火一般的爱情
依然寒冷。寒冷的心阴郁地向上攀登
寻找太阳。太阳呵，你在哪里？
离我甚远，肉体难以感受

在黎明和黄昏，在正午十二点时光
从我头顶上慌乱走过的光芒
成为我道路的神灯和意志的圣火
成为我抽象的景仰，凝固在我血中

在纸上记录太阳对我残酷的厚爱
我是大欠阳光的人，我要大口吞吃阳光
驱散我的冬天，照亮我的坟地
成为嘴巴冒火头上冒烟的透明人
我死后，骨头也会见到阳光，萌发
一片嫩芽，让更剧烈的阳光照耀它们
停留在它们上面，成为许多活人嫉妒的黄金

木扎特河谷的马

王　锋

前面有望远镜和将军,后面是分队和武器
之间是马。背上驮着帐篷干粮,以及水
我们顺着河谷,沿着山崖去汗腾格里峰

马很大。它行走在倾斜的石坡上
它负重。它喘息挣扎,铁蹄扑打石面,火花闪闪
左边是危崖,右边是深渊,它不恐惧
蹄下一片火海。而背上的驮重却稳若泰山

在帐篷里。我们吃上了干粮喝上了水
马,露天而立,它不嘶鸣,远望着我们笑
它要把嘶鸣发放在汗腾格里的雪光上

喀拉库勒的冬天

王 锋

脉脉的阳光下，喀拉库勒张开了巨嘴
一段可以用心交谈的音乐明亮又坚硬
秋天面黄肌瘦，秋天死得很彻底
只留下一排一排洁白的牙齿，守望着大地

黄黄的阳光下，喀拉库勒眯起了眼睛
鸟儿们在树上，像一枚枚风铃丁当作响
羊儿们像一队队清贫的行僧，轰然失去
信仰，丢下一地骨头，远去了，升天了

喀拉库勒的冬天。种子像石块一样裸露
天空被鹰的翅膀打扫干净，春天的
庄园就要建造起来，人们的心搏像春雷
一样轰响，冬天在鹰的爪子上颤抖

阿依古丽坐着马车

王　锋

三月,阿依古丽坐着马车打我的城市走过
风雪之行像一件用玉雕制的玉器
她的马和她的马车和她的视线
发射出玉色的光彩,玉色的回眸
掠过微绿的树梢,忘在乡村的情书
如一条潺潺而逝的河流,顺着玉器拉出涟漪

十月,阿依古丽坐着马车打我门前侧月而过
一车玫瑰开得城市寒意寂寥
待嫁的日子与她的马车日日相撞,而手
却揉碎花瓣一路撒开,泥泞的花雨
把最初的开放遮盖在忧伤的阳光里
玫瑰花装满车,玫瑰花插满头,她到哪里去

三月是一车玉器,十月是一车泪花
都有她的乡村和城市,都是我的思念和叹息

中 亚 一 日

王 锋

中亚的名称来源于理论和地理的压缩
压缩成两个小小的方块字。中亚很大
跑死马,飞死鸟,列车要走好多天
中亚的城镇像一小把米粒,撒在灰色的大布上
人口就像小小的细菌穿行在米粒里
大片的灰布就是沙漠(至少是荒漠)
在中亚就靠一种心情活着
悠闲的心情里,品着水品着地图活着
一活就是几十年,许多人都在本地活着
从来没有离开,没有离开乌鲁木齐和阿拉木图
没有离开准噶尔盆地和塔里木盆地
没有离开巴尔喀什湖和博斯腾湖
没有离开额尔齐斯河和塔里木河
而中亚的一天当中,我却干成了许多事

所有的树都集中在黎明的鸟鸣声中
鸡也一起叫,在中亚的黎明里
正午在这一大片沙漠里特别柔美
阳光找到了每一个对应物
树的杆和叶片,鸟和鸡的眼睛
满地的沙砾,还有风都在闪亮
另一种感觉,在正午也有意思
一大片阳光像一位少妇躺在中亚

松塌塌地在沙漠上晒太阳
傍晚的中亚里,先去上厕所
再上床睡觉,什么就不知道了
中亚一日,就是我的平常生活
我生活的这个地方就是中亚
中亚很大,但这一天就这么多

楼 兰 干 红

王 锋

火洲的火焰。在火洲,没有闪动的火焰
而凝固的火焰却遍地行走
楼兰的爱情那样顽固,高潮迭起
一直在这个世纪流传

克里木临行前栽下的那棵葡萄苗
由于阿娜尔汗引来雪水把它浇灌
它依着阿娜尔汗的肩膀长出绿蔓
在阿娜尔汗的抚摸下果实累累
这时候。阿娜尔汗的心里着了火
烧熟了葡萄。葡萄像火种。延成火洲
烧焦了柏油路,烧干了艾丁湖
烧透了县市和乡镇,烧甜了葡萄园
爱情之火,不会停歇。克里木没有在前线的火海里
受伤。而在火洲,为爱情遍体鳞伤

在火洲。一种流动的火焰正在流动
最后成凝固的火焰,像爱情的酿育那样复杂
像液体的储存那样平静
凝固在瓶中,遍地行走
而中亚和远东正在着火

鹰把天空还给了天空

王　锋

一

高空的翱翔,半空的俯冲
地球的搏击,鹰所有
如今天空空荡,白云悠然
白云与天空一样干净
鹰的逝去使天空干净
是鹰把天空还给了天空

笛音,是鹰笛荡天
鹰改变了飞行的形态
笛音漫天,我看见干净的天空
鹰在翱翔,它把俯冲和搏击
留给了大地,留给了我

二

一只蝗虫或者一群蝗虫飞过
净空,清风变得昏暗
像一些沙砾把净空划伤
白云也变得乌黑不堪

当偶尔的净空属于它们蝗虫

434

它们会把身体内外携带的东西
留在净空,与净空格格不入
净空像毛玻璃一样,透光不透影

三

无形之心,巡回净空的时候
净空时而亮丽,时而
阴郁,透出"有空乃大"的禅悟

无际无边的净空,还不够大
无形之心,乃大
无形之心,巡过的净空因而乃大

四

一只花蝴蝶或者一群花蝴蝶飞过
净空,白云拱手相让
清风毅然消踪
净空,变得花哨,五彩斑斓
春天的花朵由此怒放
飘然成风,大地如笑
绽放秋天丰饶的硕果

五

最终的鹰,从鹰笛里飞出
它的身体就是大地上的这根鹰笛
它的灵魂就是这根鹰笛满盈的旋律
它在半空俯冲
它在高空翱翔
灵与肉,努力变化的飞行
使净空永在,使飞翔永在

叶尔羌的鲜花盛开

王　锋

在塔克拉玛干深处的叶尔羌
鲜花的盛开在花托里进行
盛开的鲜花,比狐狸要狡猾
她们秘密地哺育着叶尔羌

一只狐狸在奔跑,高扬的尾巴指向
十一月的叶尔羌。如一个空空的杯子
期待天神,赐满雪水,赐满阳光和火种
杯子就是天书里的花。矫情涌溢
诗一样的组合,叩开了岑寂的荒漠
脉管里流淌的声音站了出来

·

一只狐狸在奔跑,高扬的尾巴指向
十二月的叶尔羌。坚硬的花刺刺伤花托
花托眨了一下眼睛,抖落了霜的欺凌
无花果的花托,是世界最大的胎床
空空的胎床上,掉下了许多坚硬的花刺
这些花刺,面目光洁,神情凝重

一只狐狸在奔跑,高扬的尾巴指向
一月的叶尔羌。鲜花在睡觉,灰白的嘴唇
像一把铜质的铃铛,没有温情

不能把困倦的睡眠惊醒在雪的祝福中
晃动的东西都是看不见的意义
花托在拍手，她要寄托和孕育

一只狐狸在奔跑，高扬的尾巴指向
二月的叶尔羌。荒原上没有耸立的雕像
大树里鲜花在复苏，花托是坚定的英雄
早春的荒原产生着几分肃穆
一个伟大的诞辰就要来到，影响
候鸟的羽翼，不会在此栖落

一只狐狸在奔跑，高扬的尾巴指向
三月的叶尔羌。荒原上萌动绿色
花托像一顶一顶的草帽，依风舞蹈
腹中的儿女长齐了眼睛和小手
他们向外探头探脑，打听情讯
抚摸和凝视停在了花托里

一只狐狸在奔跑，高扬的尾巴指向
四月的叶尔羌。花托站满大地
在婆娑的叶子底下，花托的肥胖的问候
在月光下蠢动，含着颤抖和惊怕
鲜花在热瓦甫的弦上就要绽苞了
先绽的缝隙已流出最早的春潮

一只狐狸在奔跑，高扬的尾巴指向
五月的叶尔羌，五彩缤纷，五光十色
花托里的喟叹不再是昨天的故事
鲜花在小雨的恩典下，花色欲滴
像黄绿的天边，浮动彩云，飘飘悠悠
鲜花层层叠叠，铺天盖地，遮住花托

一只狐狸在奔跑，高扬的尾巴指向

六月的叶尔羌。鲜花乘风,跳进湖水
睡莲一般醉倒在丝绸一般的水面上
成为一种记忆的摆设和迷人的风景
清风不去,鲜花手臂招摇
而芳香凝固,在林子里气化成炽热的夏天

一只狐狸在奔跑,高扬的尾巴指向
七月的叶尔羌。天上流火,叶下火流
花托的盛开,收容了火种,火种燃烧
火在鼓面上跳跃,火在琴弦上踢踏
火在麦西来甫里成为经典民歌
火在鲜花里闪烁,吐露清新

一只狐狸在奔跑,高扬的尾巴指向
八月的叶尔羌,鲜花开道,拥向天边
花托像一个巨大的绿草地
奔腾的骏马,蹄声打火,火星点点
鲜花的心意在民间的脸上,花雨纷飞
知情的羊儿,两眼含泪,浑身披露

一只狐狸在奔跑,高扬的尾巴指向
九月的叶尔羌,花托里的宁静
锄头靠在木栏前,镰刀挂到门槛边
木轮车下的狗也收起了舌头
鲜花的灿烂在正午的骄阳下掩面而憩
鲜花的盛开即将成为永恒的盛开

一只狐狸在奔跑,高扬的尾巴指向
十月的叶尔羌,金色的丰收,响遍花托
花托透明可见,刀郎舞粗犷地啃着果实
金色的丰收,金色的童话,挂满眉梢
无花果比肩接踵涌来涌去,浓郁扑鼻
叶尔羌的鲜花,是无花果的装扮

叶尔羌是塔克拉玛干的鲜花盛开

人们的劳动,稼穑和谈笑都鲜花盛开

人们的爱情,跳舞和唱歌都鲜花盛开

人们在树阴下制作酸奶,在小窗前缝制花帽

在葡萄架里修制地毯,在火炉边打制刀具

……都鲜花盛开,香飘万里

在纯净的时空里,鲜花的盛开,甜润不已

在阳光的烂漫里,鲜花的盛开,惊讶不已

在镜子的照耀里,鲜花的盛开,羞涩不已

在诗歌的海洋里,鲜花的盛开,激动不已

……比天空和诗歌更加高远

鲜花盛开的叶尔羌,鲜花盛开呵!

建 设 饕 餮

王 锋

一

史前在麦粒萌芽的踌躇里睁开眼睛
铜鼓就迸射出狞厉的烈火
我恐惧、想念和盼望的金石时代隐现了
饕餮就深藏在这个时代的诗意里
在漫长的白天,麦粒的浆液滚动着惆怅
在漫长的夜晚,麦粒的抽穗摇动着胆怯
铜光四迸的怪物,张开血盆大口
在白天和夜晚留下了铜腥的伤痕
这好像是一股神赐的力量,令人心疼
它的阴影在大地的轮回里久久闪现
细细的雨丝掉进了泥土,种子在酥软的
空气里长出了小手。黑甲虫爬上了手臂遥望
月光下的桃林,那一片一片的霞是月亮的启示
息息相连着昙花一现的天才,天才的思索
在夏天的腑脏里,躁动着温软的纠缠
铜光。狰狞。獠牙。鬼怪。夜叉。光环
刀剑。灯盏。心肝。大腿。智慧。黑暗
在我的手心一次一次展示。生命的诚意
就在饕餮暗随的征途上

二

黄天的信仰,在铜光的照耀下
饕餮摇头晃脑,在铜光的照耀下
饕餮前走后飞,在铜光的照耀下
饕餮在散开的石片间走得很远
它吞噬粮食,粮食就更是丰登
它吞噬泥土,泥土就更是肥沃
它吞噬金属,金属就更见坚硬
它吞噬真理,真理就更见逼真
它吞噬谬误,谬误就更加失误
它吞噬感性,感性就更加性感
它吞噬黑暗,黑暗就更加黑暗
它吞噬光明,光明就更加光明

吞噬者叫饕餮,它无所不噬
它不论腥臭、软硬、明暗和长短
它不知饥饿、冷热、稀稠和深浅
它与一切都是噬与被噬
它碰到什么就吞噬什么,吞噬美
让美更加美;吞噬丑,令丑更加丑
吞噬善,让善更加善;吞噬恶
令恶更加恶;雅与俗,风与山
铁与水,雨与石,雾与峰
共存共亡,饕餮从不轻易放过
它让一切达到高度,更见完美
在饕餮横行的混沌时代
疯狂的生命,制造石器。铜器。骨器
漆器和陶器,图腾于性器
遮羞的麻片,简明的房舍,语言和禅让
都井井有条,没有私欲,更没有歹意
生命一无所有地被饕餮驱赶着往前走

三

史后,理性诞生了;饕餮走远了,化石了
理性代替饕餮统治在意识形态
在编钟和玉磬的混响中
理性睡熟了,即将成为糜烂的果实
虚荣还不够强烈;纤弱的还没有到达
忧伤的,欢乐的,压抑的,奔放的:
贫困的,富裕的;优秀的,丑陋的;
……都欠火候,都在自己的范围里疲软,
饕餮成了化石,石中有铜,铜铸火炉

快! 快把那些在理性压制下的事物
填进熔熔的火炉
让它们到达硬度和硬度的顶峰
让这些事物富有名副其实的领地
让这些事物在个性的风格里成长

四

这是一种理性的整理和茫然,乃至空泛
眼前剩下的只有一片被理性统治的水域
平静的水面上,烟波浩渺
虚掩了我的高地,我的高地泡在水中
但是并不空泛,饕餮从水里探起头来
水面上溅进了一层金光四射的水花
饕餮步上高地,扭头四望,它发现了自己
它宣布,上一个朝代过去了

一个新的时代将在它的意识和安排下诞生
我迅速整理我的身体,显出和缓的样子
我就迅速地融进了饕餮巨大的肉体

442

成为了它不可分割的一部分
无论我在哪里蠕动，它都能明显地感到
我是它不可分割的一部分
它的头颅、心脏、尾巴、鳞片和毛须
带动了它的感情、理性、意志和勇敢
这是被我重新组装的饕餮

这个时代和它同步的城市没有看见饕餮
它在这里的肉体是一种轻烟，灵魂更见抽象
可谓烟中烟了，烟与烟叠加在这个时代
生成着许多有利于理性的矛盾
男与女。老与少。生与死。吃与屙。干与湿
大与小。高与低。长与短。真与假。灵与肉
权与钱。贫与富。是与非。廉政与腐败
道德与法律……形成了大大的一个方舟
或者营养，令饕餮优越地生活着
表面上看来，仿佛饕餮寄生于这些矛盾之间
实际上饕餮是事物之间的规律和内部联系
是一个枢纽，一个圆心，一个重心，一个平衡
一种四通八达的力的散集地
它已在组装矛盾，制造矛盾
成批成量地组装和制造，撒向这个城市
让事物与事物，人物与人物之间瓜葛千重
复杂而不单调，困难而不简单，顺利而不盲从

饕餮在背后主宰时代，在看不见的地方暗自发力
天上的星星那样不烦地眨着眼睛
月亮的眼影也双双地望着人间，红红的嘴唇和白白的牙齿
我们的时代，抽象的饕餮在想象里
具体的饕餮在眼前奔走和跳跃
狼是四条腿的饕餮，它贪婪无度，与我们抗衡
虎是狼的亲属，它以权威的身份在占领地盘
成为山大王，成为我们看得见的饕餮

虎狼吃掉了多少只兔子和羊,令人害怕

虎狼吞掉了多少个草原和山林,令草原和山林

来不及打盹,鳞鳞白骨旁卧着饕餮的后胃

后胃更加贪婪无度,是我们这个时代的隐患

它们的欲望再也不能从肚间排泄掉

也不能从尿道流出来,都在心库储存

转化成色素和凶残,本性和狡猾

绿荧荧的眼珠,钢钎般的牙齿和利爪

张着充满肉腥味的血盆大口

都成了阳光下的权威和武器,重大的遗传和发明

五

软的继续向软的境界转化,这是一种硬度和顶峰

硬的沿着硬的方向坚硬下去,这也是一种硬度和顶峰

我们理解了史前的血雨腥风,理解了饕餮的贪婪

我们明白了史后的明智,理解了和风细雨

更加关注软的境界,向软的方向软化下去

到达软的硬度和软的顶峰。水多软呵,风多软呵

雾多软呵,云多软呵;被它们象征的女人

多软呵,她们捕获男人不用刀剑和长绳

她们把满身的媚意和妖气,通过软软的

眼神传递,坚硬的男人就不请自来

被它们象征的思想多软呵,软里软气

的《礼》和《中庸》,扶着坚硬的国家走完了

上下五千年的路;地球也在这些意境里软化

春天多风,秋天多云,夏天多雨,冬天多雪

自然界四季分明,人间只有一个季节

或四季常春,或常夏,或常秋,或常冬

特别盼望饕餮再生,吃掉这些季节,全部吃掉

让我感到不灭的太阳,像黄绢一样披在身上

六

掠过天体和草原

城市的饕餮已被我们这个时代哺育

在组织里，在部门里，在公司里，在单位里

它们的胃和消化系统已经退化

但意志和野心正在扩张，像无可抵挡

的洪峰浊浪，扑面而来

啃噬摩天大楼的根基，啃噬着立交大桥，啃噬银行

啃噬保险公司，啃噬财政局，啃噬着农业和农牧民的手脚

啃噬利用这手脚劳作而得来的血汗

啃噬我们这个时代的根本生命，它们含而不露，胆大包天

没有什么猎枪能瞄准他们的心脏

也没有什么仪器能透视到它们的心脏

捆绑饕餮的镣铐早已打制成功

科学的仪器和高级的侦探

只能满脸困惑地在镣铐边叹息

七

在一望无际的大街上，人像一节一节的车厢

轰轰隆隆地开出了森林，开进了街

我忽然想起了《人是机器》

想到水泥、钢铁；大米、圆木

肆无忌惮地在我的路途里碰碰撞撞

想起了 VCD，MTV；想起了模特儿和张开的嘴唇

为所欲为地在我空空的钱袋里挤来挤去

想到了技术和技术职称；物质果皮

与我擦肩而过，嬉笑我的迟疑

我想我是机器，为什么不把它们都加工掉

把它们送到它们该去的地方，送给饕餮

如果饕餮懒得张口,就算它们幸运

它们应该去擦皮鞋,收破烂或给厕所站岗

它们红光满面地活在政权里面

背着天良,吃政权的,喝政权的,拿政权的

它们简直是一群政权的乞丐,穷要饭的

如果它们要失掉政权,它们就是垃圾

八

光明的天桥是饕餮巨大的骨骼,它撑起了我们的城市

让城市成为它消化的食物

成为它的细胞,与它自己融成一体而不分割

黑暗的地下通道像通畅的血管,联络每一个致命的部位

它的血四通八达,影响着城市

走在天桥上或走进地下通道

一种深深的潜伏感遍布心头

我找到了它的机关和要塞

我准备的匕首和猎枪呢? 我的红外线狙击步枪呢?

我的TNT呢? 我的火箭筒呢? 我的大炮呢? 我的坦克呢?

我的兵工厂呢? 我的指挥部呢? 我的参谋长呢?

我的暗杀呢? 我的规模化战争呢?

然而,饕餮也不示弱 在它的空地上也排满了火箭炮

飞毛腿组合导弹以及无声的刀箭。我的警察难以把它征服

我的部队难以把它消灭掉

我的城市的骨髓也抽空了

都是它的细胞在里面运行操作

不到修理厂不知道病车之多

不到出版社不知道病句之多

不到医院不知道病人之多

不到政府不知道病官之多

饕餮早就隐入我们这个时代的这座城市

它变性，令我们麻醉或麻痹大意

它淡黄色的长发下面，温馨又狡猾的眼睛里阴谋四伏

它白嫩的肤色下面，骚动不安的因子

它染红的脚趾下面，多少复杂的言语妙不可言

它昏暗的客厅里，多少金币在暗中闪烁

它玩世不恭，令事物显露本质，早早灭亡

季节的衣装和裙裾、动物的裸体，早早灭亡

成熟的思想，早早灭亡

它是一种名词，名词就生机勃勃

它是一种数词，数词就成千上万

它是一种副词，副词就有时空、范围和身体

它是一种介词，介词就有音乐的节奏和迷人的旋律

其实，它更是一种量词

有标准，有内容，有方位，有深浅，有爱憎，有美丑

它是巨兽

无时不有，无时不在，无时不来的巨兽

饕餮的动词状态是最值得研究的学术论文

它是社会现象，它是官场现形记，它是腐败记

被动的时候，它烂衣烂衫，破衣破鞋

就因为它被动，它就目光呆滞，吞吞吐吐

它就家徒四壁，四处流浪，没有地位

主动的时候，它时来运转，大发威武

它是大仙大圣，大良大善，大美大爱，大政大权

它角挂金盏，耳饰金箔，身垂金链

它肩扛权标，它有意志和雄心，它有魄力

它什么都是，它什么都具备，它什么都有

然而，它却无形无状

巽形？火形？雷形？水形？雨形？雾形？

鬼状？魔状？妖状？怪状？死状？亡状？

它我行我素，聚雷伏火，风雨无阻

它依天依地，降妖伏魔，日夜兼程

它无言无语，它拥有生命的盛大真谛

它无口无牙，它吞噬生命的宏大过程

也包括吞噬死亡的过程

它吃得有滋有味，忘掉了自己

九

我住在二楼。以前住在一楼

这好比是史前和史后，好比是金石时代和滑翔时代

我的房子是悬在空中，我滑翔着陆

看看史前，看看史后；史前史后看看我

一个毛发森然，麻片遮羞：一个面目清俊，西装革履

一楼是野草萋萋，二楼是玫瑰芳香

一楼是石器和修饰的铁器，二楼是白光铮铮

的玉器和书籍，微微灼手的茶器

一定要很聪明地分辨出，哪些是废墟，哪些是别墅

哪些是餐厅，哪些是卫生间，哪些是暴力，哪些是和平

十

一楼和二楼承上启下；又千里迢迢

饕餮的青春和古老，在演变中成为巨大的晕眩

它不请自来。它走着，它舞着，它跪着，它唱着

穿过心脏，我血管中的彩虹，看见了它

二楼和一楼千里迢迢，又近在咫尺

它是被废黜的皇子，有铁一般的纪律和称号

却有像水那样容易失散的命运

它的程序就是一楼和二楼这般相近

它一会儿在二楼闪现一会在一楼掩闭

充分的协调关系，协调看不见的不知为什么的关系

它推敲它整理，它的运动在裂缝里进行

它的内涵像宁静的空气，人类根本无法解释

春天的舞蹈，春天的行走，春天的跪拜和春天的唱歌
谁看见了谁听到了？饕餮在它自己那里发生
在人类的空气里发生，人类习以为常地呼吸
屡见不鲜地谈到空气，但是有谁真正见到过空气
空气的长相、空气的气质、空气的身高、空气的长度
空气的立体、空气的颜色、空气的心脏和血液
谁看到了？我们无法解释；它可能就不在
空气里，可能就在我们的毛孔里，左右体温
令我们凉爽和温暖，令我们感冒发烧
令我们感染病菌，令我们恢复健康
把我们和我们的邻居都感染上大肠杆菌
让我们拉肚子，脱水和呕吐，我们面黄肌瘦
医院里浮动着它的幻影，它通过医生和护士
通过医理和医药代替它，让我们感到它的存在
它存在？"存在"既是存在又是虚无
我们说它没有存在。它就会以"存在"的形式在我们身上
做"存在"的实验；我们说它"虚无"，它就会
以"虚无"的方式在我们身上做"虚无"的实验
让"存在"与"虚无"做一种交配和配合
如果形象的话那么就是一楼和二楼，或者二楼和一楼
穿过心脏，妃子像平民那样，高贵的心脏表现在脸上
柔软的心情里存放着那像铁一般的称号
皇子总在史册的章节里哭泣，挟持着饕餮的影子
影子的软要立足于硬而存在，影子就投在硬质的
混凝土墙上，显得刚直和威风，又有神力
它从一楼到二楼又从二楼到一楼，特别神奇和秘密
就有千里迢迢的感觉和差距，仅仅就从一楼到二楼

在大范围的演变中，晕眩也是一种实验
是饕餮附身显灵的一种实验
就在我们身边和周围存在，或者就在我们身上存在

449

或者虚无。二楼与一楼或者一楼与二楼

就是一种载体，像空气那样，左右我们，影响我们

十一

我循着城市的街道去印刷厂。街道被野草挤歪

看见饕餮就在草中，大义凛然。它饥肠辘辘

它把我吃掉，贪得无厌，它嚼碎我的骨头

它吃的是善良和智慧，是思想的圣明者

我满腹经纶，善良得更加善良；圣明得更加圣明

把饕餮印刷在广告上，撒满街道

我是脱胎的饕餮，我要吃自私和邪恶

我要吃钢铁保卫的贿赂，我要吃空混凝土的心基

十二

我无视技术下的化妆品，电视广告里的商品

无视在时光里逍遥的金钱

我寻找推土机和挖掘机，我寻找空空的集装箱

我要把什么推平？要把什么挖掘？

装进大的集装箱，我要行吊，把它们吊到哪里去？

我要集散地！

饕餮虽然走远了，可是大海没有走远

狂涛巨澜没有走远，风没有走远

……我清晰地看到海线上漂满杂物

——在夕阳的燃烧里化作烟灰，而后澄明

不是我无视这些商品和技术

它们的本质是好的，它们精致细巧玲珑

避孕套和三级电视片，它们的本质也是好的

现在它们正被暴虐、私欲和目的紧紧抓住

它们言不由衷地解开衣扣，出卖肉体和其他

其实避孕套的本质是好的，三级片的本质也是好的

它们的目的都是很明确的，是技术的

春药的本质也是好的

它令性欲新生和再生,它令那些还没有完全

失去性欲的人,兴奋——到达一个新的起点

电动丈夫和电动妻子的本质也是好的

它给寂寞的独生日子带来光合作用

令独生的阴影布满明亮的红潮

妓女也是好的,她是个性欲的社会

在这个能解决性欲的社会里

钱还重要吗?

性欲也是好的,不要性欲社会就不能进步

性欲首先是生殖的前夜,又是维护家庭的金钱

性欲是阳光,比阳光还要强烈的光

它伸进正常生活,伸进工作,伸进健康

在阳光照不到的地方,发生阳光一般的作用

饕餮的作用,在我们的每一个地方发生

经久不衰的动力

十三

街市繁华,人烟阜盛;村落冷清,粮草凋敝

哪儿有饕餮?哪儿是它的家园?哪儿是它的领空?

它的宫殿、餐厅,它的卧室?它的大臣、大将,它的妃子?

它的粮仓、水库,它的市井?它的军队、战车,它的大印?

饕餮离我们这个时代离我们这个城市很近,近在咫尺

又离我们很远,远在天边;它大,大得无形无状、无时无限

十四

在剧院。剧情富于变化

戏剧性地贯穿在这个商品簇拥的城市

大大小小的制钞机和耗钞机

复制和复印了许多商业的情节。商人出没

温烈的火和迅速的电,阴软的水和轻抚的雾
它的存在,它的运动,它的沙漠炎热无比
城市就像一个闲置于路边的茶馆和殡仪馆

休息的时候喝茶,死却的时候殡仪
轰隆轰隆的脚步,是巨兽的节奏,暗示着"大"意
无论什么时候,年月和时分秒
无论何地,东南西北和中部,上方下方和左边右边
饕餮的深藏都没有失去大的意味和大的滚动

建设太难,但是我不难,我的时代不难
建设饕餮不难,它本身就是存在,不需要多少建设的意义
它本身就是意义,不需要附加其他意义
我们用不着苦思冥想地去乱折腾
建设出一个凤毛麟角的巨兽
已经有的事物或者生命,非得毁灭它们重新建设
这是难上加难的,大致上属于非正义

宗教在它的里面深藏着,历史在它的里面深藏着
政治在它的里面深藏着,科学在它的里面深藏着
哲学在它里面深藏着,艺术在它里面深藏着
饕餮与释迦牟尼相遇在天竺的水边
饕餮与司马迁相遇在骊山的秋林
饕餮与拿破仑相遇在奥斯特里克的战场
饕餮与哥白尼相遇在罗马的宗教广场
饕餮与苏格拉底相遇在奥林匹克的山冈
饕餮与莎士比亚相遇在伦敦的歌剧院
影响天文历史、政治哲学、科学文化的东西可谓大神
海阔天空,我们能看见什么?
宇宙无限,我们能听到什么?
空间与时间,无限与无度,有什么依据?
我的朋友和爱人在什么之间?
我的想象和思想在什么之间?

她们的存在有什么依据……

都要依靠饕餮把握和思考

十七

饕餮的传奇、方向和起伏,是民俗之根

饕餮的善良、诚心和朴实,是民众之权

哪里有传奇,哪里就有它艰苦卓绝的创业

哪里有方向,哪里就有它一往直前的精神

哪里有起伏,哪里就有它若离若现的足音

哪里有善良,哪里就有它催人泪下的史诗

哪里有诚心,哪里就有它心潮滚滚的乐章

哪里有朴实,哪里就有它赤足蹦跳的舞蹈

无论是铸在大鼎上的拓首语,还是刻在甲骨文上的尾声

无论是戏剧前的道白,还是小品后的掌声

我们都看到了放逐的饕餮和它的家族

以及繁盛而又流传于世的优秀品质

——这些地球的神奇,太阳系的神奇和宇宙的神奇

巽把它留不住。火把它留不住。雷把它留不住

水把它留不住。雨把它留不住。雾把它留不住

它更不是妖魔鬼怪,恐怖和死亡

在亿万斯年的地方诞生

直到今天,无形无状,无时无限,不受形状与时限的约束

它死亡了? 为什么又活到了今天……

它活着? 为什么无形无状无时无限……

无论是风和日丽,还是阴霾密布

无论是风霜月夜,还是电闪雷鸣

饕餮都是在建设之中生活的

它比《伊利亚特》、《江格尔》、《玛纳斯》古老

它比《离骚》、《神曲》和《失乐园》理性

它是一种游离的精神而不是凝固物质

它是我们这个时代不易发觉又难以设计的大神

我既怀恨饕餮，又热爱饕餮

我们既想消灭饕餮，又想建设饕餮

太多的矛盾，太大的矛盾，焦点都是饕餮的问题

我和我们之间，我和我们与饕餮之间

都有一个因为矛盾而形成的焦点

其实，这是一个秘密，公开的时候也许就是一场风暴

恪守的时候，也许就是一座囚禁政治犯的牢狱

还有一种情况，要简单得多

公开的时候，浅淡得如一张白纸

恪守的时候，固体得如一枚钢珠

这些虚虚实实的焦点，所导致的秘密

当然很感人，就像从疲倦的大腿剥下的红肉

布满了来不及死亡的抽搐和来不及泯灭的跳动

被速冻机冷藏在一只一只的塑料袋里

成为超级市场的一道商品，令人选购

在火焰深处哭泣或者梦呓，接近城市

站在高压电线上不被电压击毙身体的

站在洪涛巨澜里不被泥沙填充肺叶的

站在钢炉里不被高温所熔化的

……只有饕餮这种令人憎恨又令人热爱的巨兽

年轻的而又古老的巨兽

历史是古老的沧桑的，可它却薄如纸张

现代是年轻的脆弱的，可它却厚如城墙

巽的力量。火的力量。雷的力量

水的力量。雨的力量。雾的力量

鬼的力量。魔的魅力。亡的魅力

……刺心刺骨的力，改变着一切

谁又能体察入微地感受到？

感受就是一种巨大巨能的饕餮

"我就是饕餮,我什么感觉不到?"
的确,饕餮众多的物质附身,众多的生命绕身
它死亡了,复活了;复活了,又死亡了
它是无限的生命

死去的人能说出光明
灵魂的骨架幽光闪闪,如跳跃的烛盏
药房与生理与身体。手术刀与政治
发烧感冒转化成了绝症
而绝症转化成了痊愈
饕餮的笑声,时代留念笑声
"这是谁的勇气凝固了笑声?"
"肯定是生活在时间里的生命"
"肯定是只剩下时间以后"
无限的血滴,凝固了笑声,让那有形的墙湮没
白昼里,我们没有看见太阳和光
黑夜里,我们没有看见骷髅秃鹫

厌恶我们的生活和存在,城市里和现代的通道上
走过的都是看不见面目的人
厌恶柴米油盐酱醋茶,厌恶大便小溲
厌恶从身上散发的体臭,厌恶拥抱,厌恶性交
因为我们看到,总有阴影在监视我们
像克格勃在监视敌人,认真而又严肃,机械而又残忍
那么多与我们平行的物质和平等的理性
总是不产生好感,产生副心理副作用副功能
私有的城市和时代
就是变形的饕餮,时去时来,主宰我们
……醒来的时候,启明星已在眨着眼睛
一场又一场的大雪覆盖了大地
玻璃的里面,我刚刚离开了饕餮的肉
疲倦地呼吸在温室的婚床上

《时间与存在》就在案头,案头一片温馨
时间存在着,"存在"存在着,没有吃掉
泄漏的精子和卵子存在着,没有吃掉
在垃圾堆里,没有吃掉的正在酝酿
在饕餮拉的屎里,没有消化的种子探出了头
崭新的对立和矛盾,开始了崭新的交换和贸易

世界是你们的,也是我们的
但归根结底还是你们的
你的
我的
下流的清洁的
暴力的和平的
疯狂的理性的
主观的客观的,无可奈何的

十八

无奈的世界是幸福的罪恶,渗进我们的生活
初春的花朵在开放中死亡;深秋的成熟在糜烂中返青
夏天的雨水在脂肺中结冰,冬天的冰层在仇恨中消融
饕餮围剿我们的幸福,成为飘离身体的无奈
卓越的双肩上顶着空气,空气里走着饕餮
它迅速地安排着政治和军队,组建自己的内政
幸福的炮火沉湎于其中,在最后的耐心里转化
成为细小声音,敏感的耳朵也无法控制它的声音
它聆听到这种声音,是利用蓝天这种媒介
这种媒介的质量关联着声音的转化
幸福的词语在炮火中追踪,掉在高地上是一个词语
它轰天动地,成为巨响,令我们的时代震动和惊恐
十八层大楼动摇了,二十四层大楼裂开了,就连那时
作比喻的二楼和一楼也瘫软下去,成为平地
它飘扬在平地里,成为一种退化,它保存了自己

在无法生存的条件下,它压缩身体,改变方向
顽强地生存下来,绵软绵软地生存下来
其实力量的存放是紧凑和紧张的,它松弛下来
才好保管,就像炮弹,它要爆炸把力量化为乌有
形式上的乌有,其实力量散伏在空间
成为聚合的迅速和资格。无论我们怎样关押凶猛
的豹子,豹子都在笼中跳跃;我们放逐它,它夹着尾巴
逃跑了,瞬间跑得无影无踪,连一根毛也没有落下
我们可以隐形,以阅读的方式走到报纸中去
再以旧报纸换取新报纸,躲过把关的眼睛
自由自在地在新旧报纸之间随意聆听和散步
就像我们到印刷厂,再也不要门票和出入证
就把自己的思想变成力量,在机器的轰响中
加上电流和钢铁的意志,把力量压进报纸
一句一句的话看上去都是小如蝼蚁的词语,在薄薄
的纸上寻找着生存的尊严。我们越来越聪明
化成蝼蚁,蝼蚁是我们这个时代的大力士,力量之母
它能举动超过自身体积和重量的东西,让太阳
滚出感动的眼泪,它不是马戏团演员,它也不是侠客
罗宾汉和佐罗,义气用事,见事就投之于力量
伤天害理天塌了?天有空气撑着,饕餮在空气中暗暗使劲
那么理性被不该发出的力量压扁了压烂了,流血了
在与我们生活习惯不一致的地方哭泣,抽象的哭声
是有一定历史的,背景那么深重有力,哭声才那么锋利
散放着思想性和自由的感叹,后悔和后怕一直就在
底下,被蝼蚁压迫着,蝼蚁体形小,不易引起坏人的注意
就算让福尔摩斯来侦察也不能发现它的隐蔽

十九

失去动静了吗? 力量还在那里,古代就有钢铁的铸炉
饕餮虚虚实实地讲话,别人都听到它的话语
像钢珠那样一颗一颗从轴承上掉下来,重重的呼吸

就熄灭在豪华的加工厂里。德国鲁尔区和俄罗斯的彼得堡

就是意志转移成力量的陈列,大炮和坦克吞吃了力量

以敌人的方式存在于我们这个时代,和平是虚无的

如果真是和平了,力量就是等于零,时代的动力到哪去了

这不像坦克静止之后,加入油料,它又有力量穿越了

击败它的敌人或者抵消敌人的力量,使自己成为

较大的负数和高大的正数,科学在这里变得年轻

就是饕餮在这里以速度的本质穿刺其中,创造了科学的年轻

钢铁坚硬就是力量在其中紧密团结,如果力量不欢而散

钢铁还不如一张纸结实,钢铁就是一块腐朽亚麻布

灰飞烟灭,没有依存在钢铁之中,多么脆弱和渺小

如果心脏是钢铁的多好呵,我们就不再会得心脑血管病

我们再也不为高血压而发愁,为中风瘫痪而苦恼

力量会通过饕餮向四面八方发射出来,支撑我们

在需要力量的部分那里帮助我们挺立,像钢铁那样

如果眼睛是钢铁的多好呵,我们还害怕黑夜和光明吗

我们还害怕看到丑恶和肮脏吗? 还害怕看到下流和腐败吗

我们一如既往地睁着眼睛毫无疲倦地看着这个世界

看着这个时代,像看美女和情人那样闪着坚硬的火花

如果我们这个时代没有杂物那该多好,力量也就平静

像鱼在水中睁着双眼,鱼在空中睁着双眼

连睡觉都睁着双眼,生怕把什么东西漏看了

漏看了丑陋和肮脏怎么办? 漏看了下流和腐败怎么办

漏看了自己的情人和许多美好的事物不要紧

因为我们这个时代不会逮捕美丽的人物和事物

不会给美好的东西戴上手铐和脚镣打入死牢

一定要看到腐败和丑恶,记录它们的言行

让它们无法狡辩,成为法庭上的敌人

让我们的人民代表我们这个时代的人民

判处他们的死刑,决不姑息手软

让这些来源于人民中间的丑恶和腐败死掉

枪击手要找好,要有神功,要瞄准它们的心脏

460

射击;要狠,要把它们的心脏打碎

要让它们的心脏不要流出毒血,侵浸时代

要通过法律执行暗杀,要让人民执行

暗杀,让这些腐败和丑恶无声无息地死掉

成为力量回忆的功勋和荣誉

在人民眼里的下流和肮脏呢,通过

法律清洗人们的眼睛,让下流和肮脏流出来

流不出来的肮脏和下流,就通过饕餮改变方式

把它们从心里呕吐出来,吐尽为快

二十

空旷中的背离和反叛是幸福的敌人,是罪恶留下的间谍

它们的睡眠中有一种间谍的激动,怀着这种激动

它们的眼睛都睁在睡眠常去的地方,它们的指挥部

就设在那里,成为法律以外的自由。它们监视法律

反侦察,以一种暴力再判处人民的死刑,报复人民

人民很危险,人民,请你们不要上街不要到公园去

也不要乱走动,不要急着去与情人约会,那样你们

不只是一个人受伤或者死亡,最少应该是两个人

通过饕餮触摸一下钢铁吧,让钢铁带给你力量

让每个被敌人盯上的人民都被钢铁传递上力量

保障他们的生命安全,直到彻底消灭敌人

敌人是狡猾的狠毒的,它们在饕餮睡觉的时候

或者吃饭的时候,利用重金赂贿钢铁

钢铁便软弱下来,虽然是钢铁却坚而不硬

硬而不挺,挺而不举;举而不猛,猛而不利

一连串的问题,使人民得病了,人民软里软气地走在

街上,要求力量赶快到达;人民的眼睛是雪亮的

人民向饕餮揭发了敌人赂贿钢铁的事实

饕餮狠狠整治了钢铁,饕餮先往钢铁上

泼水然后令它生锈,锈迹斑斑,再将它投入

炉火锻炼,令它成为一种新兴的力量,不变质
的钢铁加入了新兴力量,坚硬无比

建设饕餮,我们要真有信心
不要趁人民在睡眠中,偷偷变节
偷偷触摸不义的金钱,为金钱所骗
成为出卖灵魂的犹大,让人民痛苦地死在刀刃上
人民是饕餮的细胞和营养
有了人民它才能诞生和壮大,威力无穷
尽管我们看不到它,也摸不着它
它也活得很好,它吸食阳光,吸食钢铁
快!吃;吃它个精精光光
把木头吃掉,把水泥吃掉,把汽车吃掉
把列车和飞机吃掉,把大炮吃掉
把纸片吃掉,把腐败和丑恶吃掉
把肮脏下流吃掉,不要吐骨头
闭紧嘴不要发出咯喳咯喳的咀嚼声
把地球吃掉,把幻想吃掉,把未来吃掉
统统吃掉。吃掉!吃掉!吃掉!
我们要新生,人民要革命
建设饕餮,建设一种新的生活空间
新的阳光新的工作新的人民……
新的新的新的……何时再来?
饕餮再来?何时再来?

一 个 地 区

沈 苇

中亚的太阳。玫瑰。火
眺望北冰洋,那片白色的蓝
那人傍依着梦:一个深不可测的地区
鸟,一只,两只,三只,飞过午后的睡眠

吐峪沟

沈苇

峡谷中的村庄。山坡上是一片墓地
村庄一年年缩小，墓地一天天变大
村庄在低处，在浓阴中
墓地在高处，在烈日下
村民们在葡萄园中采摘、忙碌
当他们抬头时，就从死者那里
获得俯视自己的一个角度，一双眼睛

滋 泥 泉 子

沈 苇

在一个叫滋泥泉子的小地方,我走在落日里

一头饮水的毛驴抬头看了看我

我与收葵花的农民交谈,抽他们的莫合烟

他们高声说着土地和老婆

这时,夕阳转过身来,打量

红辣椒、黄泥小屋和屋内全部的生活

在滋泥泉子,即使阳光再严密些

也缝不好土墙上那么多的裂口

一天又一天的日子埋进泥里

滋养盐碱滩、几株小白杨

这使滋泥泉子突然生动起来

我是南方人,名叫沈苇

在滋泥泉子,没有人知道我的名字

这很好,这使我想起

另一些没有去过的地方

在滋泥泉子,我遵守法律

抱着一种隐隐约约的疼痛

礼貌地走在落日里

混血的城

沈　苇

让我写写这座混血的城
整整八年,它培养我的忍耐、我的边疆气质
整整八年,夏天用火,冬天用冰
以两种方式重塑我的心灵

它被叫做"美丽的牧场"
青草疯长成楼群
一顶顶毡房突然膨胀为城市
街上驶过杂色汽车
如同牧羊鞭下的一群
身披尘土,来自各自时间的黑暗……

它远离大海,远离浪涛拍岸
另一种浪涛拍打我——
热的血、浓的血、清洁的血、泥泞的血
在大十字和小十字相遇,融会成
同一种赤诚的血
现在,我缓步进入人群
我要记住一双双流动的眼睛——
那蓝色火焰的摇曳和凝视
无论是汉人、维吾尔人、哈萨克人、蒙古人
是时间中的兄弟姐妹
被同一种夜色覆盖眼帘

又被同一种晨光唤醒

从小西门到二道桥,从一种繁华
到另一种繁华,我的听力拒绝喧嚣
但我记住鼓声,咚咚咚发自城市的胸膛
是真正有力的心跳。还有——
孜然飘香,送来烤肉的尖叫
一串肉在火上尖叫就是一只羔羊
在火上尖叫,是一百只羔羊在火上尖叫
——多少羔羊葬身人的口腹之坟
"啊,愿你们安息。"我低声默祷

沿丝绸之路走来了
东方的贵客,西方的嘉宾
你们要在汗腾格里停一停
看鸽群如何围着一轮清真的新月盘旋
嘴里发出咕噜咕噜的赞美
仿佛它们早已熟读了《古兰经》

夏天,请从郊外摘来玫瑰
献给首府最美的女人
但美丽的女人太多,令人眼花缭乱
晕头转向,以致于浪费了玫瑰
冬天,我决定抓住你的魂魄不放
让时间的脚步慢下来,驻足稿纸
我要用火热的诗句拦截一场大雪
而每日的餐桌上,要有一份
传统的食谱:土豆、白菜和萝卜
构成感恩的朴素理由

让我再来写一写那些通宵达旦的聚会
烈酒唤醒头脑里的精灵
也惊动骨子里的恶魔

一次,当天才的程娃放肆地亵渎圣灵

我在他身上浇下半瓶伊力特

以便盛开一朵液体火焰

圣灵岂能亵渎! 瞧,虔诚的基督徒大可

如何克制着内心的愤怒

这座城市已染上一点孤寂

一点享乐的虚无和忧伤的快感

我说:"出发吧。"它起身驶向未来

一路推开阳光、风沙和罕见的雨水

在无始无终的时间沙漠里

像海市蜃楼,出现,然后消失

将一具真实投进我的诗篇,充实我的表达

整整八年,我,一个异乡人,爱着

这混血的城,为我注入新血液的城

我的双脚长出了一点根,而目光

时常高过鹰的翅膀

高过博格达峰耀眼的雪冠……

阳台上的女人

沈　苇

在干旱的阳台上，她种了几盆沙漠植物
她的美可能是有毒的，如同一株罂粟
但没有长出刺，更不会伤害一个路人
有几秒钟，我爱上了她
包括她脸上的倦容，她身后可能的男人和孩子
并不比一个浪子或酒鬼爱得热烈、持久
这个无名无姓的女人，被阳台虚构着
因为抽象，她属于看到她的任何一个人
她分送自己：一个眼神，一个拢发的动作
弯腰提起丝袜的姿势，迅速被空气蒸发
似乎发生在现实之外，与此情此景无关
只要我的手指能触摸到她内心的一点疼痛
我就轰响着全力向她推进
然而她的孤寂是一座坚不可摧的城堡
她的身体封闭着万种柔情
她的呼吸应和着远方、地平线、日落日升
莫非她仅仅是我胡思乱想中的一个闪念？
但我分明看见了她，这个阳台上的女人
还有那些奇异、野蛮的沙漠植物
她的性感，像吊兰垂挂下来，触及了地面
她的乳房，像两头小鹿，翻过栏杆
她的错误可能忽略不计
她的堕落拥有一架升天的木梯

469

她沉静无语，不发出一点鸟雀的叽喳

正在生活温暖的巢窝专心孵蛋

或者屏住呼吸和心跳，准备展翅去飞

占 卜 书 （仿突厥文）

沈 苇

一

人说，我是白花斑隼
来自一张毁掉的花毯
丢了婚戒，羽毛也掉了一半
我卧在香树上高兴
……你们要这样知道

二

人说，老太婆梦见一位红发暴君
在沙漠边养一百只黑猫为伴
她的屋顶被风掀掉了
她的馕吃完了
她留在家里，舔油勺子的边
活了下来，脱离了死亡
……你们要这样知道

三

人说，乌鸦的翅膀遮住了天空
老鹰只好去地上散步

471

吃了玉米、田鼠，又吃掉了孩子

这是老鹰替乌鸦犯的罪

你们要把乌鸦绑在树上

牢牢地绑，好好地绑

……你们要这样知道

四

人说，我是伸懒腰的老虎

我的头在荆棘中，斑纹在光焰里

我打着哈欠，得了点伤风感冒

但我英武，勇敢，色彩斑斓

犹如火焰的塑像，黄金的灰烬

……你们要这样知道

五

人说，天上有雾，地下有土

小鸟飞着飞着迷了路

孩子走着走着丢失了

他的母亲哭瞎了一只眼

胡大保佑！第七年又在喀什噶尔相见了

他带回一位撒马尔罕的新娘

大家看了都高兴，都哭

就喝穆赛莱斯，围着一堆火跳舞

……你们要这样知道

新柔巴依

沈苇

一

醒来吧！黎明的大幕徐徐拉开，
黑夜不是撤退了，而是已为白昼殉葬。
是谁派遣了太阳的孤旅？光芒之箭
射中天山之峰：一顶中亚的皇冠。

二

大玫瑰和向日葵下，亚洲的心脏
跳动如新生的处子，如不倦的羯鼓。
丝绸之路，一条穿越时空的长线，
连接着死去的心和活着的心！

三

火车向西行驶像在抒写一部长篇，
辽阔是它的页码，荒凉是它的文字。
向着腹地：古道、西风、瘦马，
黄沙起伏如喘息，如末日的大海。

四

是路途的火焰还是血液中的风暴，
率领我们进入一个灵魂自治区？
灵魂是失去乐园的蛇，匍匐而行，
在自我放逐中抵达另一个故乡。

五

每一天都是崭新的开始，请注意
云中仙鹤的歌唱，请听万物体内的马达声，
永恒的旋律自草木鸟兽唇间吐出，
即使我们不在现场，世界照样继续。

六

鼓声来自绿洲的村庄，饱含热情与忧伤，
高一声低一声，仿佛大地的咚咚心跳。
白杨与胡杨：一群坚守岗位的哨兵，
黄沙包围的绿洲是一块惊人的翡翠！

七

沙漠围向冰山上孤傲的雪莲花，
飞禽与走兽守护深山中的珍宝，以及
无人见识的美。假如秘密的圭臬仍然存在
"芝麻开门"的钥匙是否依然有用？

八

古道湮没，楼兰的蜃景灿烂一现，

香喷喷的妃子何时告别了喀什噶尔?
天鹅成群结队回到美丽的巴音郭楞,
它们去过的世界我一无所知,一无所见。

九

干旱,灵魂的干旱陪伴着肉体的疼痛,
一千年的麦粒等待发芽,三千岁的胡杨
流下硕大的泪滴。风沙四起又归于平静,
一次又一次,锋刃与经籍碰撞出火花。

十

现状需要改变,而奇迹必须诞生,
炼金术的火焰高过契丹的塔楼,
萨满的舞蹈迎向刀梯,感动神灵,
掀起盖头迎娶新娘的是俊美的童子。

十一

偶尔,雨水进入边疆,又肥又大的几滴,
从天空跳下,转瞬就消失得无影无踪,
盛装的葡萄树下,行人驻足眺望,
而毛驴眼中满是谦卑的目光。

十二

清风和泉水来自天山,异族的热血
流过我全身,内在的矛盾放下各自的干戈,
是我们改变了事物还是事物改变了我们?
为了再次诞生,世界爬进另一个世界。

十三

赞美天山女儿！高高的婚床铺满
神奇的玫瑰，火浣布的婚纱披身，
目光清澈如水，抚慰游子向西的荒凉，
指尖流淌爱意，要在异乡建设故乡。

十四

群山上升，宁静的湖泊好像蓝色的睡眠，
使低处的梦倒映高处的梦。当树叶的金币
齐声丁当作响，鸟儿的歌唱也汇入了天籁。
白云追逐着白云，谁在吞食大团大团的阳光？

十五

风中摇曳的罂粟，植物之火，我的姐妹，
阳光堆积的大地是我们共同的母亲。
我抓住天体的竖琴，爱的光芒刹那间
将我笼罩，使我成为颤栗不已的一株！

十六

沉醉的时刻，迷狂的时刻，爱推动
众人的车辇，也旋转这孤独的星球。
从窗口向外看，爱着的人比他自身强大，
被爱的事物也与往日有所不同。

十七

我愿意将我的心脏放在远方，在寂寞中

歌唱未来。在那里，我要揭开大地的皮肤，
让荒原覆盖我全身。说：一切，我要！
太阳俯下身，像王者垂青于我的作为。

十八

飞鸟的正午，太阳滚进十个村庄，
黄塔碧寺，琉璃反光，感恩的颂辞
来自泥土中的嘴巴。时候到了，启示近了，
卑微低矮的事物接纳了最高的景象。

十九

粉红椋鸟带来丝路花雨和金色羊毛的一天，
马驹银白，背上驮着阳光明晃晃的刀子；
向着牺牲之鼓，公牛上路了，尾巴佩戴
燃烧的火焰。——多少头颅与太阳齐飞！

二十

冬去春来，草坡绿了，白羊上山。
牧人迁徙配合四季变幻，而蝗虫的大军
紧随身后。啊，人生好比一顶帐篷，
那么，何处为我们准备了永久的居室？

二十一

更多的人置身现实如入虚幻之国，
四周的空气环绕他们，像果皮包围着果核。
他们是隔夜的梦想家、宿命的旅人，
在头脑中漫游世界，在掌纹中走尽人生。

二十二

从宇宙阳台往下看,死者与生者平起平坐。
一次,在炎热的吐鲁番,我参观博物馆,
我对木乃伊少女说:"醒醒!"一旦她醒来,
整个消失的过去都将高大地站在眼前。

二十三

四季的流水账。死者的奢华超过了
生者的盛宴,那是往日歌谣、古老的安魂曲,
是流逝的一切安排了未来。向死而生啊,
向着死亡的还乡,要用一生的努力才能到达。

二十四

风中的头发乱了,手里的黄沙四散,
心脏的一只只气球,被风吹上山去——
滚动啊,向着山顶和山顶之上的天空,
离永恒,总差那么一步、那么一点点!

二十五

斯世何世?这仍是青春少年的大地吗?
热血稍稍高于头顶,眼睛好像日月摘下,
双手扶起盛大风景,摇醒祖国山河,
他们奔跑,要带动周围的一切都奔跑起来。

二十六

典雅的孕妇从无花果树下走过,

果实熟了,天空低了,身体亮了。
是提醒更是催促,那风,那尘埃,那云彩,
在一个巨大的子宫里,纷纷加快了脚步。

二十七

世界尚未诞生,却指向敞开的旷野,
在时间中人们随波逐流,寻找自己的故乡。
怀着希望,一个时代梦想着另一个时代,
就像父母冲着儿女们喊:"未来! 未来!",

二十八

全部的未来是现在,是园中葡萄的成熟和
缓缓发酵,灵魂因努力渗出美酒的芳香。
天堂和地狱一起下降,像大鸟的来临,
饥饿的嘴巴落向人间盛宴和悲伤。

二十九

一切都在结合:风与尘,沙与金,
草与木,山与壑,光与影,梦与真,
高歌与低吟,飞翔与沉沦,伤痛与抚慰……
天赐的婚姻铺天盖地,笼罩了万事万物。

三十

天空蔚蓝,好像我们的大地,
大地荒凉,我们在这里继续。
鞋底磨破了,看上去十分忧伤,
向上的路和向下的路要合而为一。

三十一

时间中的旅人,命运的传播者,记得
每一个持续的瞬间,丰盈高过了贫乏,
意义从无意中升起。所以他心怀感激,
将诅咒变成葡萄园,将苦吟变成欢愉。

三十二

漫游大西北,仰望中亚巍峨的高山,
我寻访一个地区的灵魂,学习福乐的智慧。
漫漫帛道供我们上下求索,去了解一点
生的秘密,爱的秘密,力与美的秘密。

三十三

从天山到昆仑,永不停息的是沙漠的浪涛,
是大鸟的飞翔和新夸父的逐日运动,
小小的爱和伟大的爱展开了奋飞的翅膀。
让落日的圆满下降,请新月的福祉上升!

一 行 诗

沈 苇

1. 春天的美要带点融雪后的污泥浊水。

2. 明媚之前,玻璃中的黑走到了尽头。

3. 尸骨陷得越深,鲜花开得更艳。

4. 泥的哲学:大地克制着尘土的轻浮和散漫。

5. 死者的忍耐胜过生者的坚毅。

6. 天空多么无力,从来搬运不动大地。

7. 花朵向蝴蝶念诵咒语,六道在一只虫子体内轮回。

8. 不要向我许诺天堂美景,无止境的极乐同样令人生厌。

9. 节约悲伤,节约一再浪费的泪水。

10. 一只蛤蟆,一株稗草,也在看尘世变幻。

11. 博物馆囤积的春天被一幅山水画收藏。

12. 不是外套吸收了黑夜,而是黑夜编织在一件衬衣里。

13. 罂粟的遗言:"我要去吃一颗子弹……"

14. 朴素的面孔,一个洗净的局部在放大。

15. 抒情的腔调无需添加蜂蜜、香精和润滑剂。

16. 舞台上的姑娘们主要由脂粉和油彩构成。

17. 阳光翻阅的裙裾:一本无字的神秘之书。

18. 情欲潦草,错字连篇。

19. 在我怀里,你仍是我如饥似渴的思念。

20. 急躁的爱:"用一双丝袜捆绑他!"

21. 葡萄还没成熟,葡萄酒已在天空狂奔。

22. 为了年少的愁,老酒鬼将嗓子唱破。

23. 少女时代哭泣的裙子藏在主妇们的衣柜里。

24. 那位躺在我曾经躺过的医院病床上的陌生老者,是我的亲人。

25. 黎明吐出的不是苦水,而是一肚子浓墨。

26. "散文是用来养生的。"这话说得颇有道理。

27. 如果世界只剩下小说和故事,我愿意向街头小报投降。

28. 我借他一本旧书,同时借来积攒了六十年的灰尘。

29. 当一个俗气的女人说到"人格魅力"时,的确吓了我一跳。

30. 上帝饶恕我,我梦见自己杀死了一位阴森森的小个子诗人。

31. 英吉沙刀抵制一只哈密瓜的甜蜜,并且迅速愈合它的伤口。

32. 他处理了西瓜,但常常解决不了芝麻。

33. 死得太慢的旱龟,在命运的石板上摔打出火花。

34. 从祖父那里继承下来的斧子仍在咆哮。

35. 一只手深入到阴影中去,另一只手出现了一点亮度。

36. 汹涌的树。道德的绿不是用来挥霍的。

37. 雨水再多些,可以浇灌头脑里的烟和焰。

38. 在风中,一片树叶的命运多么辽阔。

39. 一只飞得太高的鸟,一点点失去地上的路、低处的路。

40. 一瓣嘴唇保留几个世纪的吻——人的吻、植物的吻和野兽的吻。

41. 风格:要用一株死去的胡杨去创造一种新的颤粟。

42. 光,一种非人间的油漆,适宜装饰圣寺的圆顶。

43. 以潮湿进入干旱,从水中捞取一条丝绸之路。

44. 年轻时以沙漠为情人,老了以大海为新娘。

45. 水起了浪,吻着岸,它的嘴唇却是焦渴的。

46. 大海的涛声不能用来安慰人心,而在增加晚年腥味的孤寂。

47. 泥土是一把尺子,丈量蚯蚓的身体和情欲。

48. 旷野上,一棵孤零零的树,更接近消瘦的披头散发的木头雕像。

49. 庆幸的是,我常常在不经意的时刻能成为一个"他者"。

50. 我干得不错,救活残稿中一个遗弃的词,奄奄一息的词。

51. 专业的孤独,业余的快乐。

52. 要镇静,狂暴的湖面是映照不出蓝天的。

53. 口衔雷声、闪电,能使孤愤的心变得安宁。

54. 破折号的荒原上出现了背负巨大问号的人。

55. 忍耐的缰绳绷紧了,被误认为是奴隶的鞭痕。

56. 似乎只剩下了一条路——书斋与旷野之间的路。

57. 享乐主义者的食物：天空倾倒的万吨孤独。

58. 钟表锈蚀的齿轮卡着一块时间的干肉。

59. 那些凋零的埋在泥里的嘴唇，也曾品尝过果汁的鲜美。

60. 沙，从眼里夺眶而出，被误作寻常的泪水。

61. 苦日子在穷人身上拨弄第九根琴弦。

62. 歹徒们的舞蹈看上去很美。

63. 小伙子累了，老骨头还在打架。

64. 一位朋友说："因为悲伤，只能睡觉。"

65. 那个人身上的影子多得可以演皮影戏了。

66. 我是不彻底的，众人的陋习也是我的皮囊之一。

67. 惊心动魄的事件往往发生在一个人枯坐的时刻。

68. 当大树轰然倒地，一个家园被连根拔起。

69. 美向虚无贩卖三个白骨精、一个妖娆的皇后。

70. 失忆的王，废墟中的后，向一片沙漠虚心求教。

71. 我严重的单相思：如此迷恋世界消失的部分。

72. 时光垂落，像一件沉重的铅袍。

73. 缄默如此丰盈，真正的雄心包含巨大的谦卑。

74. 梦拆除身上的枷锁。"梦是一种第二生命"(奈瓦尔)。

75. 捕梦者认为白日梦能卖好价钱。

76. 吐出陈年的矿渣，内心就能长出新芽。

77. 无声地，从我前额冲出一匹马……

喀 什 噶 尔

沈 苇

"书面的美最难企及,
无论呕心沥血的人力,还是自然的鬼斧神工。"
你说,拨亮羊油浸泡的灯捻
转身消失在一本积满灰尘的书里
留下自己的名字:马赫默德·喀什噶里
玉素甫·哈斯·哈吉甫……或者别的什么
或者不署名,就像一株葱郁的树
增加或减去一片叶子
都不损害树的灵魂

"书面的美是一座麻扎,在静静消化死这个词。"
守墓人! 你与文字间游荡的亡灵对话
深知伟大的书取缔作者
取缔他的简历、生平和传记
翻到十一世纪幽蓝的一页
突厥语,波斯语,阿拉伯语
交换内在的信物和光芒
正如小径交叉的喀喇汗花园
慷慨的百花交换各自的芬芳

你谈到封存的智慧,书中的天窗
破晓的一千零一夜——
"在喀什噶尔,我热爱的城,
皇家经学院的诵读声
使庭院里的石榴树一夜无眠……"

喀 纳 斯 颂

沈 苇

> 如果人群使你却步，
> 不妨请教大自然。
>
> ——荷尔德林

一

喀纳斯，当我轻声念诵你
盛大的风景转过身来——
如同仁慈目光下的一个襁褓
再一次，将我轻轻托举、拥抱
风景的爱意，被风景的四季承继
在风景的心情和表情中绽放
在喀纳斯摇床上，我愿意变成
景物中遗弃的婴儿，用一声啼哭
去发言，去赞美、咏叹
去参与湖水的荡漾、群山的绵延
——风景俯下身，贴近我脸颊：
我啜饮它，也被它深深啜饮……

二

神迹隐匿，留下慷慨一滴
——圣水，还是精血？

没错,喀纳斯只是水的一滴
无边风景:群山、森林、
草甸、花谷……
是一滴水的延展、潓漫
是一滴水的书写、修正

它何尝不是卡在峡谷中的
一块惊人的翡翠?
流动的、液体的翡翠——
缓缓蒸腾的翡翠,浸染山峦
加速了白桦树液的流淌
在每天醒来的草尖上
颤动,滴落

……一滴水的圣地
山之阶梯上,风景朝圣者攀登
梦中的远方,虚构的画境
在越来越急促的呼吸中
展开了可以呼吸的蓝——

仿佛他们跋山涉水
阅尽人间缤纷的画卷
只为了找到喀纳斯这一页:
失落的神圣一滴!

三

用喀纳斯的一株牧草
看日落日升风景变幻

用喀纳斯的一棵桦树
脱去岁月负重的衣袍
用喀纳斯的一朵野花
接纳瞬间的狂蜂乱蝶

用喀纳斯的一只虫子
爬过命运旋转的罗盘

用喀纳斯的一只小鸟
吃下苦涩或甜美浆果

用喀纳斯的一缕清风
传递世上美好的消息

用喀纳斯的一缕光线
缝补灵魂隐秘的伤口

用喀纳斯的一朵白云
擦亮内心蒙尘的镜子

用喀纳斯的一湖碧水
勘测随时间来的智慧

四

当你转过身来,面向敞露的风景
听到了风景深处的呢喃和呼唤
如同迷路的小鸟儿来到一座新森林:
云杉、红松、花楸、刺柏的迷宫
从枝头到枝头,跳跃,张望
又突然展翅,飞向一片光芒领地
——它的脖子酸了,心儿满了

心与物的交换,人与景的相处
这古老的坦途、伟大的姻缘
在喀纳斯开辟了新的秘径:
瞧啊,被风景放逐的人归来了——
植物之神看护的家园依然葱茏

他们的影子,走进石头
影子的影子,吹送湖面
不是去葬送、祭献
而是一场真正白日梦的漫游……

五

被抑制的风景中的风暴
那安然若素的时光流转——

远去的英雄们的马群
蛮族之路上呼啸的上帝之鞭
喀纳斯驿站的遗民
耳畔至今回响隐约的马蹄声
一碗奶酒中有漂泊的毡房、宫帐
一块岩石记得草原巨子的凯旋

古老的迁徙
仍在摄影家镜头里继续:
红隼的飞翔遵循天空的路径
额尔齐斯河长调拐了个弯
像极北蜓,爱着丛林、湿地、
曲折的流水。哈萨克人
和他们的骆驼、马,在转场途中
羊群踩踏的尘土升起为路的炊烟……

阿尔泰,光芒万丈的史诗之山
难道只适宜一部《江格尔》传唱?
但突然,人的史诗
在大自然面前变成了短章
阿尔泰史诗,首先是山的史诗
石头的史诗,树的史诗
也可能是鱼的史诗:

一条哲罗鲑和它后代们的史诗

风景无言。它的无言是无言的收藏
群山无言。它的无言是无言的雄辩

六

让我写写图瓦人的木屋：
松木的香味拥有斜尖顶的造型
新鲜的木头骨架，裸露着
交给雨水、阳光，而缝隙
交给了苔藓谦卑、细心的技艺

草地上的羊毛，苇席上的奶酪
木栅栏形同虚设，各家的门
随意敞开着——
仿佛在欢送一种忧愁的离去
迎接祖先们无时无刻的归来

人间的那缕炊烟也许足够
包尔萨克香味从木屋中飘出
像一群精灵，孩子们跑来跑去
捡拾松果，与狗戏耍
在透明的空气里，他们的眸子
像牛、马的眼睛一样纯净、明亮

鹰的投影，一颗大地上游弋的痣
提醒时光的展翅而来、滑翔而去
一只黑鹳在屋顶的逗留
加剧了木屋的暗——
在日晒雨淋赐予它太多的暗之后
暗，就是时间的手迹、时间的原色——

图瓦人的木屋没有成为废墟
却有了黑钙土和腐殖土的颜色
一副岁月的骨架,交给了
岁月中静默的自然

七 （林中）

落叶铺了一地
几声鸟鸣挂在树梢

一匹马站在阴影里,四蹄深陷寂静
而血管里仍是火在奔跑

风的斧子变得锋利,猛地砍了过来
一棵树的颤栗迅速传遍整座林子

光线悄悄移走,熄灭一地金黄
紧接着,关闭天空的蓝

大地无言,雪就要落下来。此时此刻
没有一种忧伤比得上万物的克制和忍耐

八

雪,落在喀纳斯

雪被楚尔的呜咽催生
飘落在西伯利亚泰加林
密密麻麻的琴键上

站立的琴键,陡峭的音符
适宜眺望季节的空旷
孤寂山巅的远方

湖面驶过运木头的卡车

在湖怪们似睡非睡的梦里

卡车是冰上滑翔的钢铁雄鹰

是鹰中的怪杰和传奇

雪,落在喀纳斯

一路飞奔的马爬犁

驮来烈酒和食粮

石头和鲜奶

朝着太阳的方向

一座升起的雪敖包上

有闭目养神的傲慢牛头

雪在开路——

沿着天空的迷魂阵

沿着大地上湮没的路

沿着寒风的刀、雪的尸骨

……

穿白大褂的空间拓荒者

万物重归处女地的圣洁、宁静

季节的停顿、风景的休憩

那默默无语又全力以赴的

自我治疗——

雪,落在喀纳斯……

九 （新图瓦民歌）

版本 A

在远方,我们有

自己的群山、木屋和炊烟

喀纳斯湖水是长长的歌

491

驼鹿的眼睛就像我的爱人
这安宁,有时绊倒死神的步履
当云彩擦亮天空
爱人哪,我们就搬到天上去住

版本B
你用大碗奶酒将我灌醉
痴心的话儿装满了小小木屋
流水唱着永不消失的歌
好像在祝福我们的生活
有你相伴,喀纳斯就是一方圣土
有你相伴,喀纳斯就是一个天国
……啊,我的爱人
你是我生命中的缰绳
拴住了我这颗野马的心

我在白桦树下吹起楚尔
爱情的花朵落在了你我心窝
当云彩擦亮了蓝蓝天空
我们要相约到天上去住
有你相伴,喀纳斯就是一方圣土
有你相伴,喀纳斯就是一个天国
……啊,我的爱人
你驼鹿般明净的眼睛
有我生命中全部的安宁

✝

风景的涅槃倚赖季节的轮回
喀纳斯的春天是被歌声唤醒的
歌声沉寂,或歌声高翔
化为鸟儿醒来的一声啁啾……
在完成阳坡的工作之后

野卉们高举小小火把,齐声合唱
越过路面的残雪、冰碴
去阴坡继续编织柔情的花毯

被季节的轮子一路碾碎的薄冰
那看不见的车轮、冰的欢呼
响应湖面上蓝色图案的变幻
有时那图案,就像一个人
心潮起伏的脸谱

春雨的弹奏:一阵明媚、急促
的指法,山与山之间架设了彩虹
那七色音符气势恢宏的跨越
让日神的马车走走停停
长亭之后是短亭……

听哪,到处是春天的歌谣
新绿的树林,心灵的摇曳
一场大弥撒的参与者
而白桦树液的汩汩流淌
是一支新血液的歌谣

十一

需要一扇窗子
一扇面向喀纳斯的窗子
只是为了完成一次
平常的眺望

在那个瞬间
风景的浩荡倒映水中
湖光山色的变幻
正合我心意

窗子取缔我目光

代替我面向喀纳斯风光

一门几何学的教诲

让我向外瞅

也向内看

让我静止在内心的房间

让我徘徊如优雅的困兽

当我来不及摇晃

整个世界已开始运动

那中了魔法的运动

好比心灵的分身术

渐渐显现了——

隐藏在无限风光中的

一架冉冉升起的

垂爱木梯……

十二

请黑琴鸡弹奏,岩雷鸟舞蹈

林蛙的家园雪水长流,泉水四溢

哲罗鲑去穷尽一座幽深的水下森林

火焰草盛放在星光灿烂的夜晚

风景的盛宴,或许是繁星的一次莅临

就像我们在阿尔泰夜空所看到的

环绕喀纳斯星座的是闪闪发亮的词:

冲乎尔、贾登峪、禾木、白哈巴、那仁……

星子们的回旋,绕膝于一个光芒中心

汲取了永不枯竭的母性甘泉、星光甘泉

——喀纳斯不是别的,不是景色的大地

而是景色的星空:一个风景的宇宙

都市的春天

李光武

上　篇

在都市里
我们是一群北方的狼
一群逃不出都市的狼
一群在大街上梦游的狼
从一个噩梦逃进另一个噩梦的狼
从一个悲剧走进另一个悲剧的狼
月圆之时,在摩天大厦楼顶望月　嗥叫
黎明　像狗一样行走在大街上

春天来了
来自中亚草原无边无际的热风热风热风
带着青草的气息　残雪的甜味　羊粪蛋的
腥膻　少女的歌声和马奶子酒的芳香
把都市灌得酩酊大醉趔趔趄趄

呵　胡大
我已厌倦了寄生的都市生活
厌倦了我曾经挚爱的南方和北方
遮天蔽日的楼群　没有星光的夜晚
汽车的河流　美女的大腿森林一样
此刻　我背靠着春天　背靠着立交桥

的名字　一个个带着膻腥味和紫色熏衣草
染香的群落的名字　他们曾游牧在北方：
匈奴人鲜卑人突厥人乌孙人高车人五胡人
丁零人月氏人吐谷浑人柔然人悦般人塞人
畏吾尔人西迁的锡伯人和成吉思汗的子孙
我的银须飘飘的圣者

一群娇艳野性的少女们

我的长着干草一样黄发的兄弟

我的长着栗色鹰眼的兄弟

我的隆鼻深目的兄弟

你们使我看到了千百年前的北方

虎视中原的北方

你们的宝石腰刀　饰物和混杂的语言

你们的笑容　剽悍和罗圈腿

使我看到了千百年后的北方　中国的北方
让我们以清水净手

让我们共食祖先留下来的奶茶　抓饭　馕

共食烤全羊　烤骆驼　炒面　熏马肠

把金杯银盏中的美酒　弹向高天厚土

然后跳舞歌唱　醉在故乡

来自中亚草原的热风吹拂着我的胸膛
百年的都市　千万年的北方
你是让我流泪　还是让我歌唱

百年的都市　永远是热播的史剧

人们选择了自己的道路　自己的面具

如果你违背了历史法则

你将输得血本无归

百年的都市生活着革命者　战士和诗人

也生活着圣徒　酒鬼　囚徒　政客　官吏

职员　大款　小偷　蒙面人　手工业者

铁匠　精神病患者　私枭　黑老大

498

奸商 更多的是芸芸众生

浑浑噩噩的阿Q的子孙们

各有各的台词

各有各的演技

演好演坏都得演下去

没有序幕 也没有终场

一百年前的都市就是这些人

一百年后的都市还是这些人

谁也不会揭穿这个谜底

谁也不抱怨剧情的冗长

只是天幕上的背景总在变幻

一会儿是拖着长长尾巴的彗星 狮子座流星雨

星球大战计划 导弹防御体系 一会儿是007

谍影 核阴影压得世界血压升高

苏联解体 中国经济崛起 五星出东方利中国

科索沃战争 9·11事件 海湾战争和萨达姆

阿扁要闹独立 饥荒 水荒 沙漠化焦虑症与

吸烟问题 宽带网 WTO与WC的区别 克隆羊

这些新名词令都市头疼

总是舌头打结 背不流畅

只到有一天 孩子们长大了

都市让我们去演最后一场戏

到火葬场前去排大队

那高耸入云的烟囱是上帝的烟斗

大口大口地吐着乌云和灰烬

此时 鸽哨在都市的天空响起

那是我写给春天的第一行诗句

下　篇

都市 一堆白雪覆盖的积木

散落在北方以北

冬天开始融化一滴一滴

最先绿了的是北方少女的长眉

好像雁阵领着春天　一步一步飞来

柳丝绿了　草地绿了

都市女孩和男孩的黑发

纷披如草　也糊里糊涂地绿了

都市披裹着冰冷的夜雾

臃肿地坐在春天里

一声声打着响亮的喷嚏

一次次传来冷空气入侵的消息

一次次遭遇沙尘暴的袭击

把流感中的都市的嘴唇

冻得又紫又黑

在都市不远的地方

沙漠　这内陆高原盆地的章鱼

虎视着都市的灯火

一次次　张开巨大的触手

跳起来　把春天村落和土地

卷起来塞进胃里

然而　春天毕竟来了

北方　脱去了羊皮袄和厚厚的白雪

袒露出黄土高原的肚皮

群山松动着酸痛的筋骨

湖泊揉着惺忪的睡眼

平原换上了五颜六色的春衣

风从赤道来

风从海上来

风从沙漠腹地的那边来

带着热浪

带着海的咸涩和蔚蓝

带着垂幕般的积雨云

和无数城市村庄的气息

吹拂着北方的胸膛

吹开所有的树叶和花朵

吹响都市风中的旗

我是都市里冬眠的一棵树

大雪覆盖了我所有的记忆

许多朋友的名字已不再记得

故旧亲朋也很久没有消息

此刻　我左一脚春天　右一脚冬天

跋涉在一个古老的哲学命题

我生活在别人的春天里

还是别人生活在我的春天里

世界老了　我也老了

我的双脚不知要把我带向哪里

手机响了　消息从四面八方传来

我的泪水和第一场春雨不期而遇

抬眼望去　我的几位至爱亲朋

正结伴向天国走去

他们绝尘而去的裤管和皮鞋

行走在天空　永不回头　渐行渐远

对于大地的哭声　充耳不闻

我问苍天:天国到底有多远

我问大地:开往天堂的车站设在哪里

没有人回答

回答我的只是潇潇春雨

浩浩荡荡的季风

从南半球吹来从海面上吹来

带着鱼汛　潮汐　云团和气旋

带着鲸鱼的歌声

带着南方的体温和问候

向着北方　向着都市　向着我扑来

在等待春天的日子里

我常常一个人孤独地

坐在都市的咖啡店里

默默地看着雨中匆匆的行人

想着心事　想着雨中都市的光怪陆离

看汽车像一群群汛期的冷水鱼

摇晃着又黑又亮的背脊

争先恐后地向春天游去

都市的男人怪物一样蜷缩在汽车里

向都市炫耀着自己的身份

一排排女人的美腿

匆匆地从窗玻璃前走过

惨白得像冬天剥了皮的树干

远处的大街是一条花伞的河流

在朦胧的春雨中

缓缓地向春天的深处流去

灯红酒绿的都市之夜

酩酊大醉的都市之夜

被法国香水熏得昏昏欲睡

无数的男女依偎着走过

像一对对梦游的合欢树

人们说　这是春天的约会

最忙的是都市男人

都市男人换手机像换女人一样频繁

日夜在金钱酒店女人之间狂奔

最可爱的是都市橱窗里的女模特

常常在深夜里跑出来

挽住过路的男人小鸟依人

人们盼望着明天

股市全面飘红
彩票铺天盖地
晚报套红一个个春天的话题

是的　春天来了
我已听到了春天的召唤
太阳正旋转着向我飞奔

都 市 女 人

李光武

都市里没有山谷
最美丽的山谷就是你的乳沟
我总想轻轻地对你说

都市里没有飞泻的瀑布
最大的瀑布就是你的秀发
金色的、灰色的、黑色的,任凭那风

都市城没有天然的玉雕
最美的玉雕就是你的双手
我总想做一只琴瑟,终生任你勾挑轻揉

那几支流行歌曲占领了所有的人和日子
周六的晚风唱着这明明灭灭的人生
并且唱得很变调,很裸露

当然了,越变调越美喽
现代女孩最爱变调的事
对弗洛伊德的学说最爱吃

你提着水果刀一定藏在背后
要趁着那瓜还没吓白还没尖叫还没骂你

一刀杀下去,切下那翘着的绿蒂

都市女人最爱到郊外野餐
把自己燃成一堆篝火一堆灰烬
情欲是都市的老鼠一夜夜吱吱地呻吟

都市人不会写诗或别的什么
都市女人只知道用系列化妆品修改自己
她们说:写诗的嘛,都是乡下人

这理论像比基尼一样诱人
只遮住了她们很小的一个部位
你这样说时,看我的目光却很怜悯

都市的背面百孔千疮
埋着许多下水道和电缆
在排泄着城市的隐私、秘闻和体液

据你说,现代女孩成熟得早
最累的是妇科那位刮宫的男士
一天要骂上一千句"娘西皮"

都市人的蟒皮包里没有钱
不过逛商场你却仪态高贵,像总统夫人
口里总说:到处是假冒产品……真恶心

都市人也有孤独的
坐在你的婚姻介绍所睡觉,盖着一张报纸
那一排排空椅子可比人安全可信

都市女孩对接吻从不在意
把年轻或年迈的男人抓过来
吮成一根根残缺的冰棍

505

夜的都市散发着胭脂气
每一条胳膊都嫁接给一个肉体
只有你，没有很浓的模特儿味

都市女人在午夜的床上花瓣绽放
变形为鸟，为白马
为一群欲海望月的美人鱼

神秘的夜，像蓝色的海底
游着一团团失眠的鱼群或人群
许多秘密又永不为人所知

城市的晚报上说，有"蝶雪"
"蝶雪"下得很悲剧很白很迷人
你放下报纸，脸色一下变得很蓝很悲戚

布尔津之歌

李光武

有一个骑马的哈萨克小伙,他叫布尔津
有一个汲水的俄罗斯少女,她叫布尔津
有一头调皮的骆驼羔子,它叫布尔津
有一条吐着白沫的河流,它叫布尔津

布尔津呵,布尔津
轻轻地唤一声你的名字
就像唤一位我至爱的亲人

有红鱼群在天空飞翔的地方,它叫布尔津
有古石人在雨夜梦游的地方,它叫布尔津
有大草原在正午打盹的地方,它叫布尔津
有飞天女在佛光中起落的地方,它叫布尔津

布尔津呵,布尔津
抚摸你熟悉的名字
就像抚摸我横亘北方的母亲

白桦林缀满金币的地方,它叫布尔津
野花与春天狂欢的地方,它叶布尔津
眼泪能变成黄金的地方,它叫布尔津
热血能变成宝石的地方,它叫布尔津

507

石　树

李光武

可是一座曾车水马龙正被沙掩的荒城
可是一颗渴望甜蜜而总是酸涩的葡萄
可是一眼喷不出的高原温泉
可是一片总在无端落雪的山谷
石树呵，我该怎样勾画你心的图形

最潇洒的树，就是高原的你么
不缀一片叶子，也不屑和季节交谈
就这样，看天际
忘川漂洗一河沉重的卵石
听寂寞和青苔爬上脚掌

能失去的，都失去了
如期而至的风，你还刮什么？
再也不为季节悸动一次
再也走不下自由的山冈

只有改变不了的情绪，如臂如柙
痉挛地伸向
没有闪电的天空

无法突围的突围吗？

无法超越的超越?
一群思想者或蹲或站成一片石林
看红日点燃的群山
在为一只浴火的凤凰
静静地燃烧

走下高原,走出石林
我只带走了一片叶子
那就是
我用苦难磨洗得透红的心

蓝雪豹追逐的羚

李光武

被追逐并不总是幸福

草木秋日飞快地流逝,很美

你的身影像一团栗色的色块

蓝雪豹的速度涂改了自己

羚,你千万不要回头,千万

只管盘旋着意识般飞

在你尾尖的曳光里

盛开着一朵鲜花一样绚烂的血盆大嘴

羚的一生就这样逃来逃去

从一个悲剧逃进另一个悲剧

走进悲剧,就别想逃出

世界早已把你写进悲剧脚本

北温带的太阳定格为憔悴的风景

羚留下一摊血,一路烟尘

羚的存在,不肯散去

断　　章

李光武

一

世界最短的距离
是从摇篮到墓地

二

世上最长的路
是心到心的距离

三

世上最危险的敌人
是朋友

四

世上最锋利的剑
是时间

五

世上最深的海洋

是一滴泪

六

世界上最美丽的花
是伤口

七

世上最硬的物质
是思想

八

世上最杰出的作品
是出生和死亡

看那乌云落在房顶上

北　野

看那乌云落在房顶上
盖住了蜗牛　绕开了铁钉
含辛茹苦的草原母亲举着小蘑菇　怀抱
干牛粪,在把那生活的温暖找寻

马耳朵就是草原尖利的栅栏门
马尾巴就是草原低垂的挽幛
自由吹刮的风啊吹过草尖和坟地
吹过一辈子　还是一场空!

天鹅年年从毡包上飞过
转上三圈吧!
牛羊年年死去一大片
快快转世吧!

放羊的青年夹在羊群里取暖
风尘仆仆的牧羊犬一前一后照应着
山羊　绵羊　白羊　和黑羊
掌管着命运　给定的方向!

而河流在石头间翻滚
铁石心肠的光阴之箭把万物洞穿
冰雹砸向天鹅起落的湖面
快快飞呀,大雪就要埋葬巴音布鲁克草原!

天山北麓的一场大雨

北　野

一夜豪雨
山洪翻过河床和大石头　汹涌而下
带着喜讯和破坏的力量

油菜花旁的养蜂人
钻出漏雨的帐篷　察看彩虹
用树枝抽打浸水的蜂箱

玛纳斯平原的每一条道路都闪着水光
戈壁滩上的防渗渠　刀口一样
灌满了大地的血浆

草丛中的一只旱獭踮起脚尖向四周眺望
啊！沙枣花的香气和蜜糖
已被雨水冲到远方

混合着羊粪、牛屎和卡车司机的野尿
它们将形成下一个绿洲和未来世纪
经典的养料

一群麻雀翻过高速公路

北　野

一群麻雀翻过高速公路
你追我赶，好像有什么喜事叼在嘴上
迫不及待地哄抢着

我羡慕其中领头的那一只
它的嗓子最鼓，翅膀最硬
脑袋里的坏点子肯定也最多

但我最爱飞在末尾的那一只
瞧它多么依恋那个群体啊
拼着命也要跟上自己的族类！

而我更爱，麻雀飞过的那片天空
它看着自己的灰孩子被人类仰望
辽阔的爱心里闪着悲悯的光

正是一年中牛羊转场的时节

北　野

正是一年中牛羊转场的时节
河水渐凉　雨雾迷茫
阴恬的空气中马的嘶鸣湿漉漉
越过了山冈

远方城市放学的一群孩子唧唧喳喳
拥到了红绿灯下　它们东张西望
就像一窝怕水的牛羊
停在了湍急的河边上

但愿我的马驹不在其中
而我的孩子　那命中注定的城市孤儿
但愿他们　不再走山羊的路
住狐狸的窝

正是一年中牛羊转场的时节
河流献出了石头　山林献出了松果
而运送酸雨的云块也从草原上空
忍痛经过

而冷杉树下的一头小牛正将童年的口水咀嚼
而牧人的歌声先于炉火在毡房里熄灭

而我　骄傲伴随着心碎　淋着雨爬上了
望不见亲人的山坡

但愿我的诗歌还流淌着牧业的奶香
但愿工业的烟雾还没有熏黑我的心脏
但愿你们　死去的先人和活着的亲人们
还能够听见　我这浑身湿透了的歌唱

母　羊

北　野

我的母羊病了
洁白的牙齿突然停止了亲吻草叶
眼睛里的白云　也暗淡下来

在众鸟高飞的草原上
我愿意用最低沉的歌声
抚摸你生命深处的疼痛啊

把头放在我的怀里
看着草叶上的光　看着河面上的光
也看着　天上的光

白昼是多么爱你
大海上的天狼星也记着你的名字
我更不会让一阵风把你夺走

不管家乡的草原上有多少撒欢的牛羊
你吃过的青草总是那么香

犁

秦安江

牵着牛鼻子,一步一步脚步迈大。
犁,在土地的深处移动。
铁的噪音厚得跟土一样,穿过透明的土地,
引领一粒迷途的种子回家。

铁的快
犁透漫长的岁月,
使朴素的铁与真理结合,
土地变得深邃。

生活在空隙中

秦安江

生活在空隙之间我是宁静的。
在打击来临之前，我要像
抓住稻草一样抓住每一点点空隙。
空隙是产生金子的山峦，是我身体发光的时辰。

我寻找每一次空隙，我把每一次空隙
高高举在我的头颅之上，我要让空隙经常
光顾我生命的大厅，我要让宁静
随时牵着我生活的小手。

那拉提草原的夜晚

秦安江

白天用黑颜料在天空涂抹，
想让整个天空成为一张黑脸。
风从正面向我走来，也不停下，
绕过我走向身后。只是擦肩而过时
它银色的衣衫拍打了我，我感到了它身体的凉意。

当山顶谦逊地跑来俯在我脚下，让我踩着它
去骑附近的一匹马。我感到此时最好的选择应该是：
戴着月光的草帽，牵着风的小手，
任目光飞出去几丈远又收回来，让耳朵
跑出去几里以外，把能拣到的声音都拣回来。

风 停 了

秦安江

风的手指拽起沙砾。沙砾们
在空中猛跑一阵，就停下来。
风的手又把它们拽起来，它们就再跑一阵，
又停下来。风再把它们拽起来——沙砾欠了欠身，
就躺在地上不动了。沙砾太累了，
它们要休息了。

眼　泪

秦安江

有一种眼泪
藏在心里
它是炽烈的火焰被一盆冷水
突然熄灭以后
生的
它藏在心里
眼睛是干的

有一种眼泪
是想到再次远离故土
饥饿的双腿踏在泥泞的小巷
而天亮还早的时候
形成的
它没有缠绵的成分
像石头一样硬

有一种眼泪
是擦干眼睛以后
胸中喷出的火焰
它是火
燃烧
它把人变成纯钢
闪闪发亮

家乡是什么

秦安江

当身在异地遥望家乡的时候
家乡的每一片树叶
都是一张温暖的脸

当冲破一切扑进家乡的怀抱
家乡的每一棵树每一座建筑
却又挂着冷冷的面孔

家乡只是想象中的温暖的屋子
家乡是离开家乡以后便会拼死捍卫的眼睛和心肺
家乡是你的尊严和人格力量永远不灭的母亲

寒风吹来
便想起家乡
饥肠辘辘
便想起家乡
家乡很小
小得羞于在人前提起
但终能抵御一切诱惑
使人义无反顾

可是家乡只是在你离开的时候才是温暖的
你激动万分地赶回来
它却冷若冰霜

怀念流浪

秦安江

我怀念流浪
怀念痛痛快快

天很阔
路随便走
任何一个地方都可以
朗笑和高声喧哗
没有很多领导
没有很尊严得
令人生畏的办公室
昂首阔步地走路
很有身份
同很多很有身份的人一样

香烟自己抽
面部表情随情绪而变
不用整天煞有介事地
微笑对人间

朋友是患难之交
没有微妙的心理算计
久别一握

一切在无言中

闷了
踯躅街头看人
累了,倚在海滩
品味大自然

身在尘世
离尘世很远
寒酸书生
吟诗对酒

也思念亲人
夜晚
抱着枕头流泪
但太阳一出
又精神抖擞

很穷很穷
又很富很富
我怀念流浪
怀念痛痛快快

一只鹰和一个哈萨克猎人

秦安江

分不清哪一个更像鹰
分不清哪一个更像猎人

其实都是一棵草
一经风吹雨淋
就成了草原的灵魂

一个用翅膀征服草原
一个用枪筒征服草原
同是草原的王子
又同是草原的顺民

瞄准猎物
伺机猛击的一刹那
呵，最动人的
是眼睛

咆哮的拳击手

贺海涛

我怒吼我嚎叫我咆哮

无数沙袋荡过来

向我膨胀的头颅开火

（我突然感觉到我从鸣沙山上滑下

那每一条吊袋里装的都是沙包）

征服它

征服大沙海

（一股风，一股绿色的飓风

刷起我冲动的溪流）

挥一挥拳击手套，砸过去

轰鸣，轰鸣

沙海的大口吐出黄色的雨

又要还击我的进攻

（沙包已经将我包围）

我是谁

只有沙漠知晓

我一边诅咒一边开拳

我的浑身也被风掌鼓励着

我在旋击中砸出我灿烂的名字

不知是哭是笑

我发泄

踉踉跄跄的步子和直勾勾地发红的眼睛

我决不能倒下,倒下就等于死去
那一滴滴的汗珠从大腿上摔下
砸出一个坑一个坑
却让我想到仿佛有人在数1、2、3
嘿——嗨(起)
我咬牙切齿地:沙海,我汹涌澎湃
我把你放翻!
我的笑,吃了很多沙枣一般
甩起头发,扫射着
一切都陷在我深深的眼窝中
那新栽的白杨林会倒下吗
那高高的堤坝会冲毁吗
那拳击声也仿佛马蹄声
让我看到踏勘的马站在万古荒原上
马头高高仰起,长空中一声嘶鸣
英俊的骑士朗朗大笑
信手指点山河
…………

(人类的又一次进攻和占领
因为有一双永不定点的脚)
从此那马就站立在这块土地上
任何狂暴都没有撼动它。没有

从每一个方向走来的人
血管与无数奔荡的河流接通
有过阻塞、流失。同样也有疏浚导流
…………
嘿嘿,爆发
我的每一根骨头都想去撞击
把一个决定性的使命握在掌心里
打出去
不要仅仅用直拳
沙包不是面包

打出去,左平勾右上勾

振拳抛拳刺拳侧摆

再加上疾变的步法

把所有的沙漠装进沙袋

与我为敌吧

在跨闪的每一个瞬间命中目标

我都听见一声声惨叫

这是无场次(但要换人)的拳击赛

把高高的拳击台当作审判台

和大沙漠作立体或平面

升华或下沉的最后选择:

      大沙海? ——大上海?

我就这样高大起来,壮实起来

我挥舞着两只铁榔头演奏我的打击乐

使每一个人的各个器官都动起来

上场吧,参加勇敢者的舞会

听呵,我擂响了沙锤

听呵,我吹响了圆号

听呵,我敲响了铜鼓

无数双手摆动起来

无数双脚向前踏出疯狂的节奏——

开发,开发

开发大西北,开发我

你不是你我不是我(却又是自己)

冲击,向着顶点冲击

我的号召如此有力,令我振奋不已

每个人都找了一窝沙包

作为自己的舞伴作为自己的对手

用拳头向丰满的沙包把心迹剖白

(为了让它塌陷成皮口袋)

甚至用头

甚至用脚

嘿,这才是实打实的爱

我们,"戈壁现代派"
呵,只一瞬间
我的沙城仿佛从更衣室里亮出来
能发光的都一起惊叹
顿时,涌来无数张嘴无数个 0
…………

人与自然的课题
被我用拳头解决了
马的向往
汇成一片海子般纯净的欢笑
人在征服中找到了新的象征
呵,绿风的塑像
绿在了我的心上

喷　泉

——石河子广场喷水池印象

贺海涛

在中亚盆地

不可抑制的激情突破地层

石头撞击出海的音乐

沉睡亿万年的积郁深厚的凝想

土地皮肤深处血液的潮汐

一旦感应于远征人的脉搏

愿望和征服之魂便在准噶尔人的手中

找到最动人的表达方式

在沟通和宣泄中轰然引爆

喷泉！喷泉！

呵,封闭最少的季节

幻想最多的季节

广场,广场

潮动着世纪末灼人的思绪

袒露着西部开拓的气派

天山壮美地翻滚着,海正在归来

从沉默无言的地层深处

回响又一次进军的步伐,腾腾踏踏

历史的转场已经开始

我们是自豪的移民和土著

534

我们是大军西北部

我们是诗坛西北军

呵,喷泉! 喷泉!

呵呵

发射卫星和火箭的大西北

高频率地发射产品喷涌诗歌

冲击啊雄性的石河子奋发的石河子

散落啊才华横溢的石河子

香飘四方的石河子

生命,活脱脱的生命

展现弧形的虹的色彩

骚动。骚动

水柱,被我们焦躁的注视

　　　　　　又攻出新的落差

甜甜的水波溅湿年迈的额头

溅湿婴儿的小手

溅湿火热的夏天

溅湿红色超短裙和耸鼓鼓的乳房

为旺盛的喷泉

我们兴奋的热血要从头颅喷出

黑发向上长,火旺旺地向上长

我们就是喷泉

我们顶落头上的一层层盖板

　　喷泉! 喷泉!

这是喷泉的时代

这是冲锋的时代

这是不惜一切创造的时代

喷泉,广场上的喷泉

以鲜亮而有力的语流

向世界宣告准噶尔宝盆丰富的储量

宣告石河子一个绿色大海的涨潮

宣告大西北一个诗歌特区的走向

也郑重宣告——
今天,今天,只有今天
我们才享有喷的权利,喷的力度
喷泉! 喷泉! 喷泉! 喷泉!

暮色苍茫

贺海涛

看不清楚一匹马或一群马
生灵低低地倾斜了身子
说不清楚是哪个时代
好像每个时代都有
苍凉的风之手掌
翻开了沉重的一页

牧人面对远去的太阳
不时地仰起头
夕阳一样的酒
抚过喑哑的喉管
辽阔的歌唱
盖在大地
谁看见了这等心境
谁就不是路人
与生俱来的忧伤
从心中暗暗弥漫

人和人不断走近
没有进入毡房
就在毡房之外
共醉一个永世的巨毡

品味这沉郁的暮色苍茫
一瞬走了千年

木材厂印象

贺海涛

雀鸟
在
高高的圆木堆上
盘旋

电
锯
在
响

一生的麦地

刘亮程

有人走过你一生的麦地

面影模糊　似你曾见过的某人

又像不是　早年的矮草棚里

一条白狗含含糊糊

梦见你的脊背爬满绿虫

醒来它的狗皮不见了

大片黄熟的麦子撒落在地

没有人收割

生命是越摊越薄的麦垛

生命是一次解散

有人走过你的一生没遇到你

老鼠偷食你剩下的日子

一群红蚂蚁　打算用五年时间

搬空你后墙根的沙土

你得走了　村里有许多人卧病不起

许多人开始感到家不在这里

他们被自己的狗咬伤

在麦子快长熟时发现

种子错撒在别人地里

自己的那片荒在野外

一个早晨你醒来

四周全成空房子

人们在远迁的另一个村庄

注销你的名姓地址

而你还惦念着他们

扔下一生的麦地去远方询问

年代那头的破墙下面

一个很像你的人

正结算你一生的收成

你要顺路去看看　离他不远

另一些人表情麻木

大捆大捆的麦子扔进火堆

经过一个村庄

刘亮程

老远就有人站在家门口
看着我走近又走远
这种情景在一生
经过的其他村庄　每每发生
这些村庄的人们
似乎一辈子　漫不经心
边干活边等一些人一些事情
却从不向过路人打问
这些人和事情是否已经上路
他们造坚固的房子
生儿育女　像要永久住下去
世世代代吃自己种的粮食
在四野里栽树
只把路空出来　日日朝那里望

我就是从那里走来的
一路很荒凉　除几个破落村庄
再没遇见什么　快进村时
才看见大片郁郁葱葱的粮食
这是我一路上甚至一辈子
遇到的最美好的东西
他们生活在这些粮食中间　漫不经心

吃饱肚子想另一些人和事情

我不是他们要等的那人
三十里外另一个村庄
多年不见的朋友
此刻摆好酒席
打发他的儿子去村头张望
我也不是这个朋友
一辈子要等的那人
这个朋友已经走不动了
垂危之前　他盖好一大幢房子
他会腾出一间
劝我住下别走了
其实这么多年我一直
渴望被一个人或一些事情
永远留住　这个朋友不是
我渴望的那人
那房子也不是
我一生的村庄遥无地址

一次又一次
我打发自己　孤身远去
与一个陌生村庄
一村默默期待什么的人
静静相错而去
我走过的路上
只有一些尘土　飘起来
缓缓地　不知会落到哪一个人身上

走几里抬头看一眼

刘亮程

从一个地方到另一个地方

路很远也很单调

你低着头走就是了

走几里抬头看一眼

几里外麦田心情一样静远

舒展的原野　将什么东西均匀分散

使人觉不出轻重

不知道已经走到哪一步

每一步里都是黄土

一辈子简单如一束麦子

风调雨顺长成什么样子

光景祥和又长成什么样子

我们在原野宽厚的胸脯上种地

生儿育女　混成跟它一样颜色

一样厚重而又浑然不觉

在它清晰的掌纹中赶路

从一年到另一年

多少年后再抬起头

要去的地方经过千遍

还是那么遥远

太 阳 偏 西

刘亮程

谁收起农具

好像早早干完一辈子的事情

回到家里

谁这时候锁门出去

午后的光景仿佛

谁的后半世

谁最后被远方隐约的田埂拦住

夕阳斜照的庄稼地里

一个人猛然站起

高出庄稼半截子

谁蹲久了也来这么一下

走路和劳动的人

已经没多少力气

谁还要再干一阵子

谁知道自己要种多少年地

收成才能够吃一辈子

谁望着满眼葱郁的青禾

发觉先长老的竟是自己

天黑透了谁收工回去

木桌上简单的晚饭凉如往事

一样农活死死缠住谁
谁在以往的坦途中慢慢
感觉到时间坡度
走过千次的坎儿竟一次也
走不过去　日子好好的
衣食足足的谁不行了
满坡满梁的黄花为谁
开遍四季不结一粒籽

离村庄很远的麦地
总在寂寞中熬黄叶子
该熟的时候它们自然就熟了
谁睡在家里推算收获日期

我们黄土高筑的村庄是
另一片作物
此刻静静生长影子
水一样的光阴环田绕户

晒晒黄沙梁的太阳

刘亮程

一个人
在黄沙梁出生长大
种几十年地
最后老死　埋在沙梁上
这是很平常的
也没什么不好

一个人
即使离开黄沙梁
在外面享够了福
老了　他也想回来
傍晚时靠着土墙
卷一根莫合烟
晒晒黄沙梁的太阳

一个人
要是真的离开了黄沙梁
可能想法就会不一样

天 上 的 湖

郭晓亮（锡伯族）

这是梦境之上的秋天
月光掩饰不住的霜迹，再次出现

也许只有在这样的时刻
山路才会屏住呼吸
夜晚美好的到来，让我感受
风吹过的山林
三个岩画上骑马的男人，三个图瓦人
拥有的荣耀

一页时间密封的信打开
为了这次旅行，我和你再次失约
九月的草原，她的完美
如同金色桦林辽远的心事
变幻太阳和大地的距离

阿尔泰山上的草莓，依旧
生长在紫色的藤蔓
骄阳已逝，白昼还在
越过牛羊世居的雾界
我的熏衣草，夏日的蓝
沁入天上的湖

三套马车的故乡

郭晓亮（锡伯族）

三套马车的故乡
凉在一条空绳子上

三匹马车拉出来的人家
跟着鞭子在乡道上跑
从戊申年到己酉年
大寒过了孙扎旗牛录

三尺厚的雪
落在玉米地
看不见红脸的亲戚
来串门

腊月三十
天凉凉地凉凉
三套马车的人家
跟着鞭子
在空空的乡道上跑

在秋天听到的拖拉机声

郭晓亮（锡伯族）

那是太阳暴晒的布匹
在牧场上空搂抱住大片的云
白发渐渐飘去
飘入眼帘的迁徙中的北疆

我们的青年时代始于隐姓埋名的田野
空旷的国境公路边养蜂人还在
闪电击打过的宽额头
熏衣草上降落的秋露出现

多少迷途的月光照耀同一个秋天
宽阔的草场上幸福在降临
今天，明天，还有从前的快乐
从夏天起飞的红隼，看见了雪
冬天深藏的往事

在稀疏的思绪中送别的秋风像一扇空门
我和你漫步时的身影比冷杉还远
令人眩晕的南山牧场上汇聚的天空
谜一样的拖拉机声从收割过的玉米地传来

屋顶上的风景

郭晓亮（锡伯族）

现在，屋顶上的公鸡
认识到风的严厉
风吹着它的白羽毛
公鸡摆脱不了自身的恐惧

夏日之后秋天的绚烂
变成香梨侧面的红润
阳光随叶子飘落
裂为碎片的玉米在半空中

裂为碎片的玉米在公鸡的胃里
它的红冠在下午五点燃烧
像迷惑的眼神
南疆来的主人出现又消失……

迷惑不解的还有屋顶上的公鸡
看不到下一个打鸣的时辰

整　夜

郭晓亮（锡伯族）

春天的气息来到书卷中间
像音乐一样的词
长出蝴蝶的翅膀，融雪的河岸上升
一条从内心出发的道路
吹着响亮的口哨
开进这个世界
那温馨的感觉
顿时遍布每个角落

我渐渐忘记一切不幸
并且在十年漫长的停顿之后
写出月光一样柔美的诗句
永远的草原，夏日的星光
冰山上飞翔的雪莲
阳光中秘密的眼神
风的秀发，空气，水
在时间辽阔的页面，她们将重现
她们不朽的美是新疆的一部分

在车辙很深的山道

黄　毅

在车辙很深的山道
不见一辆车
在不见狼粪的深谷
到处都是狼

希望搭上一辆车
但愿不撞见一匹狼

冈底斯山作证
人的希望是最年轻的
人的恐惧是最古老的

而留下深辙的是远古的车
与我们遭遇的是现代的狼

铁 马 嚼

黄　毅

马走在人规定的地方
马的嘶鸣发出铁的锐响
马有时像狼或别的猛兽
衔嚼子如一节骨头
有鲜血和垂涎下滴不止

横亘于口中的铁
厮磨着舌头的柔软
抵抗着牙齿的坚硬
马渴饮粼粼的阳光
选择适宜的牧草
现在　尝一尝铁的滋味
铁表现出最坚韧的爱情
不能变更不容解释
铁一如既往
以著名的冰冷
楔进肌肉和热血

铁的品质就是不可动摇
铁具有不可逆性
很多东西都被铁制服
而马却驯服了铁

铁永远在下风

马踩着铁嚼着铁

马和铁组成最刚柔相济的东西

马和铁不可战胜

马和铁不可一世

马和铁一起狂奔

疾驰的铁发出马的嘶鸣

决　定

黄　毅

做出某种决定
要比排泄难得多
尽管都要攥紧了双拳
尽管都要咬紧了牙关

这是一瞬间的事
却要酝酿整整一生
这是一生一世的事
却在挥手之间完成

生长了一生的核桃
不堪轻轻一击
长到十八岁的姑娘
被一个眼神就毁了

总是要用很长很长的时间
为最后简单的结果
准备繁复的过程
人就叫有事可干
人就得没日没夜忙忙碌碌

我们用时间建造的大坝
是多么靠不住

最终的蚁穴早已暗藏
毁于一旦的必然谁也躲不过

谁来决定我们
我们又能决定谁
通往罗马的条条大道上
决定不去
是最好的决定

东望博格达

黄　毅

一些东西总是高出我们的想象
一些事物总是白得无法言喻

蓝色的空间　蓝色的墙壁
谁也无法弄清蓝天的背后
究竟藏匿了怎样的更蓝
而博格达的屋檐
宏大　肃穆　巍峨
令人屏息仰止
云栖云飞　鹰如紫燕
进进出出　仿若
寻常百姓家
而这是帝王的宫殿
森严而戒备
最高处的堠堡
突兀着巨大的未知

今晨　一支十五人的登山队
进驻博格达一号营地
他们的防雪镜后的眼睛　搞不清
是兴奋还是恐惧
他们脚下的冰爪
在吃进冰壁时　发出

沉闷的钝响

这些用绳索连接　打着

结组爬行的人

一根绳上拴着的蚂蚱

一荣俱荣一毁俱毁

这支企图偷袭的颠覆者

这支攻城夺寨的雇佣兵

恪守的信念非常简单

只因为山在那里

夏天最炎热的时候

乌鲁木齐街头

卖冷饮的小贩在卖掉一根

巧克力奶油冰棒之后

总是把目光有意无意地投向

蓝天中的凸起物——

博格达峰

白马鞍在冈底斯升起

黄　毅

白马鞍在黑色的马背升起
是月落无声的夜晚
另一种月光　响彻
冈底斯腹地

那个岛屿
被风暴打磨得光滑而洁白
此刻　它默然横卧
像一只少女失血的手
展开无限怀恋

驮我去远方的是什么
在高原上转悠
需要的是一块净土
青稞或者盐
是我一生最重要的东西

而我错过了三次开花的季节
我已将干峭的骸骨　与风向标
一同插上大河之源
我的魂魄无处栖身
我的梦寐无处落枕

白马鞍　白马鞍

让我傍着你入眠

偎着你思想

白马鞍在冈底斯升起

静谧的天空准备好隆隆的蹄声

策缰的闪电迅如游蛇

而星子的黄铜饰钉

在鞍鞯上熠熠闪烁

谁为驭者

红　山

王　族

一只老虎临空伸出了头颅

似乎要从一座山上一跃而起

我曾经在笔记本上记录过四次对它的观察：

　第一次：风

　　　风来了　轻轻拍打着它的面额

　　　它一动不动　任尘土一层一层落下

　　　呵风不是呼应着它内心的咆哮

　　　就是它天长日久舒缓的呼吸

　第二次：雨

　　　密集的雨落下像实施阴谋的刀子

　　　像是在不停地切割着它的头颅

　　　但它一声不响　张开嘴将大雨吮吸干净

　　　它也许太饥渴了　痛饮着谋害自己的刀子

　　　以致将苦难都忘得一干二净

　第三次：雪

　　　雪是无声的　将它静静地覆盖

　　　它进入梦境　积雪弥漫开眩晕的光芒

　　　它蜷缩的身体变得悄无声息

　　　像一颗经过思考的心脏　在慢慢安静

第四次:夜
　　它披上夜这件宽大的衣裳
　　变得更加明朗和清晰　星星和月亮躲到了远处
　　只有它浓烈的鼻息在黑暗中隐隐作响

四次观察转瞬即逝　我没有看清一只老虎
合上本子似乎又藏起了它石头长成的心

从山上游下来的鱼

王　族

一位退休的地理老师　他的家是一个海洋
几亿年前的鱼变成化石　从山上游到了这里
时间　随着它们模糊的神经在蠕动

我伸出手抚摸　化石中有它们坚硬的呼吸
而它们的翅在一个姿势中凝固
它们沉睡了　一个世界因此进入了另一个世界

最让我感动的是　这些鱼被地理老师藏在床下
在梦中　他被这些鱼驮在大海上远行
而这些鱼似乎也获得了新生

我们谈论这些用"石头的方式"活着的鱼时
它们便赢得了这一时刻的语言
哦　它们其实就活在人们的怀念中
并赢得了在语言中复活的机会

离开时　我谢绝了地理老师的好意赠送
一条鱼从山上游下来　一路撒下火焰
我想让它坚硬的身体又拥有一个家
并在一位老人的目光中静静地入睡

返回的路上　我想起新疆亿万年前是大海
后来海水退却　波涛留在隐秘的事物中涌动
我迟疑了——我脚下的这块土地
是大海留下的坚硬的背影
在如今的岁月里　又紧紧拥抱着风尘

一件事

王　族

写一件在新疆会经常发生的事情——

夏天　会有许多人来新疆旅游
出发前往往给新疆的朋友打一个这样的电话：
"下飞机后是否骑马进城，要走多长时间？"
新疆的朋友听了后默默一笑　在电话中不说什么

到了乌鲁木齐　他一路唠唠叨叨：
"拉萨有布达拉宫，乌鲁木齐也应该有那样的建筑。"
于是朋友带他去了红山在山顶站了一会儿
他说乌鲁木齐有拔地而起的气魄
朋友又让他扭头看博格达　他禁不住发出惊呼：
"好美的一座王冠，戴在天山的额顶。"

下山时　朋友问他对此地有何感想
他说："在山顶时感到自己被阳光淹没了，
而看到博格达的一瞬，又像突然回到了母亲的怀抱。"

住了一夜　第二天他对朋友说：
"昨晚地底下似乎有野兽奔突，
一夜都没睡好，感到整个宾馆都要被掀翻了。"

朋友笑笑说："你忘了来之前打过的电话，
往红山上一站，一匹马便驮起你在高空奔跑。"

鸟瞰乌鲁木齐

王　族

向下鸟瞰　乌鲁木齐在雪山一侧闪闪发光——

"美丽的牧场"[1]如今楼房像羊群一样密集
坚硬的水泥森林在沙漠和雪山的缝隙耸立
城市　这努力向上攀登的青年
它将来的依靠不再是一棵斑驳的胡杨

街道旁　四月的最后一场雪
与泛绿的树木紧紧拥抱
这是一种狂妄的爱情　或欲望的交媾
洞悉了这一秘密的人变得无比骄傲
被歌声引领　开始试着唱出此时此刻的命运

一个地区拥有了雪山的王冠但习以为常
拥有了平静中的热烈却懂得精心喂养
懂得不背叛心灵的狂妄——
不远处　低着头的羊
内心装下了最为宽阔的牧场
而小草在闪耀　想把绿色衣裳扔到天上

---

① 乌鲁木齐意为"美丽的牧场"。

一 块 碎 瓷

王 族

一块碎瓷像从黑暗中抖落的刀子
一下子刺痛了我的眼睛

一块瓷是怎样到山上来的
它在高处破碎　又经过了怎样的命运

现在　风声再起　大雪又纷纷
几株枯草犹如它披盖在身的棉被
它已经熄灭了火焰　但时间的夜歌在无声地轰鸣

我握住它　突然变得无比感动
一块碎瓷犹如哑巴的心灵
在唱黑夜之歌　让时间在隐痛中潜行

时间最终将无声地告别一切

留在高处的一块碎瓷见证了无数黎明
而它　却注定无人倾听

在高处想想新疆

王　族

站在一座山上想想新疆

——那些沙子是细小的　但却团结了许多兄弟
哦　它们微小身体间的巨大力量
构筑了一个低处的天空

——那些红柳　多么像醒来的孩子
穿上红色的衣裳　在一个地方炫耀着美
哦　它们要为这身骄傲的衣裳付出一生的努力
——那些卧着的骆驼　它们心上的灯一定亮着
亮成河流幽暗的眼睛
每个夜晚都是遥远的岁月
停留的骆驼　在明亮中沉睡　在黑暗中苏醒

因此什么都不要说　相信新疆会越来越清晰
如果高度的上升将永无止境
我们的眼睛醒来　让心上亮着的灯指引方向
静静地看　看就是一种远行

高度　让一个地方更加清晰
让许多与它有关的事物都被照亮——
甚至也可以走下山去　握住最低处的新疆
让花朵开在雾中　让果实结在土地深层

我 是 绿 色

于文胜

当画家的爸爸妈妈可真有意思，
他们把人也比作了颜色。

爸爸说：妈妈是蓝色，
像天空一样清爽、深远。

妈妈说：爸爸是黄色，
像大地一样纯朴、丰满。

他们说我：是蓝和黄调出的绿色，
像小苗一样可爱、新鲜。

雷·雨

于文胜

白云和黑云
在天上打架
你听：轰，轰
拳来拳去对打

白云脸青了
黑云鼻歪了
你看：它们后悔了
眼泪滴嗒滴嗒落下

神奇的笔(组诗)

于文胜

爸爸有一支神奇的笔，
在他手里特别听话。
每天,每天,
用它写出了一篇篇有趣的童话：
胆小的山羊打败了恶狼，
爱学习的松鼠戴上了红花……
我最爱读爸爸的童话，
它使我知道什么是善恶美丑，
做好孩子应该听家长和老师的话。

妈妈有一支神奇的笔，
在她手里特别听话。
每天,每天
用它绘出了一幅幅美丽的图画：
珠穆朗玛峰戴着顶白白的雪冠，
黄果树瀑布从山顶直流而下……
我最爱看妈妈的画，
它使我知道了江河和山川，
我们的祖国是那样可爱、博大。

我也有一支神奇的笔，
和爸爸妈妈的一样听话。

每天，每天，
用它写的作业都得到老师的夸：
看震震的字写得多工整，
算术题做得一点不差……
我最珍惜手中的笔啦，
它为我争得了，
一朵朵大红花。

喇　　叭

喇叭喇叭爱说话，
嘴巴倒比身子大。
别人说一它说一，
别人唱啥它唱啥。
别人喊好它喊好，
别人说差它说差。
声音学得顶呱呱，
嗓门扯得几倍大。

请它自己唱支歌，
让它自己说句话。
它就变成了，
一个大哑巴。

有理想的小乌鸦

喜鹊老师在上课，
提个问题请回答：
"同学们各自想想看，
你的理想是做啥？"

小鹰抢先把言发：
"我的理想呀，

长大当一名威风凛凛的将军，
——瞧我身体多健壮！"

同学们啧啧把它夸，
小麻雀赶紧叽叽喳：
"我的理想呀，
将来当一名光荣的教师，
——看我能言善辩会说话！"

同学们点头笑哈哈。

啄木鸟高声说了话：
"我爸爸妈妈是医生，
我也要穿上白大褂，
走遍森林每个角落，
把大树、小树的病儿连根拔。"

同学们用掌声鼓励它。

小乌鸦最后把言发：
"我将来想当个作家，
森林里的故事太丰富，
我要把它们全写下。"

"轰——"
小乌鸦话音刚落下，
同学们就捂着嘴巴笑开啦——
"瞧瞧瞧，小乌鸦想要当'坐家'！"
"嘻嘻嘻，不看看自己啥模样，
黑不溜秋难看死啦，
还癞蛤蟆想吃天鹅肉，
真不知自己姓了啥……"

同学们你一言来我一语，
都在把小乌鸦笑话。
直到喜鹊老师发了火，
大家才挤眉弄眼停了话。
小乌鸦心里可难过啦，
同学们个个瞧不起它，
难道就因为长得丑，
不应该有理想吗？

小乌鸦将心事告诉了妈妈，
妈妈语重心长把话发：
"努力学习去奋发，
不要管别人说些啥；
有点缺陷没什么，
用知识去弥补它；
总会有一天，
大家反要把你夸……"

至于后来怎么样，
小朋友们去想吧。
反正有一次作文课上
喜鹊老师读了
小乌鸦发表在《森林日报》上的童话，
同学们的掌声
好久都没落下。

礼　　物

小树吐出了嫩嫩的新绿，
在晨光中向我招手、伸腰；
白云在它头顶上轻轻地飘，
哦，是风哥哥把春姐姐送我的礼物捎到。

我送些什么礼物给春姐姐呢？
别说，别说，我已知道——
提上桶，拿上锄，
去给小树浇水除草。

森 林 的 歌

小鸟儿，叽叽喳喳，
把春天衔给树梢，
树梢儿伸了伸腰，
小树穿上新装。

小溪儿，哗哗啦啦，
把春天吻给根梢，
根梢儿挺了挺腰，
小树蹭蹭长高。

小溪在树阴下流淌，
身边长满了花草；
小鸟在树枝上鸣唱，
宝宝在窝里睡得正香。

沙 枣 树

沙枣树，我爱它，
不贪图富贵，
不羡慕荣华，
悄悄地，
戈壁滩上把根扎。

春天，吐一缕芬芳，

为戈壁添一片金黄的彩霞，
引得鸟儿叽叽喳喳来安家；
秋天，捧一树果实，
招来一群馋嘴的娃娃，
圆圆的果子甜得他们笑哈哈。

醉

葡萄藤下
妈妈的汗水
化成一串串晶莹的"珍珠"
我摘下一颗放进嘴里
啊，立刻甜透了整个身心
妈妈笑得合不拢嘴
"看，把咱苗苗都甜醉了"
我真的醉了
醉在浓阴的葡萄架上
醉在成熟的葡萄中
醉在妈妈放出光彩的眼睛里
醉在丰收的喜悦间……

我的大森林

王广田

我展现在你眼前
令你赞叹、沉思、迷惘或痛苦
当我平静下来,微波不兴
你会沉浸在一望无际的大美之中
当我动荡不安,虎奔狼蹿
恐惧的大风大浪会攫走你魂魄

你有劈波斩浪的勇气吗
请你靠近我,再靠近一些
直到推开我的大门,鱼贯而入
像水手那样,与海水戏嬉
领略海的丰富博大,并把他
最深处的无边寂寞击响

在黎明,在黄昏,我歌唱
我的所有毛孔都张开着,生命的
每一处,都站满啼叫的鸟儿
朵朵鲜花似火燃烧,芳香四溢
清新的空气漫流不止,沁人心脾
可我请你,请你不要只在这里陶醉

我不是那种只滋生梦的烟雾的鬼魂

也不是闪耀在远空的缥缈的彩虹
我要向你呈现出整个的我，我的全体
呈现出我的灵魂我的内心，用神秘的美
诱使你深入我真实的世界以及世界的真实
但愿你不要被真实中的恐怖和丑恶吓退
因为唯有真实才能使你变得深沉而清醒

昏暗、阴森，自我的昏暗自我的阴森
我一直在压抑自己埋没自己腐烂自己
明亮、开朗，自我的明亮自我的开朗
我总是在努力上长不断生新走向丰富
当沉睡的乌云笼罩在头顶，我会自醒
当清醒的天空展现在上方，我又会昏迷
我敏感的猴子慌乱不宁
我怯懦的兔子经不起意外的惊动
我贪婪的饿狼日夜嚎叫
我狡诈的狐狸不时地变幻着鬼脸
我丑陋的野猪到处乱窜
我懒惰的大象在泥淖里沉卧
我凶猛的老虎东荡西杀
我高傲的雄狮蔑视着一切
到处都能碰见虚荣、乌有、梦幻的怪影
到处都会遇上野心的毒气
还有那浸肌入骨的俗虑的风尘
与灵魂的雾气思想的烟岚
我在自我中迷失，我是我最可怕的陷阱
我在自我中挣扎，我是我最凶恶的敌人

雪白的鸽子与红嘴的黑乌鸦混淆在一起
高雅的天鹅与下流的狗熊同住一处
神性的仙鹤与捕食生命的老鹰共在
善良的小鹿与毒蛇，机智的松鼠与野牛
鲜花与毒草，青藤与荆棘

578

宝石与顽石,黄金与鸟粪
良药与苦果,栋梁与杂枝
超脱的蝴蝶与嫉妒的虫豸
欢畅与纠缠,空疏与壅塞
清新与酸腐,放浪与沉闷
自新与堕落,诞生与死亡
狂喜、充实、空虚、孤独、瘙痒、疼痛
我心灵的大地哟,无所不生无所不有!

只要有一线阳光透射进来
我的心灵里就会开出一朵希望的小花
我常常把我幻想成一只展翅千里的大鹏
也常常听到在高空——在比晨昏云层中
啼叫的鸟儿更高远更空灵的地方
有一种声音在把我从意志的昏沉中叫醒
——在把我被泥水模糊了的灵魂召唤
因此,在月光之下,我刷刷的落叶声
是心灵的自语生命的曲调,我潺潺的流水声
是诗的清韵歌的透明旋律,我轰轰的松涛声
是无边沉思中的思想流响
到处都弥漫着朦胧诗意,到处都洋溢着静美
灵魂啊,只有在梦中高飞远翔才能万里生辉

可我内在的纠葛、纷争、腐败、羁绊
以及那万念奔突追杀所形成的内耗、食物链
却常常使我在转眼之间如坠入地狱的沉雷
——埋葬之中徒然地焚烧着心火
一次次激动兴奋过后是一次次的空洞疲乏
难道,难道我永永远远只能匍匐在大地上
只能沉睡在自我的黑暗中吗?!

为了不使生命很快荒芜不使灵魂中长满邪恶
为了不成为你的地狱世界的灾难

我对自己时刻警惕，一点也不敢懈怠
当野兽们的怒吼声隐隐从百鸟的欢唱中透出
我便让我带着猎狗的猎人从远方吹响号角
我用劳动清除杂草和枯枝败叶
正是要让鲜花和栋梁的种子在此发芽

面对那闪亮的斧头和嚓嚓行走的电锯
我用我旺盛的勃勃生机进行抵抗
面对那欲焚毁我的罪恶火焰
我倾泻出我的绿色、凉阴和泉水
在愈刮愈烈的世风中，我用浓密的树叶防尘
在愈益强烈的马达轰鸣声的威逼下
我回归自身，静听落叶的叹息流水的欢歌

现在，你还会站在那里远眺着我吗
你还会一如既往地欣赏我热爱我吗
你是否有更大的勇气向我的纵深处走去呢
如果你仍被你迷恋虚假惧怕真实的天性所蒙蔽
如果你只喜欢表面和肤浅
如果你是那些渺小的蜜蜂和轻浮的蝴蝶
——只对田野里的小花小草产生恋情
或只敢在我的四周在我的浅处吟唱漫舞
那么，请你转身离去
我将永远孤独永远寂寞，永远永远默守着
孤独的完整之美和寂寞的无限之美自我陶醉！

初春的夜晚

亚　楠

太阳最后的光芒
照亮我们
以及所有寒冷的日子

我看见,残雪之下
那些小草抖落
一生的疲惫

在宁静的伊犁大草原
崇高或者卑微
都那么微不足道

那个夜晚
垂老的心脏
注满鲜活的血液
静默于旷野
只为心的默契
等待黎明

如果有一天
世界在纷乱中走向毁灭
那一腔滚烫的热血

就会在苍茫的夜空
炸响，或者消亡
我知道，这样的时刻
只为春天里那一朵含泪的花瓣

只为人类还有一个
美丽的诺言

另一种爱情

亚　楠

爱情意味着
额头上那条蜿蜒的小河
已缓缓伸向远方

眼中弥漫着的
淡淡的忧郁
是一片被我们反复修饰的
风景

我看见，飞翔的落叶
旋转着进入内心

没有结局的故事
就像静静流淌的河流
不论走多远
一缕风都会从中
悄然逝去

错过花期的等待
宛如一坛百年老窖
历久弥香
该出发了
岁月正一天天淡忘
而幸福却刚刚
开始

想 念 恰 西

亚　楠

雪岭云杉是恰西
一段尘封久远的传奇
宛如古老的化石
恰西也在想象中丰富着
我们的记忆

茫茫林海
传递着春天的消息
被雪锤炼的云杉
抖去残冬
最后的疲惫
想象着走进人类
渴望已久的胜地

山花演绎着昨天的故事
它们相濡以沫
快乐而和谐
蜂蝶们忙碌着，就像哈萨克人
甜蜜的生活越走越近

我多想告诉你
在恰西，在中国西部这片

雪岭云杉自然保护区
眼前的每一幅画面
都是最美的风景

阳光依旧那么明媚
许多鸟舞蹈着，上下翻飞
天真快乐的神情
令我感动不已

这是恰西一个
刚刚醒来的早晨
所有的梦都那么清新

生 命 之 缘

亚　楠

人这一辈子会走

许多地方

也许根本无法抵达

彼岸　就像风中的谷物

偶尔落脚　一些地方就会开花

结果　然后一年年老去

另一些地方充满诱惑

能否进入天堂要看谷物

品质和能量

以及风的心情

其实生命也很简单

风将它们送到一个地方

荒漠或者大海

只要有空气　充足的阳光

它们就一路疯长

生儿育女,编织童话

快乐就是它们

唯一的话题

盛开的苹果花

亚　楠

那拉提的野果林
在金色的春光里醒来
一簇簇洁白的花朵
寂静地放飞自己

远古的梦
鲜活而热烈
仿佛此刻的彩蝶
忙碌着
一生的幸福
和鲜花一起盛开

春天就这样匆匆走来
漫山遍野
苹果花的气息
阳光的气息
纷纷扬扬
深及我的灵魂

这样的季节
野果林隐藏着某种秘密

一只马鹿悄悄进入花丛
黄羊躲过猎人的眼睛
雪豹和狼群游荡着
不远处,野果花开得正艳

那些绅士般的山鸡
澎湃着激情
还有许多生命
错过了花期

六月的草原

亚　楠

六月的草原情绪饱满
那个夜晚，鸟声隐隐传来
盛开的花朵是最鲜艳的风景

晨曦中，袅袅炊烟
一缕缕缓慢地
消逝在风里
挤奶的少女神情安然
洁白的乳汁
从她的手指间轻轻滑落

奶茶的芬芳　　一年年
慰藉我枯萎已久的心情
那个季节，在唐布拉草原
爱情就像受伤之鸟
滴血的翅膀
逃入松林

六月，草原如此神秘
它让你快乐　　更多的时候
也会让你黯然神伤

山

孤　岛

我是山
却只能在火地上爬行

丢了双翅却梦想飞翔
拆掉铁腿却怀有驰骋之魂
是哪只罪恶的双手
抽断我的脊骨
使我一辈子直不起腰杆

驮炙日驮冷月
驮铅云驮整个夜空爬行
缓慢是因为自己的笨重吗

雨之皮鞭放牧我
伴着朱庇特老汉的狂嚎
不就是挡住土丘陵的视线
不就是不愿让人骑
不就是收藏千秋万代苦难的故事吗
我何罪之有
却要背着十字架下跪

生就陆地凡胎

却将人海纳入心怀
岩浆翻滚呜咽如红河
难道我曾经不是火山吗
流出的却是可怜的泪滴

鸟雀飞上头顶筑巢
合谋分吞春天的赃物
然后各自寻找自由新天地
我开始秃顶却支撑不老的尊严
拥有无数石头
却比石头还孤独
存有上亿吨泥沙
却比泥沙更贫困
金和银是我溢出的汗滴啊
灵魂却被当作粪土

我渴我饿
我在爬行中老去
我累我乏让我安息吧

我是山
尸体　有龙的骨架

草原啊，草原（组诗）

孤　岛

草

草生长着春天
将泥土的温馨缝成一片
无论风沙鸣叫得多猛
摇出点笑意
揉揉眼又眺望起蓝天

细柔无比而又尖锐之至
草　是一种象征
植入哪里哪里就长出善意
哪里就有鸟儿的歌声响起
即使夜在长睫上留下颗颗泪珠
透明中也可读出爱的秘密

草很矮小
纤细而富有　淡得出奇
一生东倒西歪尝尽酸楚
但站立得比谁都优美

草　原

在草消失后
草原诞生了

草原躺下很博大
这里的花不是一种或几种颜色
炊烟袅袅　天穹中飘满童贞气息
冬天将草原践踏得心疼
唯有绿色不变
唯有草原甩出的音乐绵延
草原啊　历尽沧桑依然青青

这梦境　优美得让我滴泪
草原无边迷蒙又百般清醒
走遍天涯之后
我终悟它凝结作一种精神

尝过亿万年秋霜冬雪
来春　草原绿得更加迷人

草　原　人

草原静寂如画
草原人　一片片移动的风景

在草原博大的绿色褡裢里
千千万万好动的草原之子
岁岁秋秋骑着马追逐白云
有多少堆石头就有几多难悟的童话
有多少种鲜花就有几多彩色的爱情

草原人在草原上生生不息
让草拴着神经
羊儿飘散　你的想象纷纭
但无论走到哪里
终走不出青山的屏障
连头发也留有草影

草原人啊　活着草一样单纯
死后去美化草原的意境

青 铜 广 场

曲 近

在新疆石河子市中心,由"王震将军"、"军垦第一犁"、"戈壁母亲"三组大型铜像构成的青铜广场,真实地记录了军垦事业的艰辛与辉煌。

——题 记

副歌之一:序

击之铮铮如民族骨头的重金属

是比黄金纯洁比白银高贵的青铜

它曾经灿烂过古国文明

也曾辉煌过华夏之邦

而今以垦荒的名义铸起的青铜广场

凸现在西部中国的版图上

这些背负青天的开拓者

身上闪烁着青春的热情与智慧的光芒

在历史使命的召唤下走来

嗨哟哟把时代的重任扛上肩膀

拉起向荒原进军的不朽犁杖

理想和信念穿透硝烟为黎明导航

弹孔里孵出滴血的太阳

耀眼的红

灼目的痛

历史就这样把跋涉的脚印

定格成激昂向上的诗行

主歌之一：王震将军铜像

南泥湾朴素的五谷花香
香着香着就香到了新疆

沿弯弯曲曲的黄泥小路
西进的铁军快如飞矢
一路轰鸣直逼大荒
腾空的黄尘飞扬着
解放鞋踏响的军威浩浩荡荡
近距离的高原之日燃烧着
将黄土地黄皮肤黄军装
熔铸成纯金的思想丰碑
一如这西部高原的质感
凝重而苍茫，坚强而雄壮
昭示出屹立的精神和信仰
铁脚板在荒原上撕开的路
如出鞘之剑饱含锋芒
汗血马的铁掌咬碎多少路障
终于咬住一方水土不放
将军挥臂如虹气贯山河
指点垦荒大业的宏伟构想
赢得绿叶的掌声哗啦啦鸣响
西出阳关绿营帐如花开放
遍地种植三五九旅的铜质脊梁
一个威震敌胆的名字
对土地注入所有的激情和渴望
证明着自己不仅仅善于骑马征战
田间休息时，将军总是凝神遐思
烟圈转着转着就转成了粮仓

垦荒者的精神家园以青铜奠基
所有的寄托与向往都建筑在灵魂之上
西部屯垦史交响诗篇
到了将军这一代才出现华彩乐章
主旋律紧贴时代脉搏而歌
这绿洲的阴柔,这胡杨的阳刚
王震,历史将永远记住这个名字
并把他刻印在屯垦这部巨著的扉页上

主歌之二:军垦第一犁铜像

在天地相连的遥远地平线上
移动着垦荒者驼峰一样的肩膀
他们古铜色的身躯以朝圣的姿势
把一座年轻的城市拉成初升的太阳
肌肉,绳索,汗水,犁杖
被历史塑成崛起的铜像
那最能爆发力量的身躯前倾着
任风把衣服吹成展开的翅膀
扇起新翻泥土陈酿般的醇香

在他们烟熏火燎的身躯上
一块块紫色的伤痕闪闪发光
曾经匍匐跳跃穿过战争之后
就潇洒地脱下军装放下钢枪
面对祖祖辈辈梦寐以求的土地
屈腿
弓腰
勒陷进肩胛的纤绳呀
勒得我的灵魂隐疼热血滚烫

他们相依并拢的脚趾如虬根
轰隆隆扎进泥土的声音

春雷一样令人兴奋不止

翻身的土地一路高歌

延伸着漠风奏响的绝唱

地头随意挂在锹把上的军衣

被一场春雨滋润成复活的白杨

冷却了的弹壳熔铸成闪光的铜像

黄皮肤的色泽以铜汁的液态流淌

流淌成黄河水一样的滚滚麦浪

遍地金黄,遍地麦香,遍地花开

遍地是征服者人生青铜般的辉煌

步着垦荒者的青铜韵脚

我歌唱纯洁的灵魂

我歌唱奋飞的翅膀

我歌唱人生的美丽

我歌唱奉献的高尚

直到像杜鹃一样啼血而亡

主歌之三:戈壁母亲铜像

来不及品尝禁果的亚当

就为争取自由去扛枪打仗

血肉之躯钻出硝烟

如凤凰蹈火而歌拍翅而翔

左脚刚落在黄河长江边的青纱帐

右脚已踏进阳关之外的新战场

而来不及带走的那根肋骨

西望边塞忧伤成一轮瘦月亮

肋骨相思成夏娃的新女性

为修补残缺世界冲破世俗之网

千里迢迢走西口寻找心中的太阳

做妻子做母亲都以纤弱之躯

撑起一片爱的阴凉

在给予中悄悄忍受苦消化痛

把人间磨难转化为爱的琼浆
转化为精神营养的人格力量

展大地铺沙砾作你的婚床
揽白云采山岚作你的嫁妆
不曾有过许诺和盟誓的爱
一样能够厮守到地老天荒
伟大的母爱如喷泉
为童心注满幸福安详
阳光和花朵在晴空下开放
微风吹来醉心的芬芳
夜莺低吟,云雀高唱
蟋蟀把草弦轻轻弹响
青春无悔,人生无怨
公正的岁月如江河之浪
淘去泥沙荡尽浮尘
筛出一曲黄金般的边塞乐章
使我们经历一次超越艺术的审美欣赏
心灵变得像溪水一样清澈透亮

副歌之二:延长的休止符

青铜的内聚力使我们云集广场
但我们不是游客为了打发时光
而是带着人生的思考来接受锻造
能够托起天山新高度的臂膀

在铜像前我们列队接受检阅
在灵魂经过一次洗礼后
祖国,请把我们分配成种子
播进时代最肥沃的土壤

古　井

曲　近

容不下忧患之土地
怎么也闭不上
那只历史的眼睛
如圣哲
遗憾于一个未完成的命题
而凝视苍穹

最初是清清亮亮
最初有秋波暗送
以穿透红尘之坚韧
饮田园如歌之憧憬

战乱之铁蹄掠过
青铜剑劈碎江山
疼圆了你的瞳孔
通向善恶之路
延伸成条条鱼尾
做痛苦摆动
马萧萧
车辚辚
踏落惊鸿
长袍马褂走来

真龙天子走来
掬起一捧
争饮你滴滴泪
（但泪不是圣水）
昏庸者依旧昏庸
廉正者依然廉正

马革裹尸者
望归
乡情挣断成一截缰绳
握进土层
坟冢思成
一弯月影

青苔和绿草
围成美丽的睫毛和浓眉
竟也全部愁落了
被风裹胁
装点了一星守梦者的猩红
你以犀利之秉直切入
岁月的断层
旋成幽怨深邃的黑洞
失光失色失宠
却不失明

日蚀月蚀伏设的悬念
哲人和圣者难以彻悟
悟不出才是历史的真正痛苦
眼睛就注定了
不向后人关闭的心灵
渴望有人探出感情的深浅
渴望有人掂出心事的轻重
一束目光如水

凿穿五千年岁月之壁

抵达我灵魂之岸

洗我通体透明

天机随水而泄

忧患是人生最高体验

没有忧患的人生

才是人生最大的不幸

古　韵

曲　近

古风横吹
七孔的中国石桥
如一管铜色洞箫
音韵穿桥孔似的
汉朝
　　唐朝
　　　　宋朝
　　　　　　元朝
流来
　　流成汉赋之风飒飒
　　流成唐诗之月皎皎
　　流成宋词之雨蒙蒙
　　流成元曲之声袅袅

揭古籍封面如掀历史门帘
走进去
　　吹拂
　　临照
　　沐浴
　　熏陶

岁月之水
穿箫孔而过

长城流成传说

黄河流成歌谣

中国之唇贴紧时代

吹一阕古韵

沿华夏图腾之柱

缥缈环绕

今夜有

　　　风吹

　　　月照

　　　雨淋

　　　马萧

应古人之约

以史书为向导

我潜入古韵之水

探情海深浅

悟百家禅道

老 茶 壶

曲 近

一把握细了把儿的老锡壶
蹲在火炉上
如圣者闭目沉思
有嘴道不破
一肚子天机

火刑的炙烤
咕嘟嘟呻吟一阵
痛苦就分给众人品味
这人生
这日子
深奥无比
习惯了如鱼的茶叶哭啼
习惯了柴薪的哔剥哭啼
燃茶树煮茶叶饮茶水
是中国人的残酷

老茶碗期待着
一个滚烫的话题
现代之水
明清之茶
唐宋之壶

煮成的民族文化心理

浓浓

酽酽

涩涩

苦苦

岁月　在壶里咕嘟着

茶叶沉沉浮浮

为命运作注

人，何尝不是一只茶壶

一生能倒出多少如释重负的心事

西　藏

曲　近

纯洁的西藏，古朴的西藏
雪的家园，鹰的故乡
一大群牦牛把地鼓擂响
日落前赶着归家的生灵
抢占一个酒窝把灵魂安放
深深浅浅的酒窝就印在
山不动水动的地方
水不动云动的地方
云不动天动的地方
天不动鹰动的地方
鹰不动风动的地方
风不动草动的地方
草不动羊动的地方
羊不动眼动的地方
眼不动歌动的地方
歌不动情动的地方

动感的西藏，质感的西藏
羊群串起洁白的珍珠项链
挂在喜马拉雅的脖子上
谁在谛听雅鲁藏布歌唱

北屯:多尔。布尔布津

郁 笛

一

如此艰难的一座小城,
被遥远逼进了自己的梦境。

如此漫长,仿佛天堂的花园里,一座不设防的庭院,
一部上帝手里的袖珍童话。

风在阳光下翻动着,一片草地上金黄的沙滩
以及河岸上在干渴中坚韧的庄稼和羊群。

是啊,这天边的小城,
有谁能够拥有她彻夜的狂欢——

把尖顶的木屋,垒放在她隔世的山巅,
那样执著而无须期待的彻夜的狂欢。

红色涂满了一座洁净的山顶,
一只秃鹜衔来了爱情的片断。

我在无语中目睹了这样一座温润的小城,
在夜晚的挣扎。

我在空气里扯下了一把坚硬的沙粒，
等待着梦中醒来的那一片草地。

哦，我是说，北屯这样一座平坦的小城。
为什么她迟迟不能自己去诉说。

二

多尔。布尔布津——消失的河床或者渡口。
这是蒙古人的记忆还是小城自己的历史——

是啊，一条河，多么宽阔，
把潮湿的谷地推向了高处。

是啊，一条河，多么高远，
沙地上堆满了少年的眼泪和羔羊的头骨。

白桦。沙柳。芦苇丛。
北疆地表上一切坚韧的植物们——

你们攫住的是一把湿润的土壤。一滴水。
一堆沙石中珍藏的岁月呵。

如果不能被这些最卑微的生命来证实自己，
那些艰难岁月中的扶犁者、拓荒者——

播下种子就再也没有回过头来的命名者呵，
北屯的记忆中，应当留下怎样的空白。

三

我不知道自己是不是一个，
胆怯、虚弱、貌似强壮而又目光迷离的观光者。

在小城之侧，额尔齐斯河宽大的林地中央，
面对额河特曲和朋友的盛情，我已经如数交还了自己的勇气。

而我深知自己还有无法交还的那一丝丝心底的疼痛，
正如这个迅速下沉的夜色一样，被河水吞没。

四

这样一片杂草丛生，同样也不失为茂密的林中空地，
刚刚被一场急切的暴雨抽打过，被一次如期而至的山洪

席卷着浑浊的石头。树枝。幼小的马匹还有头羊的呼唤，
汹涌而过。

那些来不及在洪水中探出头来的树叶们的声音。
尘土的声音。

空气里稀薄的喘息的声音。
我听见了你们在洪水下面的，激情的合唱。

而洪水呀，洪水对于这样一条惯于被撕裂的河床，
类似于一次次温柔的抚摸。

只是他有些粗糙的大手上
沾满了季节和泥土的芳香。

五

整个夏日里，北屯就像期待一次次久别的重逢，
等待或者沉浸于洪水之中。

而额尔齐斯这样一条娇羞中充满野性的河流，
会使北屯变得更加茫然还是更加自信？

如果只是这些遥远的水患，
正在加剧着我们对故土的思念，

我愿意说出，我们被农具和水声搅扰的乡愁，
正如同北疆坚韧的植物，丛生的叶脉里省略了繁华。

六

是呀，我说过你是这个季节里最适宜打开的
一部童话：

阳光。明媚。
晴空里堆满了棉花和丝绸般的蓝。

只是遥远啊，北屯。
在多么险要的地方你没有停下来。

多少生死、灾难横生的处女地上，
那些留下了姓名却不知去向的踏荒者呵！

他们消失的方向，全都背对着一个陌生的名字——
北屯。

当我们学会了在沉默中铭记，这样的历史，
多么催人泪下，一部拓荒者的历史就是一部童话。

哦，多尔。布尔布津
哦，北屯。

阳光中打开的童话般的小城，
正在把他自己的历史，向着梦想的彼岸，摆渡。

在库车与一条河流相遇

郁　笛

是一次洪水留下的记忆，黄沙红壤的视野尽头
泥土和青草，在落日般的大地上，摇摇欲坠。
涓涓，或者喧响着漫过了我的头顶——
多么漫长的戈壁也不能，收拢了你的翅膀。

却不得不记住你的名字，多么真实的弯曲和明亮
水呀，是我在这个即将到达的这个夜晚里
对库车的记忆。尽管我只是一个匆匆过客
我的行囊里，储备了足够的干渴和漫长的荒芜。

我离开，或者不曾到达，南天山扯动着的库车平原
在古国的佛光里，哪一滴水，早已沿着慈悲的方向
被智慧的岩石和风沙照亮。战争和杀戮，宗教的血
多么艰难地爬出了岁月的深井。唯有水，涓涓不语。

我看见了沙石一样散开的骆驼，它们背对着河流的方向
吃草。仰望。或者垂下了坚硬的眼睑，一言不发。

青 格 里

郁 笛

一条山路,告诉我该怎样摆脱尘世的纠缠,
一条河流,告诉我怎么样才可以抵达内心。
哦,青格里,多么高远的山路上我望见了
停留在低处的这一片青葱和美丽幻影。

此时此刻,我所涉足的阿尔泰,
在烈日下陷入了正午的假寐。
我像渴望中的一滴雨水,降临在青格里
这一万年都无人知晓,也无人惊扰的山坳间。

一片树叶是我久违的亲人,而山林环绕啊!
一片草地上,纠结着一只来自远古的羊群——
就像大青河和小青河,在青格里的蒙古语里
流淌着缓慢的历史和那一场惊心的跋涉。

我无法像记忆我的故乡一样,把青格里带在身边
我已经告别了这个酣睡在山坳里的,古老的寓言。

多浪麦西来甫[①]（组诗）

谷　闰

序　曲

哎——

来来来——来来来——

　　咚达达咚达………

那时的月亮从卡龙琴上升起，多浪河

迈着湍急的步履把昆仑山和沙漠

追忆在奔腾的浪中，而后沙塔琴的节奏

就注入了胡杨林里

尽是些雪亮的长统靴

尽是些披纱的妇女

黑须的小伙和大眼睛的姑娘

此时已失去了往日的庄重

甚至额头上曾流过多浪河水的老人们

也活动起他们的双腿

多浪河……

十月的季节，金黄的世界

---

① 多浪麦西来甫即多浪舞，是叶尔羌河（或多浪河）流域的维吾尔古代部落表现一次狩猎活动的舞蹈，沿
袭至今。

喜悦、焦躁,骚动起这片土地
夜的翅膀,展开难以想象但可以
容忍的时速在众人的腿中飞翔
锅中的羊肉的喷香的膻气已弥漫
晚神的眼睛,它什么也看不见了
只有荣耀的大地说:膻味的人、世界
只有海盟山誓在表达着一个民族
舞、歌、粗犷、豪放、大义

于是……
那些不可知的已成了可知
那些弯曲的已成了通径
那些西域三十六国的遗迹
成了梦中的一片记忆……

男 人 们

多浪河冲出绿洲
用胡杨树的叶子遮住了害羞处
棕黄色的野羊已进胃里。呵!男人们
凸起鼻梁的男人们和手握腰鞭的男人们
从褐黄色的戈壁中走来
吆喝着,吆喝着,像雄鹰一样
吆喝着,吆喝着,像充满爱的骆驼
混乱——
已没有什么理由,节日的礼节
已被达普鼓击到昆仑山上的冰峰
呵——
手握腰鞭的男人们,没有徜徉
在夜莺叫的时候转向情人的葡萄架下
却骑着伊犁马在西域的土地上奔跑
这时,有人喊道
男人们,男人们,男人们——

兴奋……

何须眼的光泽射出

那欢笑、热烈、激昂的情愫

跳吧——

跳出多浪河的浪花

跳出烤肉的芳香

篝火篝火篝火

荒原上的篝火,西中国的篝火

篝火旁有一群跳多浪舞的人……

情舞及尾声

咚达咚——咚达咚

咚咚——咚达咚

漂亮的姑娘从人群中走出

洁白的纱巾在夜风吹拂下,撩起

男人们的遐想。那手里的奶茶

已溢满空气。只有鼓点声

装饰着这夜的气氛

小伙子急不可待地接茶来了……

然而。呵!姑娘低垂着头

已转过身子。她轻轻地扭动脖子

洁白的皮肤与月光争辉,勾起

男人们那伸长的眼睛

呵!呵!姑娘只是回避着

又好像焦急地寻找着。你看——

她的舞姿烦躁。手也不停地摆动

似戈壁红柳那样婀娜

牵动着青年汉子的心房。又像
起风的胡杨林
骚动起一颗颗火热的心

终于……
她的步子平缓,平缓了
在那里不停地向前移动,向前移动
头低垂着如待放的荷花
手挥起了白纱巾
向绯红的脸庞轻遮
眼,似看非看像受惊的小鹿
在那里,只有"咚咚"节奏缓慢的步履

终于……
她献出了奶茶
向那身背弓箭满身血浆的青年汉子

于是,咚咯达——哎——
踏踏踏的脚步
于是男女老少一起涌了上来
于是卡龙琴、沙塔琴、手鼓、欢呼声
淹没了西中国的这个部落

古 楼 兰

周军成

我们那个季节
像朵柔软的花
被风撕碎了

我们在梦中哭醒
不仅仅是因为黄昏
像只蝙蝠怪叫着
并且俯冲下来
而是那个城堡
躺在那里
像个挨饿的孩子

我们听到那抽泣声
被人带回来
而想起那条河
在沙漠里爬来爬去
渐渐被岁月吸干

我们那个季节
身上裂满口子
一滴水也没有

我们那个季节

是白白的雪地上的几滴鲜血

一些羊群从那里走来

一些秃鹫在那里降落

我们那个季节

像只哀鸣的老鸟

羽毛被风拔去

飘落在哪儿

那儿便有鸟鸣

这座城市又小又年轻(组诗)

刘龙平

家园:克拉玛依

戈壁辽阔、深远

大地上的钻塔和采油树

交织成一张纵横交错的美丽之网

地下的石油一浪一浪涌出花朵般芳香

并长久地散发着阳光般的温暖

有一条人工河从荒凉的历史中缓缓流过

像挂在城市脖子上的项链

经常有大风前来敲门

也仅仅是她梦中遗落的呓语

这就是我灵魂的家园

这就是我想发出歌声的地方

在这里我的幸福和梦想

融进了每一滴会歌唱的石油

而我的快乐也会像云霞般

随时升上明净的天空

大风中的克拉玛依

天气预报真准啊——凌晨五时
克拉玛依刮起了十二级大风

四月份,戈壁的芨芨草还黄着呢
耐不住寂寞的风沙和石头
就好像商量好了似的开始走街串巷

本来就活得很艰难的白杨树,说断
就痛苦不堪地被大风折断了腰
那些商家的广告牌犹如残汤剩羹
在大风中幽魂飘荡。学校也被逼停课了

有些人会蜗居在家里不敢出门
电说停就停了。没有谁提前告诉你
大风中的克拉玛依弯着腰,步伐趔趄
但头颅是高举的。我们听见她微弱的呼吸

生活在这里的人,注定是要和大风
血刃一场的,尤其是生产岗位上的工人
他们是克拉玛依庞大机器上
坚强的螺丝钉,是大风中优美的舞者

大风从戈壁的胸膛上刮过
大风中的采油树、钻井架只是晃了晃
自己或单薄或挺拔的身子

大地复苏。天气骤然变得温暖起来
春天的脚步也越跑越快了
石油生产高峰期的到来总会让人兴奋

克拉玛依油田的兄弟们

就好像是一头蒜
兄弟七八个，围着柱子坐
这柱子就是石油。这兄弟们
就是同克拉玛依油田一样生长的石西油田
火烧山油田、陆梁油田、夏子街油田……

更早些的时候，老大克拉玛依油田
出生于一九五五年十月二十九日，条件那个苦呀
连打第一口油井的水都要到三十公里
以外的叫做小拐的村落去拉

还包括那些在生产和生活中遭遇的厄运
让后来居上的油田是不敢想象的
——虽然兄弟们都饱尝过同样的磨难

石油照亮着世界，也照亮着油田灵魂
在苦难中享受光明多么美好啊
兄弟们一生为石油奋斗多么幸运和幸福

有过轰轰烈烈，有过平静，有过憧憬……
还会有更多的一些兄弟加入到
这个石油大家庭中来。多么爽的事情
——就好像天上掉了大馅饼

车过克拉玛依

车过克拉玛依，汽车的轮子或者
会慢下来。但人们在张望和感慨之后
必定会带着遗憾匆匆离去……

624

没有什么可以养眼。寂寞的戈壁城市
没有历史，没有文化……甚至极度缺水
除了石油赋予这座英雄城市
年轻和英姿勃发，还有响亮的名字

住地窝子，住帐篷。曾经的光荣和梦想
是城市的伤疤，也是城市的希望

——或者你不一定相信
三十年河东，三十年河西的民间俗语
但克拉玛依人创造的巨大神话，会
让你想象的翅膀浪漫地飞翔……

现在，车到克拉玛依，会有一条穿越
戈壁的大河将你紧紧地拥在怀里
你疲惫的心会松弛下来，你干燥的灵魂
也会因此丰润和潮湿起来……

就让一百公里以外的乌尔禾魔鬼城
耐着性子等待客人吧——
虽然它是克拉玛依旅游资源的重头戏
虽然它是克拉玛依王冠上的又一颗明珠

克拉玛依春天短得像兔子尾巴

几天前人们还穿着棉衣皮背心什么的
气温说热一下子由零下十几度
蹿上了零上二十几度
快得就像从戈壁飞驰而过的野马

冬天总是抱怨寒冷的日子太长
他们居住的戈壁石油城

还没见树叶发芽呢,树就绿成了波浪
还没见花朵绽蕾呢,都灿烂成一片片阳光

居民区草坪中的星星草都快长疯了
——克拉玛依人自己种植的树木花草
就像他们的性格和品质:率真并乐于奉献

五十年来他们都是在苦难和幸福中浸泡着
但是,每年的春天一眨眼就晃过去了
克拉玛依春天短得像兔子尾巴
短得人们还来不及
享受春天,甚至还来不及说出
自己心里的那么一点点遗憾

这座城市又小又年轻

这座城市又小又年轻。然而
再小的城市也像五脏俱全的麻雀
再年轻的城市也有割不断的历史

况且城市还有三十六万市民呢
或许因为她小,我们才怀有远大理想
或许因为她年轻,我们会感到肩膀上的责任

五十年可谓弹指一挥间。历史
是从这片不毛之地长出的一棵棵参天大树
和一幢幢拔地而起的楼群……是油田
坐在红色箭头上突破一千万吨原油的指标

为这座炉火通红的城市添一把柴吧
我们的热血会因此澎湃不竭,激情飞扬
我们的生命会因此与这座城市一起
永葆青春。或者

也会幸福地一天天慢慢老去

《克拉玛依之歌》至今仍有人唱着

戈壁还是原来的那片戈壁。但
克拉玛依却是在变化着。那种巨大的改变
让外来人简直摸不清头脑,甚至有人
发电报回家:克拉玛依钱多、人傻、速来……
于是,又有人唱着《克拉玛依之歌》接踵而来
建设我们的家园——两股力拧紧一根绳

当年的小伙子陆铭宝转眼已成了
享誉中外的石油专家。而女子采油队的
王松雪队长也由小姑娘变成了著名小说家
他们都是唱着《克拉玛依之歌》成长起来的

前人种下的小树苗早已长成参天大树
《克拉玛依之歌》至今仍有人唱着
只是唱的方式和场所——
耐人寻味地增加了多元化因素,都烙上了
深深浅浅改革开放的味道

在婚礼上,在酒吧,在 KTV 练歌房……
甚至在两个亲朋挚友别离时
《克拉玛依之歌》就像一件重要的法器
人们唱着它,隐秘地决定着自己
可以享受到的快乐和幸福

从龟兹到高昌（组诗）

谢耀德

苏巴什佛寺①遗址

一

干涸的伊苏巴什河两岸:东寺,西寺
像一本胡乱翻开的经书
仿佛风雨锈蚀的地图
残败,破旧

而走进遗址的我仿佛一个唐突的僧人
突然陷入空寂

二

推开时间之窗向远望去,空阔的荒原上
两只羊,循着青草方向移动

阳光朗照千万遍的大地,空旷的世界
只有两只羊
两只黑色的,矮小的,小羊

---

① 苏巴什佛寺:又叫昭怙厘大寺;也译作雀梨大寺,俗称苏巴什故城。始建于东汉,分东、西二寺,繁盛于隋唐,后毁于宗教战争,是古西域最大的佛寺。

它们把孤独感染给了世界，我和这座
荒芜的佛寺

岁月抽打着时光的废墟
天上的云朵古老又新鲜

三

野地里的蛐蛐尖尖的鸣叫
仿佛划开时空的刀子
把我惊醒
它仿佛在寻找另一个世界的
另一种孤独

一滴苍凉
仿佛我对旷野的呼喊

四

恍惚中走来一个身影

时间之外，视线以远或更远处
他满脸尘埃，孤零零的，没有声息
他正在向世界招手，或告别

我望着他，两眼空茫
仿佛一件风烛残年的袈裟
旷野之风轻轻一吹，就消逝了……

五

风沙吹打着荒野，吹打着
佛寺，佛堂，佛塔

风沙吹打在我脸上
有些潮湿,整个世界都模糊了
而我是一个热爱生命的俗人
我身体里只有半块披袈裟的凡心

六

古老的龟兹域外的长风
伟大祖国辽阔的疆土啊

感谢今夜春风,佛光般均匀浇灌世界
浇灌我们国土的东西南北,浇灌我们
人民的山川江河,浇灌这里和那里的
荒野白骨和幽灵

同样感谢今夜月光不分彼此照耀你我
照耀千年世界的现在也照耀它的未来

今夜的古城
灿烂的灯火和夜空的星辰
像世界最可爱的孩子,他们像久别的亲人一样
亲密问好,争相闪烁,互相照耀

七

冥冥中:有龟兹,伽蓝,鸠摩罗什,包括
神秘石窟,壁画,石刻经文,被岁月磨烂的
历史烟云,还有那些被风吹远的记忆,
——清晰起来

仿佛整个世界一下子清晰了
我突然感觉血液里有什么在击打
在奔突在嘶鸣,仿佛千年旷野

在呼啸,在传送大地的悲悯和幸福

穿越天山神秘大峡谷

穿越大峡谷的鸟儿飞快
它们身上保留几千几百代祖先
穿山越岭的遗传

穿过大峡谷的人很慢
他们拽住时间的尾巴奔波生活
飞机,汽车,火车,电梯……
把祖上的本领全部替换

现在,我们来神秘大峡谷
其实我们能探什么险
从库车到龟兹至少1800年
我们离茹毛饮血的先民更远

我们只是在这里,把祖先
和他们走过的路,再阅读一遍

大漠烽火台

古烽燧上
一只乌鸦举起黄昏的号角
天就黑了

西风
骑驴唱诗者,午夜
出差到唐朝的天狼星

边城熟睡
月光轻摇夜草:醒——醒

631

野刺花睁开眼睛
天空　一下就亮了

交 河 落 日

落日
一条因战败而自戕的河流
举起头颅
向天空喷着血

风吹残城
双手抚胸的干尸
敲打着空空的坛子
古道上漂浮着干渴的祈祷声

花朵留下个梦
城池腰间哗哗流淌碎银
交河龟裂的脸
从时间界点猛然扭开

月光缓缓地铺成了她的皮肤
安详而神秘

在交河故城旁

河边的乌鸦
是早年丢弃的旧陶罐

残垣
锈迹斑斑的石头
比铁更凝重更古老的颜色
是我分辨不清的历史

谁在时间里喊痛：
我什么也看不见
除了这块被幸福回忆瘦了的旧铁

落日在前，故城在我身后
风　　越吹越矮

石 头 城 下

石头城下
时光轻轻叹息——

哦，
远去了……

那蹒跚远去的
只是孤单的落日
只是时间匆忙的背影
只是，苍苍的
流水声

而大地寂静
岁月的青草依然散发着
高原物种那独特的，宁静的气息

黄　河

堆　雪

我眼中咆哮而去的白天和黑夜
我胸中汹涌而来的绿草和黄金
我炎帝的龙袍黄帝的内经
我泥沙俱下的泪水和表情

我奔流不止的青春光阴
我万马齐喑的血脉呼吸
当我手执铜壶烫暖一河热泪
谁　是你醉而不归的舟子

压抑怦然心动的胸口
我展望斟满雷声的北斗
黄河　一千张日记被你揭走
一千张日记就是一千帆背影
一千帆背影　是你卷土重来的怒吼

我的情感铺张浪费的草纸
我的命运柳暗花明的大道
我的一声不吭被旱烟呛出泪水的父亲
我的唠唠叨叨被灶火熏黑额头的母亲
我的辣椒放多了的兰州牛肉面
我的盐巴放重了的陕西羊肉泡

当我牵着牲口赶着马群　消失在你黄昏喧哗的入口
当我拖儿带女扶老携幼在你的沿途生息漫游
当我头顶火盆跪拜你博大精深的源头
当我用回忆掀开你阴云密布的眉睫
黄河　我渴望风暴后大地的丰收

我的黑发白发三千丈的黄河

我的飞流直下三千尺的黄河

我的铁马冰河入梦来的黄河

我的轻舟已过万重山的黄河

我的带走我的照片带不走我容颜的黄河

我的带走我的歌声带不走我情感的黄河

海水日升　淹不住我心中的落日

江河日下　埋不掉我眼里的红尘

我的不撞南墙不回头的河

我的不见棺材不掉泪的河

我的不到长城非好汉的河

我的不见大海心不死的河

我的吹吹打打热热闹闹的河

我的跌跌绊绊风风火火的河

我的不见不散一个也不能少的河啊

当石头化作泡沫

当骨头化作浪波

当高粱倒下一片鲜血

当眼泪塑成一穗青稞

当我双脚都沾满了泥水手里攥着一把苦活

黄河　你是我累了时想唱的那首歌

一道道鞭影驱赶着装满火焰和泪水的马车

一首首民歌开满杏花打湿的村落

豪饮北风　伫立在你的河东河西河南河北

黄河　我是你看着长大的山脉

我的赵钱孙李周吴郑王的百家姓

我的人之初性本善性相近习相远的千字文

我的洋溢着神州药味的本草纲目

我的泛滥着华夏光辉的二十四史

我的睁着眼失眠的红楼梦

我的流着泪微笑的长恨歌

我的风风雨雨生生死死的船工号子

我的热热闹闹轰轰烈烈的万家灯火

我的汹涌澎湃酣畅淋漓的心血

我的丁丁当当铿铿锵锵的骨骼

山丹丹开花红艳艳　艳了你水做的峰峦浇筑的山坡

天上星星一点点　一点就点燃了你九曲十八弯的脉搏

举杯销愁愁更愁

抽刀断水水更流的黄河啊

当我头顶烈日脚踏寒霜哼起那支儿歌

您　就是我以梦为马的祖国

636

所谓北方

堆 雪

除了几座山峰
我的胸中　尽是天空
此刻　即使发动所有的风
也搜不出　我眼底几朵白云

石头　坐在无端的山头
片面的屋顶　是这个世纪没有放高的风筝
风的尽头　泪水模糊着苦涩的红尘
记忆的马车　正走过浮想联翩的黄昏

麻雀乱飞
露水打更
更深的脚印里珍藏着命运
在路上
谁比一粒红尘更加动人

梦里大雪梦外大火
表情里闪烁金银铜铁
北方　我在坚持你的内涵
呵气　是一天风雪
缄默　是一座山冈

当我们在仰望中起驾黎明

当太阳升起我们的心脏
所谓北方就是一万只蚂蚁
搬动天边硕大的泪光

感受西北

堆　雪

西出阳关
心胸　是如此的辽阔
西高东低　黄土倾斜
山峦　依次是虎皮闪烁的王座

大雪铺纸
乱石泼墨
每一棵草木
都是北风推出的力作

举杯落日圆
豪饮长河干
醉卧三千里红尘巨著
沙漠　是一抹羞涩
戈壁　是一声断喝

如此夸张的天空
如此放纵的草原
泼辣岁月
豪放生活
怎不叫灵魂开花
骨头拔节

草　原

堆　雪

你看见我时我正用阳光喂马
你不知道这些年我一直在经营一座花园
你不知道

我正解开风的缰绳把歌谣放出马厩
渐远中看见　四朵大碗花
和一溜绝尘的烟

你看见我时,草原上
白云正肥　羊群正白
帐篷和少女的乳房鼓舞着风

你看见我时
正是牛粪开花马头鸣琴的时节
石头说话　雨水咬紧爱情的肩胛

你看见我时
我正用泪水给秋天的母亲净身
用微笑攒足一次谢世的远行

草原啊
你看见我时我已经老了

草原上众鸟喑哑
黑夜里
我俯身捡起的道路都是缰绳
我回首唤来的昨日都是马匹
那么就让它驮走我的奢望吧
或者让那盘旋已久的鹰
从高处　投下我的骨灰

这些年在西北

堆　雪

这些年　在西北
我的每一页情书都是戈壁
我的每一篇日记都是沙漠

白云打湿花朵
马匹点燃山脉
落日　淤着篝火的血

白杨树高耸入云
一笔写入沧桑的大作
石头滚动光源
北风舞断丝绸的河
怀揣半个月亮的人
把票径直买到梦里
把思念搭上内心提速的火车

这些年
我的目光很淡
我的头发很乱
这些年
一根烟头　就是一颗北斗
一卷铺盖　就是半部小说

面对北风
我两手紧握雪白的骨骼
像荒芜的草原
穿起　一冬的大雪

这些年　在西北
我的歌声没能高过沉默
我的身影没能薄过剪贴
大地倾斜
天空压着每天的生活

最后的贵族（组诗）

李东海

　　无论是白昼还是黑夜,都有许多灿烂的恒星照耀在我们的天空,他们的光芒,令我们景仰。我们也渴望成为其中的一员,但这需要天分和努力。

——题　记

辜　鸿　铭

一条辫子

从清末的后墙

用力地甩出

重重打在了洋人的脸上

一道血迹

就让洋人们感到了无比的震撼

于是

一袭黑色的长衫

就使广州的街头

热闹了多年

兴办洋务的齿轮

正在江南的岸埠

急速地咬合　你生逢其时

红顶的瓜皮小帽

在香帅张之洞的府上
红透一片

可漆黑的夜
漫无边际
豺狼的绿光
一遍遍扫射
狐狸的欲望
也在嘶鸣中膨胀

中国最后的一位遗老
这时已被岁月的寒风
吹到了紫禁城的门外
那根铮亮的文明棍
仍然在北京的街上
掷地有声

用洋腔说话
用洋文写字
一双枯瘦的小手
把国粹国学的文脉
挂在西洋的天边
然后拖着那条脏兮兮的长辫
回到了家中
三寸的金莲
依然让你
醉入梦乡

陈　寅　恪

咬烂洋文
转过身去
您就嚼碎了西域西夏的古文
一路地咬去

一口好牙　让藏、蒙、梵文
全都成了您乖巧的儿女
在膝前环绕

这群淘气的孩子
有谁还能让他们顽皮的性子
在您的肚里
认祖归宗

西洋不是您久住的客房
回到家国　回到水木清华的池边
先生拿起一支锋利的大笔
用力划在了历史的浪尖
厚重的史册
开始破身
尘封的学案
初见了端倪

先生没有就此打住
学贯中西的笔锋
直顶在"经史子集"的腰间
让昔日的黄花
一再开放
鹤立鸡群的风骨
鸣鸣作响
于是让《论再生缘》和《柳如是别传》
这些如雪的腊梅
在青史中芬芳

过去多年
先生瘦弱的身子
依然顶住了半个世纪的风寒
即便双目已盲

双足己膑

可钢铸的脊骨

就是不让历史的种子

充当戏子

不让学术的精血

遗落在柳巷

凡是走向先生的人们

都能在路上

看到先生的肩上

其实高耸着一座

珠穆朗玛的雪峰

王 国 维

一眼清冽的泉水

在黑到尽头的夜里

从您的《人间词话》里

涌流而出

走在夜里的人们

抬头是月

低头是水

饱蘸心墨的笔

移过唐诗

移过康德、叔本华的金发和碧眼

在安阳的地头

重重地落下

沉睡在地下的殷商

从一片片的龟甲和兽骨里

慢慢爬出

让死去三千年的巫师

开口说话

两汉的博士

在您直透纸背的眼底

一个个站起

遗失流沙的简牍

像一只只生锈的蝴蝶

从楼兰的矮墙

纷纷起飞

你四十年的热血

苦心孤诣

而一个丢失敦煌的女子

击伤了你的肝肺

击穿了你的泪腺

一条条苦难的鱼

从泪河的源头

缓缓游来

可是我们无法想象

一个被泪水浸湿的身子

最后还是被颐和园的

那湖死水

悄悄地湮没

让一个世纪的中国

都伤心不已

梁　漱　溟

一块坚硬的石头

从一介书生的书脊上

露了水面

让吹过水面的东风

嘶嘶呜呜

648

儒气十足的先生

吃斋念佛

一炷炷香火

点燃不了京城的香炉

《金刚经》的韧带

也拦挡不住积水潭前

父亲殉道的诀绝之音

还是弃佛归儒吧

四海之内　皆兄弟

孔子悠长的手臂

拽住斯宾格勒《西方的没落》

也拽住了先生

固执的脚步

先生划起

《东方文化及其哲学》这叶小舟

在长江下游

不停地荡漾

沉寂的江岸

响起了回声

一尾东方保守主义的大鱼

从长江出海口

游入了太平洋和大西洋

村治　乡治

一时乡村建设的青苗

从河南、山东　一路地点播

事必躬亲的脚印

让中原的田野

郁郁葱葱

生于乱世

先生的骨头

宁折不弯

一直都立在我们的路口

成为我们出征试剑的

一块碑石

可谁能涉过先生的苦海

无边无际

储　安　平

在这个夜晚

谁的手

还能举起一杆松明

照亮前行的方向

谁的眼睛

还能抵抗一道道闪电

看清那风雨交加的夜色

一支儒雅的笔

走下了笔架

点燃自己流血的手臂

走在了我们的前面

星星

都闭上了雪亮的眼睛

夜幕

沿着河流和大地

向着城市和村庄

覆盖而来

儒雅的笔，折断成骨

也斩钉截铁

历史的目光

在半个世纪后

都唯唯诺诺地徘徊在你

冷杉一样的身后

一条忧郁的河
从高原流过
带走了我们的房子和笑脸
同样也带走了
我们的记忆和苦难

天 涯 浪 子（组诗）

杨　昕

穆天子西游

那时候没有火车
飞机的翅膀还沉睡在
　　历史的幻梦里
可你想外出旅游
想看看外面的世界
你就去了

八骏马车在西行的山岭间颠簸
载着三千多年前的清风明月
你坐在车上，怡然自得
一边看着旷野的风光
一边想着使你扬威的
　　无数次战功赫赫
渭水过去了，孟津过去了
黄河、阴山也留在后面
你要看看：黄河是从哪儿流出的
昆仑山是怎样地巍峨

终于，你醉倒在西王母的
　　欢迎宴会上

临行依依

亲手植下一株槐树

让西王母用思念去浇灌

任凭西王母引颈东望

你却再没有机会开会或者出差

蟠桃和葡萄酒的甘怡就

  飘在你的记忆里

   留在历史的齿龈间

让岁月的清风去咀嚼

留给后人的幻想去品味

马可·波罗

从威尼斯的水域走进东方的神话

文明古国的风物照亮你的惊奇

你把饱满的岁月播在这块丰腴的土地

长出你的骄傲

开成西方的惊异

你从亲友狭窄的视野

走向他们想象无法触摸的地方

你把东方神秘的大门打开

一道炫目的光环

  使他们怀疑自己的眼睛

终于,有一个人的幻想被点燃

他驾着帆船启航

意外地找到了一片新的陆地

你的灵柩沉睡在故乡的土地上

听着明月弹奏流水

桨棹划动梦境

载你渡向遥远的东方

班 超 出 征

你正在奋笔疾书
边关有杀声传来
匈奴的箭弩射残了西陲的梦境
　　和那轮十五的圆月
你掷下笔
跨上战马
便戎装出发

从此,宝剑便是你的笔
蘸着你的热血
书写你驰骋沙场的豪情
蘸着侵略者的鲜血
在历史的条幅上
写下民族的英勇

边关风雪,为你舞蹈
将东方和西方连在一起
将历史和未来连在一起
将黄皮肤和蓝眼睛连在一起
将心与心的索道连在一起
杀伐的呐喊便谱成和平的组曲
　　款款弹拨在边陲的月夜
丁冬的驼铃便唱出一支歌谣
　　悠悠回荡在历史的唇间
沉重的马蹄便播撒在岁月的沃土上
　　长出诗与传说的青苗
葳蕤地覆盖了光阴的地面
结出西域文化累累垂挂的硕果

在你走过的地方

漠风有了旋律

幻想有了色彩

荒凉有了期待

死亡有了生命

当人们回望故事的源头

有许多纪念碑似的文字

耸立在苍茫的大漠瀚海间

任无数人阅读并且默诵

大 雁 远 翔

——纪念西天求法的法显和尚

你是一只大雁

从长安的旧巢起飞

远方有风景引诱你

那风景很遥远

很遥远

遥远得使真正的大雁

收敛了翅膀

戈壁里有风

风像无数的匪徒

劫掠你的信心

做他们死亡牌桌上的赌注

而你，只有一对空拳

握着渐渐潮湿的欲念

沙漠中有火

火是地狱中的群鬼

　　张牙舞爪

　　　向你扑来

要捉你下油锅

要缚你入火炉

而你只有一壶清水

655

侍卫你顽强的生命

在茫茫的大漠中
你的命运是一叶舢舨
随时可能倾覆于波峰浪谷
留下一声叹息
飘散于历史的唇间

葱岭,傲慢地挺立着
以八百米的海拔压迫你
以几万年的深沉威胁你
以季节的换防阻截你
暴风雪无情地囚困你的想象
严寒的雕刀一刀刀镂刻你
镂出一副飞翔的翅膀
载你——西去

星星飘落了
月亮起航了
在故乡冗长的梦呓中
你见到又一个黎明
从西天的佛光中升起

光阴的河水哗哗地流淌
窝边的苍鹰都老去了
故乡的幻梦都荒芜了
你驮着远方的风景
驮着琥珀般透明的幻想
走进了岁月的年轮
走进了时代的浮雕
走进了《佛国记》清晰的记忆
你那对远翔的翅膀
折叠在时间的画页里
珍藏在历史的方匣中

乡　情

春　华

仍是这条松软的小路
一道黄褐色的沙梁
风还嬉笑着拥抱那幢土屋吗
送走了星星
又等待着月亮

记忆流放在旷野
失去的足音沉重惆怅
时光兜着螺旋形大圈
溅落了梦境
溅落了桥梁，只有那
留给我无限温情的
暖融融的土屋
只有那
绿色的小河，用爱去抚摸
如十二年前一样
粗糙的双手托起思念
托起目光
托起漠然的穹苍

故乡呵
太阳容不得白色的单调

我用绿的夏描摹你的秀眉

我用春神的裙裾

拂去你思绪的蛛网

当野蜂迷恋着花丛

金色的花瓣,送给我

一片心灵的敞亮

当额头映上笑影

艳阳驱走霜寒

我向那数不清的山水田地

投下一个水淋淋的向往

在这个时刻

春　华

巨大的冰川消融了
浩浩汇入历史的长河
岁月经过漫长漫长的律动
才有这惊天动地的时刻

茫茫长夜延续着千年沉寂
雨雾云雪迷蒙在每个角落
云开天霁迎来朗朗长空
时代的热流从神州大地上滚过

严酷的冬季过去了
春潮涌过生命的沙漠
经过漫长漫长的孕育
才有这光华灼灼的时刻

奴隶们的向往蛰伏在冻僵的土地上
从地狱到人间做一次永生的复活
暖风覆盖了阴冷、死水和荒草
新篁万竿承受夏之情热

时代的巨人站起来了
唱一首浓浓的新生之歌

岁月经过漫长漫长的求索
才有这引吭高歌的时刻

为荡起五颗金星闪耀的一片红霞
多少誓词写在血与火的浪波
多难的民族乘伤痕累累的战车
崛起于世界之林又何等的急迫

当江面鼓满风帆，原野涌动春潮
我用这支稚嫩的歌
怀念无数先驱无畏的开拓
怀念伟大中华不朽的缔造者

月光下的醒者

静 川

我是寒夜中的醒者

我走在月光下

万物黑沉沉的轮廓线

交叉着夜的森冷的神经

路边小石子不安地闪烁残损的光点

我走在月光下

心像陨石一般坠落

似乎要带走全身血液

使我的四肢显出苍白的颜色

试图尖厉地叫喊

让郁积的悲哀脱离我

在空间回旋

但我深知——

"鼠"被铁夹袭打后的呻吟

只能引起人们的憎恨

怕人们戏谑珍贵的悲哀

故将嘴唇抿成一条凛然的曲线

用牙齿把哭声咬成碎片

月光下的世界

是一个寂静的世界
月光下的醒者
只能在睡眠者的梦魂中徘徊
为了赶走蛇一般缠绕的孤独
我几次弯腰拉起自己的影子
唉……
遥远白昼里的笑声
墙角阴影下的湿苔

走啊
月光下惨白的小径
仿佛一条自缢者用过又遗弃的绳索
我走着
独自承受着生命的悲哀

石　海

静　川

阔大的石海里
凝固着无数个缄默的灵魂

晨雾刚撩起纱裙的地方
还可寻昨晚沉思的泪痕

看见陨星是破碎的石片
跃起的信念更加坚定

躺在荆棘都不生的荒漠里
日夜做着在星空发光的梦

思　念

晓　虹

像焦渴的沙漠

等待一泓纯净的清泉

不安地沉默着

像码头伫望着码头

一片喧腾下

交错着深深的繁重

那幅画

已在脑际中模糊

辨不清是断崖上的松枝

还是翘首的顽岩

只有洁白的鸽子

和无边的海波

夏

晓　虹

在这无比热烈的季节
一切的蝉、鸟
一切坚实的土地、树林
都在感受日光的
残酷的抚爱
并报以动人的微笑

极大的丰富啊
——在这深远的
绿色的夏
生命变得无限的美妙
仿佛我灼沸的心
正向那无垠的
深蓝的天空舒展

借助渐趋墨绿的树梢
夏悠然地
在阳光下蒸腾、升华

我依在爱人的臂腕中
无畏地沐着夏的光华

赤裸的肌肤

溶入脚下
那深褐色的夏的土地
储蓄着我们肉体热能的土地啊
你可会
有冬的雪片存留？

噢,夏
燃烧充实的季节
属于我们的季节
而我们凝结一起
又会诞生一个新的太阳

沙枣树

晓　虹

一株无声的坚韧的沙枣树
就是一面沙漠生命的旗帜
来吧,让我们一起来赞美它吧
这永恒的意志,这生之精灵

从中心向外龇着开裂的肌肤
向上而又扭曲着的顽强的躯体
向四周空间放射出苍劲的枝叶
在裹卷洪荒的飓风中
依然昂着头颅
柔韧的四肢舞蹈着、跳跃着
一种癫狂,一种信念
这是造物主的精华啊
这是浩瀚沙漠忠诚的伴侣

几个世纪了　没有谁知道
它兀立着,开放着
它孕育着,繁殖着
呵,在它的背后仿佛伸展出
一种隐秘的巨大的爱
一种可贵的伟大的牺牲

噢,来吧,让我们一起来赞美它吧

在太阳出来时

在太阳落下时

让我们手牵着手

环绕着淡黄的花儿

跳起力量的沙漠魂灵之舞

愿我们深心处

都能萌发出一株无声坚韧的沙枣树

面对阔大的沙漠

扬起生命的蓝色的旗帜

来吧！让我们一起来赞美它吧

这永恒的意志，这生之精灵

鸽群

晓 虹

鸽群

洁白的鸽群

我的遗失了太久太久的鸽群呵

今天

你像涨潮的海水

重又漫过我的天空

鸽哨刮起的阵阵白色的柔风

拂落我满面尘渍

从鸽翅上滑下的阳光

久久地,久久地停在我的额前

我仿佛变得灿烂

而稚气了

童年的黎明

总有着一种神秘的魅力

在朦胧的色泽斑斓的雾气里

鸽群

从我手中放飞

那洁白、洁白的鸽群

永远摇着一支古老而纯朴的歌

鸽群

滑向镶着一溜白云的天边

缓缓消失了

我没有看清

鸽群最后一次回头……

岁月已将身后的墙壁

剥蚀了一层又一层

那株矮榆

因为没人修剪

也歪歪斜斜的枝叶参天了

但每当黎明

梦魇般簇拥着我

那片鸽群荡起的

古老纯朴的歌子

便如晨钟般悦耳地升起

啊,鸽群

洁白、洁白的鸽群

我的曾在黎明放飞的鸽群

我的曾遗失过太久太久的鸽群呵

摇起清新明快的节奏吧

让她依旧流溢着古老的纯朴

一个女性与海的对话

赵雪勤

是海
就有无法打捞的沉船吗

你的有规律的狂乱　与
我的难以预测的躁动对比
　　实在不算什么
你的起伏不定　和
我的持之以恒相比
　　你会惊诧你根本不是对手
你的不轻易显现的世界光怪陆离
我的世界也不比你逊色……

热的岩浆储蓄到一定的限度
喷射是唯一的宣泄
你的火山岛我的火山岛
不知疲倦地醒着
常常忍不住发表孤傲的演说
受惊的鸟群纷纷逃窜
所不同的是
　　你的岛早已开辟为旅游胜景
　　我的岛还是禁地

为了彼此的安全

有一种凝固的感情是要戴枷的
如你的礁石被囚于无边的幽暗
只有等到放风的时候
才能走出黑房子
在有铁丝网的围墙内溜达一会
　　呼吸两口微凉的空气
　　膜拜三分钟久违的太阳
　　闻闻白云飘逸的温馨
　　再伸一伸麻木的思念
而我的礁石
一辈子也不会有片刻的殊荣
　　露出明媚的水面

我们别再争执了
既然都是海
肯定有永远无法打捞的沉船

思念冰山

赵雪勤

无力抵达你而又不息地攀援你
如果此生注定不能扑向你敞开的怀抱
就让所有的绝望来讥讽我纠缠我蛀蚀我
如果此生注定不能栖息你洁白的纱帐
就让所有的烈焰围困我烘烤我焚烧我
我本是高寒地带的一朵雪莲
唯有佩戴于你的胸口
才能吐露灵魂的异彩奇香
我怎能舍你而去呢

远离你是为了更快更快地贴近你
遥望你是为了更细更细地品味你
隔着荆棘隔着森林隔着山脉
终不能阻挡我跋涉的脚步
隔着湖泊隔着江河隔着重洋
终不能撕碎我衔着红豆飞向你的翅膀
开不出雪莲的冰山就不是我的冰山
咬不住冰山的雪莲就不是我的雪莲
与你同在我方有生命和生命的土壤

没有谁遏止你矗立于炎热的夏天
也没有谁制止我向你倾吐无言的衷肠

没有谁弹指间叫你化作汪洋大海

也没有谁能强迫我背你而去另觅疆场

你一辈子戴着冰凉冰凉的面具

不肯大大方方洞开温暖的心扉吗

我知道你不是拒绝太阳和太阳的热恋

源源而至的清溪是你回赠我的一支歌谣

世界很大心灵很宽视野很广

我乐于与你长相伴与你长厮守

红 狐 狸

赵雪勤

沙丘裹着银色的披肩
厚厚的新雪铺展原野的孤寂和空旷
你以不远也不近的距离
暖洋洋牵引我的双足和目光
你时常回头似乎一遍遍对我暗示
如果不是赶车人清冽的鞭声
你带我到哪里去呢
十四岁的少女从此迷恋于
那一道典雅地射向荒漠的光芒

后来,听老人们神秘地说
看见红狐狸的女孩子
终有一天要修炼成仙
真是这样的吗

那么,成仙之前
我是否因为眼拙
把蜃景当作最后的宿命
我是否因为私欲误入歧途
我是否因为邪念走火入魔
搜尽黄褐色的沙丘沙浪
觅不出你丝毫的踪迹

而苦苦思恋的每一条幽径
却闪现你若即若离的倩影
我的肉体在炼炉之内净化
我的精神在炼炉之外裂变

为了你亲迎我进入仙界
就是饮尽人间的苦汁
就是尝遍世上的辛酸
我也无悔无怨

熟透的吐鲁番

汪文勤

一

我俯身望你
你山是燃烧的火焰
那鲜红的舌头
把云空舔得碧蓝

带红篷儿的小毛驴车儿
在绿胡同里一闪一闪
你把成串成串的葡萄藏在阴房了吗
匆匆地怕被我看见

姑娘裙角里兜的风
化了，太浓太甜
八月了——哎
吐鲁番，你葡萄熟了吗
我可是等着啦，守在这盆沿儿
——吐鲁番

二

盆沿上已经白雪皑皑了

677

白雪皑皑是一个冬天
滑进盆底——吐鲁番啊
你叶子还绿着，白高粱只收了一半

天蓝蓝，火焰山烧出了你
独有的风采，陷在地球心里
让所有热衷探险的人儿挂牵
相见时，眼泪却流不动
未冲出眼眶，就化成一股青烟

噢，吐鲁番

墨绿色的清真寺院，平平和和
鸽子飞着，孩子们倚着自家的门洞
嘴里咂着高粱秆。树在路两边
长成胡同了，矮矮墙的小院里
都搭起棚架——吐鲁番喜欢让葡萄
遮盖夏天。鼻梁上挂着红缨的驴儿
架着轱辘车，快活地钻进林子深处了
只有风能传来一阵一阵的笑声
黑灿灿一群羊，不知从哪儿吆出
悠悠地啃着吐鲁番的秋天

吐鲁番啊……
盆沿上已经白雪皑皑了
白雪皑皑是一个冬天
滑进盆地——吐鲁番啊
你叶子还绿着，白高粱只收了一半

白 哈 巴

汪文勤

一阵耳语紧追我不放
从那座山上下来,回头再回头
没有谁跟着我
一阵风在眼前横过
多可怕

白哈巴白哈巴

像有下文要说却没有说
暗示过
却被我忽略
再迈一步就是绝壁似的

白哈巴白哈巴

此刻静坐着的还有白哈巴的耳语
莫非是一条河的灵魂在思念我
多年离索
是黑色沃土
嗅出我的足音欲认领我
谁敢说我的血脉不是由那儿发端的

葡萄和它的凸起物

丁　燕

葡萄是什么
我们怎样才能再现一颗葡萄
一颗或三颗葡萄
以及它们裸露在外的凸起物

一颗真正的葡萄
永远不为人所知
长在风中,长在枝桠的最顶端
和绿色藤蔓及五角叶片浑然一体

一双手将它的凸起物摘了下来
它死了,在那一瞬间
它和它的附件一旦分离
而成为单独的凸起物时
它就死了

现在,一颗葡萄的尸体
被我们咬住
另一副
描绘它的油画挂在墙壁上
抽屉里,一堆堆
反复冲洗过的照片上

一堆堆
凸起物睁着尖叫的眼睛

葡萄是什么
一颗或三颗葡萄看着我们
用它们的凸起物

葡萄:红的双重否定

丁　燕

红移动着它的潜在能量
光重新整合着速度
水,一点点
滋润着皮肤的管道
现在,唯一的主角要登场

在含蓄的生长期里默默无言
在不毛之地蔓延生命的触角
葡萄的红,一个
天地间的巨大元素
移动在户外的风中

它的泪
它的苦凝结成红
而不与传统和人有关
在遥远的边疆,大地之上
红作为最终的果实在表达
一个自然的全部尺度和方向

红:每天公布出来
它体内的能量
及与环境的重新整合

在局部中塑造完整
红葡萄在双重否定的创作中
将自己钉上了
令人瞩目的十字架

葡萄皮女人

丁　燕

你成了干瘪女人的嘴唇
即使是现在
你置身于垃圾和碎屑之中
依然顽强地体现着女性的狐媚

你扮演过各种年龄段的女人
青色时是婴儿
黄色时是少女
金色时是女人
透亮而充满水分

现在,你丧失了流动和光
被黑色的格子分割成了数块
成为垃圾丢在了塑料袋中
你被遗弃的皮囊
带着受虐者的姿态
依然极端地美丽着
你在垃圾中还卓然耀眼
宁死不屈地抖动着破损的腰肢

最后,你完成了
一个女人的一生

转身,跳入了焚烧炉

一点亮,一点光,或者

一滴血红的泪

每一颗葡萄都有阴影

丁　燕

来到世界之时
每一颗葡萄都不能独自存在
只有将它的阴影
作为它自己的背景
它才能自如放松

把一串葡萄
和一个盘子连接在一起
这个盘子
不属于任何一颗葡萄
但它把葡萄用空间占有着

在微小的心悸中
阴影从圆的顶端滑了下来
与葡萄组成了警戒空间

而玻璃盘子透明得
可以洞穿一切
它稳当地坐在一片空地上
就像在郊区的土地上
一个稻草人
坚守着它的静默方阵一样

现在，葡萄
以囚犯的形式存在
尽管每一颗葡萄所言说的词语
都有一定程度的不同
但那聚拥在一起的愤怒
更加热闹

它们展露着
自身色彩的各不相同
每一颗
都用最后一次的审视
来要求自己

一串凌乱的葡萄
携带着长短不同的阴影
转向观众
在葡萄的世界里
客观事物的独特性
正是因着那阴影
而卓然不群

睡吧，疏勒

丁　燕

这个地方不是一个地方
山与山不能相遇
而我却手持长矛站在这里

睡吧，疏勒
我让骆驼躺下
让黄金从白银中分离出来
让所有的卵石停止滚动

睡吧，疏勒
队伍向四面八方散开
年幼的儿子不明下落
一场大战之后的寂静正在进行

睡吧，疏勒
人们疲惫地松开了手上的绳子
成千上万的俘虏在喘息
山顶的暴风雪似乎在乞求毁灭

睡吧，疏勒
葫芦瓢中的水被晃动了起来
生活在帐篷中的人们掀开了茭茭草帘

甜瓜落在地上时发出啪的声响

睡吧，疏勒
从前一场伟大的爱情让你出现
我看着你长大，离去
现在，你应该拥有自己的睡眠

黑白和田玉

丁　燕

有一种透明的石头
降落在和田
白色的石头和黑色的石头

石头其实不是石头
戴在手上的石头就忘记了
自己原来是石头

喀什河流经和田城的两侧
两条河,一条产白石
一条产黑石
人们为了避雷电击、防口渴
而将它们嵌在戒指上

可惜,这一对如此好的发明
成了冤家
黑的在腹部,白的在面部
石头从河水中爬了出来
就成了穿越对方的武器

秋天的到来　自春天就有征兆
毛茸茸的石头

并不担心被捕获
当人群一代代捅向河水时
白变成了黑
黑变成了更黑

清　脆(组诗)

南　子

沙　漠(一)

刷去地面上易于飘浮的事物
剔去多余的颜色
剔去弯曲
如果这样还不够
最后再剔去快节奏的旧台阶
几乎在同一个地方
它连接着不死

它是否平整
是否有自身的边际
是否孕育出非凡的人类
在内心生养烈性马匹
以增加它的宽广和重量

如果这样还不够
那就都剔去
在最后一次给明天运送沙石的天空

沙　漠(二)

不是没有尽头的　也不是

只有这么一种叫"沙子"的东西存在
——每粒都在打开无边的宇宙
还有寂静
它自己孤零零地站着
影子越来越长　越来越细
最后　爬进我的身体
与我合二为一

——你知道的
我一直在寻找这么一个地方
它是否平整
复活的鱼　是否已从无尽的涨潮声中获取？
即使看不到它的脸
也能从它深渊般的腹中
将我　以及众多无名者的儿女们
再次生育

致 故 乡

那束缚我内心的用桃木打造的十字架
我拒绝你
因为你曾拒绝我内心那无边无际的旷野
和想要长眠的愿望

我是无名的
我总是紧张地攥紧你其中的风和阳光
噢！我那么小
小到要融入你那
曾蒙受过羞辱、泥尘的一部分

生 日 信 札

她最脆弱的部分

肯定不是死

这个动词正蜕变为虚词

一些尖须卷曲着

躲避生活的利齿

——倘若我告诉你

她的胸腔里怀着夏日母性的心肠

爱着我粗鄙命运的黑衫

和一个黑夜沾了水的灵魂

她是谁呢

像一些相爱者不在梦中

一个没有温度的形象被虚构

当她出现

是众多失语方式的一种

该,不该

一个女人不该时时把咒语带在身上

这个咒语带着金属的光泽

不该在她手中失去重量

她的肉体的花园

应该挂在木质的钟声里

里面有孩子的笑声,膝盖下发皱的绸衣

以及屋檐下人类的习俗

一个女人不该两次跨进

同一条河流

或在河流中看到的只是鱼的脸

当一个词改变了节奏

变得干燥

她不该常常为生而惋惜　为爱后悔

这个喜欢对禁果伸出手的人
她是谁呢？
注定了你们会像遇见我一样的遇见她
我谎称她不在此地
她长久地隐匿着
对装饰月亮,丰满的云过于倾心

卑微者之歌

有谁陷入生活的尘土　又从中抽身而出
每一次细微的移动
都记录了一次灰暗的退出

谁是那个躲在黑夜的屏障外聆听的人
请不要惊动我　不要离去
让我无休无止地说出一个卑微者的梦想和困扰
让你像一个算命老者
用咒语检验我这第一个开口说话的人

请不要温暖我　不要离去
让我说出哑巴的拐杖、盲者的爱情
说出健康与病魔的输赢之分
说出弃儿的守护者
说出泥土、阳光和水
被一张初进城市的农妇的脸所吸收
她的瞳孔里写着害怕、孤独和绝望

还有　请不要离去
——送我致命的亲吻吧
需要在黑夜里撞击你的身体

再送我刺目的才华吧
需要在诗中撞击你的灵魂

只是——过于迅疾的愿望
在自身的虚幻中失掉了翅膀
就像过于耀眼的露珠
正被巨大的光芒所遮蔽

匿　名

鱼是不说话的　也不咳嗽
但它却在整个的水里面
吐骨头

夜里新开的昙花是不说话的
三百里只熄灭一朵
对过往的香气有一丝歉疚

我喜爱的蜜蜂是不说话的
它随时射出的暗器
也只是褪了色的一根针

纸是不说话的　每天
它都在消除我变坏的声音
不多不少
像地上不飘浮的回声

转　身

直到有一天　当她学会了放弃
开始模仿风的奔跑
身后的人群她真是怕呀

怕身后那么多的露珠

一下子变成了霜

仿佛一夜间

她便脱尽了人间的琐碎皮毛

她左手握着蜜　右手握着盐

金色的花蜜　洁白的盐

正将她奔跑的身体濯洗

跑向谁　跑向世界的中间？

早霞与晚霞像一对完美的双生子……

安静　无言

用她们芬芳的身体发现她

但不抚慰

停住脚步……那向俗世生活隐藏的道路口

那语法的黑洞

一粒就要爆裂的红浆果

正向着广大的尘土　弯腰

吹　落

这么多的风在窗外

游荡着并说教

我只要一小阵儿

在鸟儿把空中的旷野擦亮之前

——吹落白杨树上多余的叶子

吹落鱼身上暧昧不清的体温

吹落镜面上虚妄的道德

吹落词语中多余的笔画

那些熟悉的敌人

吹落被诗人赞美的湖光山色
我只要它背后的阴凉和脏

吹落阳光下晾晒的衣服
它的影子曾占据过整个夏天

吹落乌鸦的运气
吹落蜜蜂身体里带甜味的针

最后　风终于吹落它多余的根须
我不会真的在死亡来临之前
说出依恋

和　　解

我不喜欢这个词
在我的声音被打开之前
它意味着归还——
意味着我转过身去
错误就会中止
脚不再被碰伤
而石头就在那里

意味着花朵　向所有的人开放
它要开始　它正开始　它已开始
缝合好人和坏人之间的裂隙

意味着它被所有的人命名
从此到彼
在明与暗之间

唉　和解——

现在　它拖着一条曲折的细线垂落下来
我多少理解了
人世的命令和请求

夕　阳

到处都是的光
收容了世间万物无尽的虚容
现在　正向每一个单独的　无言的事物
致以最后的　深深的歉意

苦 修 者

铁　梅（满族）

我等你

在人群中　你的河流之上

我的时间停止了　一直指向这一刻

你的歌声即将唤醒它

以及它所围困的一切

巴扎上有祖先的英灵

草原上有牛羊的疼痛

那些永不凋落的捧出食物的手

浇灌这福音呵

收留贫贱者的祈求

万众注视着你　你和我

一个从历史中复活的画面

我拉住你的手　交给你钱币

人间的道具

只换你恍惚的瞬间

我清点你

黝黑的长发　健壮胸肌上的铁链

裸足　和一百朵棉絮绽放的容颜

被绑缚的肉体　泄露天堂里的歌

炯炯目光透出智慧　引发喜乐

假如他此刻沉默　萨巴依静止

他的脚步在原地陷入沉思

我将在他的脚边匍匐　在无声的时光里

用我的头巾轻拂他脚上的尘土

和 阗 玫 瑰

铁　梅（满族）

星空喂养的植物
星星们的灵魂
从她的目光中依次走出
进入沙漠
和沙漠边缘无边的晴朗岁月
尘土的瀑布从生活的悬崖
垂到纸上

沙漠之子尘世的母亲
她的血液
她美的沸点之上烧灼的肌肤
和由嘴唇铸造的爱
统治着一切

每一粒沙子　干旱的暴力
都揳入了她的元素　她的基础
汇聚成了
命运般不断上升的　她的面纱
她注定要遗传给未来的
美　眩晕和骄傲

出　生

铁　梅（满族）

天空布满星辰的时候
我走出母亲的身体
并躺在她的身边
她的泪水还没有干
双眼不知疲倦地望着夜空
我出发的地方

母亲失去了重量
像树叶停留在空中
她是多么年轻
眼睛亮若宝石
微笑如沐春风
身体匀称结实　充满弹性
对生育儿女没有丝毫的恐惧

我是她为自己制造的亲人
她一生崇拜的明星
我看见黑暗深处　别人
看不到的事物
在重重光阴之外　那天空中的福祇
指示母亲成为我的恩人

我使她的辛劳得到报偿
使她的衰老还掌握着青春
我永远可以重回母体
和她相亲相爱
听她倾诉苦衷

我永远是她的骨中之骨　肉中之肉
拥有快乐的瞬间　胸怀崇高的理想
经我们的手所传递的人类的爱情
因苦涩艰难而更接近于一种信仰

喀什噶尔晨歌

赵　力

久住边城，听惯了一种铃声
大路小路载起亮晶晶的早晨
载起乡村对城市的热恋
载起农家女对高楼的渴盼
载起红石榴般的微笑
急切切涌进城市

飞扬的铃声牵动一座古城
牵动少女飘拂的彩裙和七色春梦
铃声展翅拍打每一扇窗户
送去甜润润湿漉漉的乡野气息
铃声淹没每一条巷道
踩着太阳的金梯爬上窗棂
唤醒晚起的人们

千万只白鸽飞起来了
鸽哨亲吻悠扬的铃声
乡村和城市的对话像一串无核葡萄
秤杆上悬着田野真情
农家女微翘的鼻尖上
浸出点点快乐的晶莹

喀什的早晨富足而喧闹

车辚辚，车辚辚，车辚辚

太阳之金车为万车之首领

铃声摇响

铃声推动车轮

铃声养育年轻的古城

听艾捷克琴独奏

赵 力

我惊叹,克里木的手指
是魔指是灵针
缓缓运弓
民族历史之水缓缓迂回
静寂中,乔戈里雪峰
俯耳倾听
叶尔羌河在弓弦间
跃马扬鬃

叶尔羌河两岸
宽厚而温馨的土地
给艾捷克制造了广阔音域
制造着无穷无尽的时空
使其灿烂,使其臻美

时而轻轻细雨
低诉丰收的秘密
时而泣泣饮泪
诉说灾难后的忧愁
时而强弓急促,狂风乍起
一个民族
在历史的烟雾里搏击

静听时有奔雷呼啸

轰鸣中有夜半马蹄

有时，猛感到克里木的手指

断了——断了

瞬间，又仿佛有魔杖叩击天壁

听弹拨尔独奏

赵　力

五根弦

五条奔涌的河流

克里木划着醉舟

远远漂浮

划向泽勒普夏河

划向叶尔羌王城

划向阿曼尼莎罕

从十二木卡姆的花枝上

采摘一朵"达斯坦"

克里木陶醉在狂欢里

五指如峰

转瞬间,静立在河流之上

王妃们坐在河岸

聆听着琴手之指

闪闪灼灼的目光

飘飘逸逸的音流

克里木荣幸得流泪

定睛细看

怎不见王妃们倩影

阵阵声浪

把克里木举得高高

月光下秋虫低鸣
阿曼尼莎罕舞动柔纱
若乐伎若飞天
撒瓣瓣丝路花雨
克里木顺流而下
花雨洒满滔滔大河
每一个观众之心
都訇然打开入海之口

五根弦
五条奔涌的河流

木 卡 姆

阿吉·艾合买提·库尔特肯（维吾尔族）

一首令人心醉的曲子
让心灵颤抖，让心灵飞翔
纳瓦依的曲子
从黑夜到白天四处游唱

这是魔术还是艺术
就像巨浪奔腾不息
就像神奇的智慧在那里涌现与凝固
而且不停地诉说着历史

我用心地倾听着它
使我忘乎所以
有时使我泪如泉涌
像绿火在燃烧着我的呼吸

震撼了啊！我的精神
就是你，嘹亮的歌声
振奋了啊！我的诗人
热血也在沸腾

一人独自吟唱着玛尔古勒
似乎就注定要从祖先传唱到今天
因为百姓不绝的和声配唱着
让它经久不息

艾 提 尕 尔

阿迪力·吐尼亚孜(维吾尔族)

铁来克　译

像宁静的心脏，
肃穆的宣礼塔寂然无声。
眼睛，会说话的眼睛，
真主，没有信徒的真主，
世界，咧嘴微笑的世界，
歌，将要唱出的歌。

艾提尕尔集市是非凡的集市，
维吾尔人熙熙攘攘的集市。
情侣们手捧鲜花，
无知者在这里大开眼界，
失语的人在这里找到语言。
男人们买回香喷喷的馕，
女人们出售奥斯曼草，
不是为了美，而是为了生活。

靠在栏杆上的小伙子，
好像身处陌生的城市，
眯着斜眼，漫不经心地观察。
有人抱来新生的婴儿，
人们从四面八方围过来，
为小宝宝洗换新装。

在朦胧诗人的想象中，
人的心灵可以见到太阳。
艾提尕尔宣礼塔，
像心脏一样，
无声地咚咚跳动。

那样一个雪天

姚永明

那样一个恐怖的雪天
雪　纷纷扬扬　铺天盖地
漫天飞舞的雪花中
方向迷失了母亲

风　刀子一样锋利
热泪结成冰
呵气变成了霜
我不断地拨开雪花
不断地拨开雪

世界消失了　空白
一下子找不到踪迹
我
一下子变得轻飘飘
失去了重量

一 声 鸟 鸣

姚永明

像翻动了什么
一声鸟鸣让我从
方格子纸上抬起头
屋檐上冰挂嘀嗒
圆舞曲　欢快的阳光
穿过纱幔和窗棂

一部红色电话机
一只青花瓷笔筒
一杯嫩绿的碧螺春

三月惊蛰
雷动虫吟

茶

姚永明

杯子是明亮的
水也是明亮的
这都没有什么

把雀舌似的茶
放进杯子里
加上煮沸的水
茶　悬浮或落下
一片一片舒展开
春天簇新的嫩叶
泥土　空气　岚光
露珠　虫吟　云雾
打开一幅山水花鸟画轴

窗外白雪飘飘的日子
也
风和日丽　草长莺飞
青山绿水　暗香盈动

塔克拉玛干

姚永明

塔克拉玛干是一个沙漠
塔克拉玛干是一个大海
塔克拉玛干无边无际
塔克拉玛干天高云淡
塔克拉玛干干旱少雨

塔克拉玛干沙脊如流线
塔克拉玛干黄沙如丝绸
塔克拉玛干起伏如处子
塔克拉玛干流动如韵律
塔克拉玛干寂寞如繁花

塔克拉玛干不相信虚伪
塔克拉玛干不相信矫情
塔克拉玛干不相信附丽
塔克拉玛干不相信幻觉
塔克拉玛干不相信神话

走　到塔克拉玛干去

塞 外 秋 来

姚永明

沿着白杨树梢
高高的指向
天空变得又深又广
宝石蓝天上的云团
开始变得又白又亮

灰尘落尽　秋水汪洋
大地一望无垠
清气抬升　浊气下降

收割后的田园一抹金黄
行色匆匆的蚂蚁
搬运着越冬的口粮
麻雀成群结队起落
苜蓿垛上叽叽喳喳欢唱
仿佛是在一夜之间
银色之河从天而落
大片大片盛开的棉盏
灿若星汉　闪闪发光

走过田野　向着太阳
葵花组成整齐的仪仗

花与蝴蝶　波斯菊

蒲公英有轻盈的翅膀

微风起处　满园清香

红枣探出头来　四处瞭望

苹果、梨、石榴、葡萄

这些贮满果糖的物质

它们压低树枝

呈现秋天辽阔的丰饶和梦想

楷　模

辛　铭

——致××老师
你走了,啊,呵,心爱的老师,
从这个世界上抹去了你的音容,
使我们失去了美丽心灵的楷模。
我们惧怕死亡,
但除去你,在你脚下的讲台课桌
和我们默默敬献的一束玫瑰花。
女儿坚强地站在路上送你
像你不曾留下只言片语
也同样默默无语,
但是普天下的学生感受万物生灵
喊出对你的崇敬。

你走了,啊,心爱的老师,
夏日席卷了你光荣与梦想的绿色,
而你的意识决定了那一个瞬间
没有懦弱和混乱。
而今,你被永远定格成了钢架之躯。
死亡,我们惧怕的死亡带走了你,
瞬间扼杀了美丽的心灵。
但是却为我们筑起了美的长城
因你,我们而骄傲。

我们怀着怦然悸动的心

沿着北川遥远的山川

把你的名字镶刻在光荣与绿色中

试验我们的心，不再恐惧

让全世界的人民都记住

敬爱的老师，

美丽心灵的楷模。

我为你祈祷，孩子

辛　铭

我告诉你呀，孩子，你是长着翅膀的天使，
会拍动的，美丽翅膀
当黑夜把遇难者的尸体掩埋在废墟的时候
你仍然能感受到蕴含了神采的精灵，
川里川外的天空
那里闪烁着一颗颗明亮的星星

你会看见一个孩子拉着她父亲的手
一个孩子牵着他母亲的衣襟
孩子，别哭泣，别难过，
让我吻干你的泪水吧，孩子
这强横暴烈的地震会走得很远，
你就像那颗星星一样
和所有的星星永远闪烁

玫 瑰 红 酒

辛 铭

徘徊在没有亮光的黑夜里
我在迷醉的眼里发现自己
被所有的事物迷惑
在玫瑰红酒里

我用眼泪酿造的酒
颜色越过了我身体的血液
它让我看到了我想看到的
它让我成为我自己的那一部分

我自己喝了我自己的许多酒
胀满的风把我带回到了玫瑰的红酒里
朦胧的都是朦胧的姿态
我看得都不是很清楚的模样

往事也就不过如此

辛 铭

如风的几分钟如风
一支刚刚点燃的香烟
弹指间
许多的旧事、往事
烟灰满地。

如风的沉默
所有的对话被风无数次剪辑
如今亦已然无踪
只有满地的气味
一种,一个颜色。

继续着不期待的某一天
抬起手说出早听过的话
然后点燃一颗烟
烟雾在恍恍惚惚里
往事也就不过如此。

醉酒的牧羊人

金 玮

麻黄草在十月的阳光里摇晃
在羊群的记忆里以两倍的速度疯长
羊群向我投来责备的目光
我,十月的手杖
插在幸福的白酒旁边
整个下午显得宁静空旷

闪亮的鹰在高空纠集了
眼睛、羽毛、爪子和翅膀
它像珠子一样在赤裸的空气中滚动
像一叶肺沟通了十月所有的时光
而在它下面
我的醉意解放了粗糙的脸
当这脸因为无知探向草丛
仿佛一张窗花
为惊慌的虫子制作节日

看,远方的山像挂在架子上的蓑衣
在这十月的好时光里温暖而无用
树已变黄,秋天的冲动
在树木和鸟群之中回响
在我的两只手中间,我看清楚了
十月的颤抖,我看清楚了
阳光正用力照着
那些吃得半饱的羊

边疆的野麦

金 玮

边疆的野麦

多么广阔的风吹进它们的阴影

金属般的黄昏

光，如一张巨大的纸落下

明亮的大地烧毁我的眼睛

迟钝的果实回响在它们自身的霉烂里

黑色的泥土盯紧缓缓迫来的中午

一片炫目的宁静

山坡在白昼的细齿下

一只鸟儿的翅膀将山谷澄清

哦，边疆的野麦

麦浪如泛着泡沫的梦

堆积在落日的轰鸣中

边疆的野麦

充满激情的空间笼罩着我

待哺的砾石在黄昏的边缘蠕动

它饥饿的棱角和身影

哦，边疆的野麦

它们伟大的数量在歌唱

在大地裸露的神圣的引力里

在我火炬般燃烧的灵魂里——

禾苗令人信服地长高了

金 玮

阳光照在我们身上
以最轻微的动作;温暖
一闪一闪,像蜜一样
从那光里流出

大地晴朗朗,无疆的宁静
白色的河流撬开了中午
山雀的快乐和淡淡的黑斑
在岩石后响起

禾苗令人陌生地长高了
刺穿了往昔的日子
让清风合不拢,一条裂隙
挂在山坡的老树上
我们为此丧失了想象
看一朵白云像绳结一样解开
在那高空,光明的理智
伸向多么远的地方

我们是农民的儿孙,丰收的继承人
蚂蚁在地上建造我们的微笑
踩碎的枯叶,窸窸窣窣的光阴

为花香鸣锣开道的小飞虫
四壁空空的阴影,都是
我们灵魂的家珍:
我们的灵魂沾满草屑
当阳光照在我们身上
阳光令人信服地无私照着一切

禾苗令人信服地长高了……

时 光 之 豹

彭惊宇

在盛大而明媚的春光中
草木萌生，江河泛滥汹涌
鸟兽鱼虫们陶然忘情地鸣唱起舞
这时光令我欢愉，更催动我心灵的脚步
一次次变得惶惑、紧迫和急促

我刚一说出，好鲜美的苹果花
还未及深嗅其芬芳，竟已是花雨纷飞
光阴如此迅捷，它错动闪烁的斑影
仿佛掩映的猎豹，在跳跃，在奋追

时光之豹蹲伏在森林的虬干之上
它华美棕黄的帔毛，遍布黑色斑纹
正从白昼的梦盹边缘轻轻滑落
那是慷慨铺陈人间的金币和稀世之珍

时光之豹或是着显一身迷人的雪色
慵懒地伏在高山裸岩上翻晒太阳
它神秘的纹饰犹如苍老的岩画
扭转日月的豹头高傲得像个帝王

夜晚丛林中，豹子幽灵般往返游弋

733

警觉凶猛的脸谱勾勒两条泪槽纵纹
它突跃而起，一瞬间咬断猎物的脖颈
还贸然扑向人类的梦寐和身体，留下死神的血痕

带着嗜杀的迷狂与野性，时光之豹
沙沙穿行在时间浩漫奔溯的曲面苍穹
它的周围不时飘落羚鹿和人畜的雪片
而它终究变成献祭的陶俑，变成了熔化的钟

快乐的鸟

孟　蒙

和什托洛盖
是此行的必经之地
它就在两个军分区的交界处
不同于某个人的爱情
等在已事先知道的前方

过了雅丹地貌的魔鬼城
也过了风城乌尔禾
它出现了——
它应该是个小镇
拥有着意料之中的繁荣
那繁荣的程度还无法
让一路颠簸的我们打起精神

街上的每个人都灰头土脸
好像一路走来的
不是我们而是他们
但很多人都穿着拖鞋
踩着自己不紧不慢的日子
那悠闲和自足的表情
暴露了和什托洛盖的精神隐秘
它对自己太满意了

同行的两位维吾尔人告诉我们

和什托洛盖用维语翻译应是

快乐的鸟

长路和其中的某一步

孟　蒙

道路和浅浅的脚印
我是被什么牵着向北
向北，离开新疆首府乌鲁木齐
再向北，走过阿勒泰
继续向北穿过了哈巴河县城

然后是铁列克乡以及
铁列克乡所属的齐巴尔齐力村
村边有个边防连队
叫扎玛纳什　这好像是蒙语
翻译过来是山脊之意

最后，我们来到了窄窄的界河
我们不能再走了
再跨一步或仅跨这一步
我们就直接跨越了
村、乡、县和自治区
并由此离开了中国
长路之中
我们迈着看似相同的步履
其实每一步都大不一样

六枚鸟蛋

孟　蒙

2000 年当连长的丛红庆
如今已是团里的装备处处长了
我们到扎玛纳什的时候
他也站在迎接我们的队伍里

他领我们去了很多地方
在参观一座由工兵团铸造的大桥时
他把我拉到桥头
让我看了一个鸟窝

就在桥头的钢铁里
一只鸟修筑了自己生儿育女的家
这个隐蔽的家
竟然被丛红庆那双眼睛发现了

除了触手可及
此窝再无缺点
修在半空的钢锭里
可遮风挡雨
也可以直接接受阳光的照射
丛红庆介绍说
每次战士巡逻经过这里

都要到鸟窝这看看
鸟也知道了
战士们一接近大桥
它就早早地飞走

战士看够了
再心满意足地离开
我也看见了　那鸟窝里
有光滑精致的六枚鸟蛋
像六枚无价的宝石
在边防战士寂寞的生活里闪光

通往且末的列车

北　漠

一

被黑夜挟持,塔克拉玛干坠入黑幕
黑,包裹住塔克拉玛干
塔克拉玛干,在黑色的想象里游走
黑,原来是透明的
感觉黑,体验黑,干燥的黑,模糊的黑
未知的颜色和方向
也是黑
透明的黑。黑是一种结构……

车灯的明视距离,三百米
星星的心视距离,三万光年
三百米前,发生着视觉的追行
三万光年前,发生着心觉的追溯
黑的空间向远方扩散
布满种种斑斓的痕迹
一个地理的方向
一个心理的坐标……

二

花蕊的粉饰,如幕开幕落

沙的死结上

泛开立体的舞蹈

绛紫的棺椁,繁荣绚烂

预设深处的想象

一直向前

　　　向前

向前,是树的叶子与绸缎的丝滑

生命前端,盈满神学的春季

孰生孰灭

物种的骨骼被土掩埋又为土生发

化成车尔臣河。一切,是包罗的

一切,是虚拟的。一切,是贫瘠的

一切,是奢华的。一切,是过去的

一切,是现代的。一切,在眼前

一切,却未知地流淌……

我以最短的行程,抵达车尔臣河的源头

我以最长的心路,嵌入且末的尾声

一个史的过程

一个心的结局……

三

空阔,接近一种词语的转化

古词与梦呓的重构。钢与铁的声音

是一种刻骨铭心物资,占据所有的字句和文意

陌生的意义指向

具象的暴力,我向往的城市

使人难寐……

昆仑透出光亮,鲜明夺目。时间的声音

接近鸟接近水

接近羽翅的如丝滑动。接近一层

空间,再接近一层空间……

我溶化为且末的水

冶炼成且末的灰了

格外清澈的地理,天蓝水清沙黄草绿

包含在一个叫鸟鸣的名词里

我啼,退向陶醉

且末,得到了触摸

我,得到了天空

沉醉在一闪而逝的幸福里……

小 路 上

乔梦君

一条窄窄的小路上
我和一群羊相遇
羊和我同时停住脚步
我主动往旁边移一移
羊群从我身边欢蹦着离去
一只雪白的小羊羔仰起头
用纯洁的眼睛望着我
目光中充满谢意

三　月

乔梦君

走吧　带上洁白的梦想
冰凌花流成一首季节的诗行
鸟儿在远方
朝着三月拍动翅膀

大地脱去笨重的衣裳
伸一个懒腰
抖落一片莺飞草长

跟着风儿跑一跑
把灰色的思想晾在蓝天上

这个季节
让人向往远方
远方的草原是谁的故乡
远方的古道上
灿烂的黄菊花
挽留住谁穿越千年的目光

远　方

乔梦君

空中的飞鸟
沿曲线展开它的歌声
一部分洒向低矮的人间
一部分向白云以外攀援
翅膀下的山水
总是局促于单调的字面
山不是繁盛就是荒蛮
水不是色彩就是宽宽窄窄的流线
而蝴蝶总是在季节中翩翩
远方
隐现在精神的另一个端点
想起来很美
走起来很累

晒太阳的女人

郭　个

别对着那些耀眼的光

我和赤裸上身的女人讲

她闲坐在摇椅上

我的手掌突然着了火

吸附着无数灰尘的衣服

也晒着太阳

晒太阳的女人

身体的正面融入阳光

我走路去教堂

因为女人不让我分享

手上的火越烧越旺

我开始不由自主地跳跃

晒太阳的女人目不识丁

她的身体属于和谐的光

究竟为什么

我的手开始燃烧

我的湖泊也都装满了火

还有船划在火焰的蓝色中

晒太阳的女人

你黑色的皮肤和斑点

如同烧焦了一样

一共有九千万个太阳

像我吃下的药丸的数量

晒太阳的女人

把太阳埋在她的花房

教堂的路上太阳开始疯长

我的手为何还在燃烧

透过火

我看见女人黑色的背影

她的花房

堆满阳光

我无处可去

只好留在她的摇椅旁

沙漠里的卡夫卡

——读书札记

帕尔哈提(维吾尔族)

卡夫卡临终时要求朋友

烧毁他的一切作品

以免把真谛和秘密泄露给世人

但朋友背叛了他

卡夫卡给父亲写过

一封永远寄不出去的信

当所有的人得知地球是圆的

他到了世界的尽头

发现世界并不在几何学范围之内

他的幻想比现实还要真

所以患有多种恐怖症

总是听到大地的哀号和太阳的尖叫

除他以外没人能听到这些声音

这世上没人能够像他那样绝望

突然一天我也听到了

从此我也想成为他那样的作家

但我仅仅变成了他的一个词

卡夫卡不是个失败者

他从来没有挑战过

这就是他所有痛苦的根源

我总能听到卡夫卡无声的呐喊

无声的呐喊是最高的呐喊

无泪的哭是最痛苦的哭

卡夫卡把笔尖刺入自己的伤口

他肿脓的花朵像他隐秘的爱

爱属于孤独者,爱需要隐藏

他并不像超越自身而成道的悉达多

从女人的右侧生出来

遇到父亲的凌辱时,没有出家

没有在菩提树下绝食七天七夜

但还是达到了精神的开悟

很多年前我也出家了

但怎么也摆脱不了感官的引诱

曾坐在塔里木河边

一想到无边的沙漠就哭了

若有人问:帕尔哈提·吐尔逊在哪里?

请告诉他:在枯井里,在沙漠深处

被牵走的马

艾尼瓦尔(维吾尔族)

陌生人牵走了马

这情境,不断重复出现

在哪里目睹

却总也说不清

如同语言

换一种方式描述落叶

就有点像午夜

被人拿走的一盏灯

或是林中被伐倒的一棵白杨树

马走了

秋天也会很快离开

像打一个手势

和某一个人告别

在秋天

我们习惯了

树叶离开枝头的方式

对于马

什么也没有改变

离开我们的马

还是一匹马
奔跑时,决不走样
马,被牵走了
我们仿佛并没有失去什么
记忆停留在原处
像空虚的马厩
供我们,进进出出

谁

艾尼瓦尔（维吾尔族）

是谁走在我的前面，骨头
像将要散架的马车，载着火焰与花朵
我祈祷，双手合十
用于阗塞语，回鹘、匈奴、粟特或犍陀罗语
描述我的草原、大漠与戈壁
许多日子过去
我以为我还能描述下去
我以为我还能年轻很多年
他走在我前面
像一场风，不断吹空我的生活

我是牧羊娃手中的笛

瓦依提江·乌斯曼（维吾尔族）

铁来克　译

我是牧羊娃手里的笛
躯体中蕴藏着天赋的灵魂
悠扬的笛声发自我的内心
寻求美和悠闲安适

我是牧羊娃手里的笛
在最孤寂的时候
我带来亮丽
用悠扬调节自己的心理

啊，荒漠
你就像苍天的心窝
如果美貌的公主从此路过
爱上牧羊丑娃
将他带到繁华的城里
你是否会把我揣在怀里

我是牧羊娃手里的笛
荒漠的狂风吹不散我的声音
此刻，我只想在这里纵情放声
因为我独有的个性
奏不出他乡的诗意

哭 嫁 歌

阿依努尔（哈萨克族）

亲人啊，你终于硬下心肠

看着我为爱情远嫁他乡

迎亲的冬不拉已经奏响

伴随着琴声我高声哭唱

枝头的喜鹊也黯然神伤

草原的夜莺将离开故乡

钢筋水泥的丛林有没有它歌唱的地方

远处的梅花鹿驻足观望

漆黑的眼眸早已写满忧伤

喊一声母亲啊

你辛勤把我养育

难道就为今天

亲手为我披上嫁衣

我知道每一条花纹

都是你亲手所绣

让我在出嫁的这一天

分外美丽

唤一声父亲啊

我再不能陪你放牧

让我的歌声

减轻你心中的疲惫

唱一句老祖母啊
不要盖上我的面纱
让我在泪光中
再看一眼你额前的白发

门槛啊,请你高一些
再高一些
能挡住我远嫁的步伐
迈过你　我就将结束这
无拘无束的年华

马儿啊,请你慢一些
再慢一些
让我再看一眼
碧绿的草原
我的家

老　人

贾那提汗·吐吾特哈别克（哈萨克族）

哈依霞　星　星　译

一位俏丽的美人戴着鲜花姗姗而来

不知什么人在将她苦苦等待

一位拄杖的老人步履蹒跚

凝视着美人久久不语满目是爱

爱美之心人皆有之

此刻谁能责怪老人的荒诞

或许那昏花的老眼把这姑娘

当成了他当年苦苦追寻的女伴

切莫嘲讽这行将就木的老人

年轻人也早晚会有这一天

老人莫不是诗人叶斯泰

重返人间寻觅永恒的恋人霍尔兰

此刻他动人的歌声就在原野回旋

在 乡 村

阿勒玛古丽·居玛江(哈萨克族)

阿依努尔　译

在乡村金色的太阳洒下红色的余晖
在乡村遍地是凹凸不平的黑色顽石
在乡村白须飘飘的老人
手搭凉棚,极目远眺

在乡村高山与天空窃窃私语
山顶白色的棉被腰裹绚丽的花草
汹涌的河水浪与浪在搏击
对故乡炽热的情感在胸膛燃烧

在乡村天空蔚蓝而清澈
时时呈现那美丽的景象
云彩像白色的丝带
向大地母亲诉说奇妙的真谛
秋天的露水,落叶的眼泪

当一颗星星告诉我

阿娜尔（蒙古族）

当一颗星星告诉我

在那藏香缭绕的梦田

一帘低垂的帐幔

一个恍惚的白日梦者的枕边

那天神降临的午后，毡房外悄无声响

而白雾冲腾的梦境，星星在歌唱

自遥远的冰冷的时空传来的歌声告诉我

那匹马奔驰的方向

草原上风和日丽，牛羊安闲

在冰冷冰冷的晕眩中我愿意

循声而去

如今，在高原的清风和飘摇的经幡之间

在奶茶的芬芳和你爱的絮语之间

仿佛又听见那星星的歌唱

让我再一次循声而去吧

去到牧人的旷野

那星星指给我的马儿，父亲的马儿

就在不远处

我已看见它飞扬的秀鬃

而你正在我身旁

你微笑着，看着它的神情

我多喜欢

佛光。在巴仑台黄庙

卓　娅（蒙古族）

打坐和尚的唇边燃着一把火
禅房
静如磐石

一团光在门边徘徊了许久又
折回到树冠上

心如止水的教徒在山门外磕破了头
透明的心
是
柴屋那扇
打破的玻璃

莲花宝座在蒸气中升腾
菩萨
坐在云端

遥远的佛光
罩着一团梦想
天的那边
很亮

浑都科的秋天

阿　苏（锡伯族）

这就是浑都科
这就是母语里一遍遍说起的
远在云朵之上的
浑都科

当秋天已深
浑都科的原野满是苍凉味儿
这时你就看见
那片一望无际的芨芨草
它们，站在风中
摇曳起伏如大地的呼吸

这些野生植物的家族
于群鸦飞起的正午
营造一种氛围
瞬间，我们的整个身心
就不由自主地
陷入其中
我们的眼睛
被满天遍野的光芒灼伤

在一切生长草木的地方
唯有浑都科的秋天
令人感动不已

堆 齐 牛 录

阿　苏（锡伯族）

在一个叫堆齐牛录的地方

雨水很少

苏慕氏的人们

和一些石头

随意地生长在那儿

空旷的阳光里

芨芨草滩一望无际

堆齐牛录

落入夏日巨大的掌心

两三声犬吠

自柳条篱笆后袭来

使整个村庄生动起来

这时候，亲人们脚步飞驰

走进与酒有关的好日子

一架牛车独行的黄昏里

干草的芬芳弥漫开来

盖过先人的墓场

一片片被风吹进我们的肌肤

堆齐牛录是个吉祥的牛录

在古朴而神圣的母语里

咀嚼着沉重岁月
坐守在这里
是谁的目光让我的灵魂
疼痛一万次

黄　昏

萨黛特（柯尔克孜族）

金色的阿勒泰草原上
缓缓移动的驼队
远远地向我们走来

黄昏
显出驼队移动的影子
橘黄色的落日下
牧人催赶着羊群
暮霭弥漫山冈

草原住久了
牧人们习惯沉默
他们听惯马的嘶鸣
风的低语
他们常常低着头
仿佛在回想前生

金色的阿勒泰
黄昏宁静迷人
清脆的铃声阵阵传来
行进的驼队
正把草原的暮色嚼碎

牧人的后裔

阿地力·朱玛吐尔地（柯尔克孜族）

在微弱的篝火旁
每当我从古老的库木孜琴声中
从白胡子老人口中
倾听《玛纳斯》雄伟的诗章

每当我骑着骏马
用牧鞭敲打牧道上
沉睡的岩石

我就知道
我是一个牧人的后裔
是的　我是牧人的后裔
血管中奔流着玛纳斯的浩气
骨髓里散发出草木的气息
我有强壮的骏马
可以在草原上自由驰骋……

但有时我也陷入深深的悲哀
我看见祖父和外婆虔诚地念着
《古兰经》
面对夕阳
举起颤抖的祈祷的双手

我拿起套马杆

去追逐落日

因为它无情地带走了

外婆和祖父太多的希冀

我在游牧中执著地寻觅

为了祖父和外婆的身躯不再匍匐在地

为了毡房顶上的炊烟袅袅升起

也为了清泉更加甘甜

一轮朝日冉冉升起

一　生

娜　拉（达斡尔族）

原料产自新疆的棉花地

由江南的针法织造

并作了怀旧的褶皱处理

我这条新丝巾

颜色是深深浅浅的绿

好搭配所有的冬衣

从南方回来的朋友

见到它半晌不语

阅历了花花世界的她的眼底

这样一条丝巾毫无情趣

它已是

落难书生窘迫的盘缠

迟暮美人单薄的罗衣

是艰辛的绳索

紧紧地将命运套牢——

听说她回去后一宿没睡

比刚刚丢失了一笔钱

比她来回奔波着生活

更加难过

仿佛我的一生

正被一把钢刀胁迫

比之皮草拒绝严寒的奢华
我嗅出了棉线里阳光的味道
分享这中亚细亚的太阳的幸运
竟不需要改变一条围巾的花色

锡 林 郭 勒

米　拉（俄罗斯族）

一个醉酒男人
踉跄着
扑向远方的地平线。

她哭了
《森吉德玛》在空旷的草原上漫溯。

岸边土包上收割燕麦的妇人
看见了什么
手上的伤疤再度流血
她说她是来找父亲的
那黑红脸膛穿黑靴子勇夺那达慕
　　冠翎的巴特尔
在她坠地的那夜
醉酒而去
他说他的大黑河老了
而他曾答应给大黑河
一个自由的儿子……
《森吉德玛》风一样吹遍了空旷的草原

草原上每个女人
都认识这曲调　都认识这个愁苦女子

都认识撇下她的
大黑河　而她
长得太像父亲了

大黑河带着一个牧人的忧愁
去追随太阳了　大黑河的女儿
走向一个年轻人
像母亲一样传统地嫁给他
她父亲的鬼魂随年轻人而来
他的酒是不是已经醒了

《森吉德玛》太悠久了
而浑沉的大黑河流干了只剩下
那个季节